꿈에도 생각하지 않아

YUME NIMO OMOWANAI
by MIYABE Miyuki

꿈에도 생각하지 않아

미야베 미유키
장편소설

이영미 옮김

문학동네

1

가을밤에 벌레 울음소리를 듣는 모임.

모든 것의 발단이 된 이 운치 가득한 행사는, 나와 시마자키가 사는 동네 한쪽에 자리한 도립 정원공원에서 벌써 이십 년 가까이 해마다 열리고 있다.

우리가 사는 도쿄의 이 서민가는 일명 제로미터 지대로 인식되는 곳인데, 일반적으로는 매우—우리가 막연히 상상하는 것 이상으로—매우 나쁜 이미지가 연상되는 지역적 특성이 있는 듯하다.

첫째, 복닥거리고 녹지가 적다.

둘째, 지대가 낮아서 습하다. 태풍이라도 오면 끝장이다.

셋째, 치안이 좋지 않다. 이유는 모르겠지만, 뒤숭숭한 느낌이 든다. 수상쩍은 가게들이 여기저기 모여 있는데, 또 그 옆에는 창가에 기저귀 같은 것을 널어둔 저렴한 다세대주택이 처마를 잇대고 있다. 그런 집들은 사설도로에서 좀더 들어간 안쪽에 비좁게 모여 있어서 햇볕은 '제로!' 수준이라 아침부터 불을 켜야 한다. 이렇다보니 당연히 범죄의 온상이겠거니—하고 넘겨짚는 식이다.

이 동네에 4대째 살고 있는 시마자키에 비하면, 부모님 둘 다 도쿄 교외 출신에 아파트 주민인 나 같은 사람은 아직 혈연으로 인식되는 수준에 못 미치는 '뜨내기'지만, 그래도 이렇게 명백한 오해를 받으면 발끈하고 만다. 그리고 이상하다는 생각도 든다.

특정 구역에 문 닫은 상가가 줄줄이 모여 있는 건 맞다. 볕이 잘 안 드는 사설도로 안쪽의 집들도 있다. 하지만 그건 도쿄의 어느 동네에서나—어지간한 고급 주택가가 아닌 한—흔히 보이는 풍경이다. 결코 서민가의 전매특허가 아니다.

지대가 낮다는 점도 마찬가지다. 네, 맞습니다. 저지대죠. 원래 매립지였으니 당연하다. 역 앞에 설치된 수위측정기를 보면 만조시의 평균 해수면 고도가 내 키보다 높다. 그러나 바다와 이 동네 사이에는 둑이 있고, 방조제가 있고, 수문도 몇 개나 있다. 꼭 네덜란드 같다.

재미있는 것은 다들 '지대가 낮다'는 말과 '배수가 안 된다'는 말을 혼동한다는 점이다. 지대가 아무리 낮아도 설비만 제대로 갖춘다면 흘러넘친 하수도 물에 맨홀 뚜껑이 솟구쳐오를 위험은 없다. 이론보다는 증거라고, 태풍이나 집중호우가 닥칠 때마다 집이 침수됐다느니 자동차가 떠내려갔다느니 난리인 건 다른 동네이지 않나?

그중에서도 가장 큰 오해는 '치안이 나쁘다'는 것이다. 정말이지…… 하며 고개를 절로 갸웃거리게 된다. 치안이 나쁜 동네라니, 이거야말로 도쿄 전역에 해당될 것 같은데.

분명 '내가 사는 곳은 치안이 매우 좋은 교육도시입니다'라는 말은 입이 열 개라도 할 수 없다. 그러나 외부인들이 존 카펜터 감독의 영화 〈뉴욕 탈출〉에서 감옥도시로 변한 뉴욕과 비슷한 이미지를 우리 동네에 품고 있다면, 그건 문제다.

"역시 그 사건의 임팩트가 컸던 것 같아"라고 코멘트한 사람은 시마자키다. "어쨌든 너무 끔찍했으니까."

그가 말하는 '그 사건'이란 우리가 아직 유치원생이었을 무렵, 여기보다 조금 북쪽에 위치한 후카가와라는 동네에서 대낮에 약물중독자가 일으킨 무차별 대량 살상사건이다. 세상 사람들이 '후카가와 묻지 마 살인'이라고 부르는 그 유명한 사건을 우리는 실시간으로 기억하진 못한다. 그러나 얘기는 많이 들었다.

동네 주민들은 한결같이 '엄청나게 잔혹한 사건이긴 하지만, 그걸 가지고 동네가 이러니저러니 판단할 수는 없다'는 생각이다. 성격으로 보면 예를 들어 신주쿠역 내에서 일어났대도 이상하지 않을 유의 사건이었고, 그것이 우연히 후카가와에서 발생했을 뿐이라는 것이다.

그런데 타지역 사람들에게는 그렇게 보이지 않는 모양이다.

상징적이라고 할 수 있는 일화를 시마자키가 들려준 적이 있다. 시마자키의 엄마가 이발사조합 단체여행에 참가했을 때의 일이다. 무슨 얘기 끝에 "요즘에는 정말 뒤숭숭한 일이 많네요. 손님을 상대하는 장사다보니 무서워요"라는 말이 나왔다. 그 말은 충분히 수긍할 만했지만, 워낙 호기로운 성격인 시마자키의 엄마는 분위기가 침울해지는 게 싫어서 웃으며 이렇게 받아넘겼다.

"우리 동네는 그렇게 무서워해서는 못 살아요. 그야말로 묻지마 범죄의 본고장이니까!"

웃고 넘어가겠거니 하며 가볍게 던진 말이었는데, 일동이 갑자기 쥐죽은듯 조용해져버렸다고 한다.

"우리 엄마가 풀이 팍 죽어서 돌아왔어." 시마자키가 그렇게 말했었다(아주머니의 명예를 위해 덧붙이자면, 사건 당시 아주머니는 가게에서 걸어서 십 분 정도 걸리는 현장으로 매일같이 꽃과 향을 두러 갔다고 한다. 그런 사람이다. 사건 자체를 우스갯거리로 삼은 것은 아님을 혹시 몰라 밝혀둔다).

세상사의 90퍼센트는 오해를 토대로 이뤄지는 것처럼 보일 때도 있으니 이 정도 일로 발끈해봐야 부질없을지 모르지만, 아무튼 나는 내가 사는 동네에 따라붙는 부정적인 이미지에 상당히 화가 난다. 특히 우리 반에 무척 얌전하고 눈에 띄지 않아서 여러 명 사이에 섞여 있으면 있는지 없는지도 모를 정도였는데, 자리를 바꿔서 짝꿍이 되고 보니 엄청 예쁜 얼굴이고, 꾸미는 편이 아니라 알아보기 힘들지만 이목구비도 또렷하고, 오른쪽 눈이 살짝 사시인 점이 또 귀엽고, 조금 친해지니 머리도 좋고 대화도 재미있고 성격도 좋은 구도라는 여자애가 있는데(구구절절해서 죄송합니다. 하지만 그애에 대해서는 아무리 말해도 부족해서), 그 구도가 매우 존경하며 애독하는 작가가(그애는 독서광이다!) 한 대표작에서 우리 동네를 딱 잘라 '문화 수준이 낮다'고 표현한 부분을 발견했다며 한숨을 쉰 후로는 더더욱 화가 난다.

문화 수준이 낮다고? 하하!

멀리 돌아오긴 했지만, 하고 싶은 말은 우리 동네도 그렇게 한마디로 정의할 정도로 나쁘지는 않다, 그것은 오해다, 라는 것이다. 그 증거 중 하나가 벌레 울음소리를 듣는 모임이다.

사건의 무대가 된 도립 정원공원은 보통 '시라카와정원'으로 불린다. 거슬러올라가면 에도시대에는 다이묘* 가문의 별장이었는데, 메이지시대에 들어서서 어느 재계 인사가 사들였고, 2차세계대전 후 재벌 해체와 함께 도쿄도에 기부되어 현재와 같은 공공시설이 되었다. 입구에서 입장료 백 엔을 내고 들어가서 천천히 한 바퀴 돌면 한 시간은 족히 걸리는 넓이다.

전체적인 구도는 에도시대부터 거의 변함이 없다. 소나무와 은

* 大名, 일본에서 헤이안시대에 등장하여 19세기 말까지 각 지방의 영토를 다스리고 권력을 행사했던 유력자를 지칭하는 말.

행나무, 동백과 철쭉, 단풍나무와 벚나무 등이 우거져 있고, 꽃이 나 단풍이 한창일 때는 정원 전체가 화려한 비단 기모노를 입은 것 같다. 중앙에 커다란 표주박 모양 연못이 있는데, 가운데에 섬이 있고, 징검돌이 있고, 무지개다리가 있고, 섬 위에 정자가 있다. 옛날 쇼인즈쿠리* 저택이 있었던 자리에는 모임과 파티, 결혼 피로연 등에 사용할 수 있는, 기와지붕을 올린 전통 건축물이 서 있다.

벌레 울음소리를 듣는 모임은, 평소에는 오후 다섯시에 문을 닫는 이 정원을 특별히 야간개방해서, 매년 9월 말 토요일과 일요일에 저녁 여섯시부터 밤 아홉시까지 열린다. 산책길 곳곳에 종이로 만든 등롱을 걸고 어둠 속에서 불빛을 좇아 모여든 벌레들의 울음소리에 귀기울이는 모임이다. 벌레를 잡거나 정원 안에서 떠드는 행위는 엄금이다. 오로지 풍류에 젖어드는 밤인 것이다.

모두 쉰 개가 넘는 등롱은 우리 구區의 유지들이 손수 만든다. 문화센터에서 단카, 하이쿠, 수묵화, 지기리에** 강좌를 듣는 학생들이 아름다운 등롱을 내기 위해 앞다투어 실력를 발휘한다. 등롱에 쓴 단카와 하이쿠에는 자작시도 있고 고전을 인용해 그럴듯하게 써놓은 글도 있는데, 안타깝게도 흘림체에 익숙하지 않은 일반 관람객이 알아보기 힘든 문장이 많은 것이 아쉬운 점이라고 한다.

---

* 무로마치시대에 발생해 모모야마시대에 발달한 주택 양식.

** 손으로 잘게 찢은 색종이를 대지에 붙여 만든 그림.

'이라고 한다'—는 표현을 쓴 이유는 아직 이 모임에 한 번도 가본 적이 없기 때문이다. 올해 가을이 처음이었다.

우리 가족이 여름방학에 휘말렸던 대소동(『오늘밤은 잠들 수 없어』 참조)을 알고 계신 분들에게는 새삼 설명할 필요 없겠지만, 시마자키와 나는 절대 단카나 하이쿠, 아슴푸레한 등롱 빛에 마음이 끌릴 만한 소년이 아니다. 그런 부류가 아니라는 건 누구보다 스스로가 가장 잘 안다.

그런데 유독 이번에 갈 마음이 생긴 이유는—

내 경우에는, 첫째도 둘째도 모두 구도 때문이었다. 금요일 점심시간, 운좋게 다른 아이들이 모두 자리를 비운 교실에서, 완연한 가을 기운을 머금은 햇살이 들어오는 창가 자리에 앉아 같이 얘기하다가 그 화제가 나왔다. 다시 말해 그애가 "토요일 밤에 벌레 울음소리 듣는 모임에 갈 거야"라고 해서 나도 그럴 마음이 생긴 것이다.

그럼 같이 갔느냐고? 괴로우니 묻지 말아주시길. 나도 그러고 싶었다—비록 단둘이 아니더라도. 그런데 그애는,

"오, 누구랑 가는데?"라고 묻는 나에게,

"가족이랑"이라고 대답했던 것이다.

아, 그렇구나. 달리 대꾸할 말이 없지 않은가. 그래도 나는 노력했다.

"벌레 울음소리 듣는 모임이면, 시라카와정원에서 하는 거지?"

"응."

"재미있어?"

"엄청 예뻐."

"매년 갔어?"

"갔지. 다치카와에 사는 할아버지 할머니가 그걸 보려고 우리집까지 오시는걸."

"풍류를 아는 가족이네."

"전혀, 그런 건 아니야." 구도가 생긋 웃었다. "우리 엄마가 단카동호회 회원이거든. 그래서 해마다 등롱을 만들어. 그런 걸 좋아하셔. 난 아니지만. 모르는 시도 많고, 그냥 등롱이 예뻐서 구경 가는 거야."

"나는 단카라고 하면, '그러나저러나 필요한 건 돈이라네'라는 시구밖에 모르는 집에서 자라서 말이야."

구도가 웃음을 터뜨렸다. "또 그런 소리 한다."

마침 그때 다른 애들이 교실로 들어왔다. 그중 구도랑 친하게 지내는 아이가 "구짱, 내일 유카타 입고 갈 거야?" 하고 말을 걸었다.

구짱—구도가 돌아보았다.

"추울 텐데."

"티셔츠 입고 그 위에 입어."

"꼭 온천 놀러갔을 때 같다."

"이상한가? 안 되나?" 구짱의 친구가 고개를 갸웃거렸다. "벌레 울음소리 듣는 모임은 왜 한여름에 안 하지? 8월쯤이면 유카타

입어도 아무 문제 없을 텐데."

구짱이 생글거리며 웃었다. "고타쓰에 앉아 귤 까먹으면서 자이언츠 대 타이거스 경기를 보고 싶단 말이랑 똑같네."

다 같이 하하하 소리 내어 웃었고, 나는 웃으면서도 구도가 야구를 좋아하나 생각했다. 어느 팀 팬일까? 그런 것들을 알아내며 갖은 노력을 기울이다보면, 나도 언젠가 '구짱'이라고 친숙하게 부를 수 있는 사이가 될까—

"오가타도 가보면 좋을 텐데. 정말 예쁘거든. 시마자키한테 같이 가자고 해봐."

쐐기를 박듯이 구도가 말했다. 그때 수업 시작종이 울렸다.

시마자키는 의아해했다.

"스스로 알고는 있냐?"

"뭘?"

"팔러 노구치에서 파는 푸딩아라모드 바닥에 스펀지케이크가 숨겨져 있듯이, 네가 어디 가자고 할 때도 늘 께름칙한 동기가 저변에 숨어 있거든."

"난 스펀지케이크 좋아해."

시마자키는 푸딩아라모드 바닥에 깔린 크림 범벅 스펀지케이크를 뱀이나 전갈이라도 보는 양 끔찍이 싫어했다. 바닥까지 전부 푸딩이 아닌 것은 속임수라고 주장했다.

"그런 건 상관없고. 아무튼 난 오늘내일 바빠."

방과후 장기부 동아리실로 가는 도중에 불러세웠기 때문에 시마자키는 옆구리에 파일을 끼고 있었다. 과거의 유명한 대전 기록이나 기보棋譜를 기본으로 한 일종의 참고서다. 그와 장기부의 무력투쟁파 주장(유도부 활동도 겸하고 있다) 둘이서 차곡차곡 심혈을 기울여 만든 일급 자료다.

장기 마니아인 교장선생님도 이것을 갖고 싶어했다고 하니, 세상사란 알다가도 모를 일이다. 하긴 시마자키는 그 교장선생님과 비밀리에 맞붙은 다섯 번의 대국에서 전승을 거뒀다. 선생님 입장에서는 체면이고 뭐고 따질 처지가 아닐 것이다.

"바쁘다고 해봤자 어차피 장기잖아?"

"어차피?" 시마자키가 탄식했다. "이렇게 심오한 건 없어."

"경기야?"

"대국이라고 해, 대국."

안경테를 살짝 밀어올리며 과장스럽게 한숨을 쉬었다.

"벌레 울음소리를 듣는 모임이라면, 시끄러운 데는 아니지?"

"물론이지. 그야말로 풍류가 넘치는 자리야."

"그럼 혼자 가. 그런 행사에는 혼자 가서 차분히 음미하는 게 이치에 맞지."

"하지만……"

"너 혼자 가야 구도네 가족도 혼자 벌레 울음소리를 들으러 오다니 감수성 풍부한 소년이구나, 우리 애가 좋은 친구를 사귀었구나 할걸.”

나는 시마자키를 물끄러미 바라보았다. 웃음기라고는 찾아볼 수 없는 얼굴이다.

“너란 놈은 정말 밥맛없어.”

“인간 거짓말탐지기지.”

자리를 뜨는 시마자키의 등에 대고 혀를 날름 내밀었다. 그러자 시마자키가 몸을 홱 돌렸다. 나는 혀를 허공에 내민 채 정지했다.

“기회가 생기면 구도한테 알려줘라. 걔가 찾고 있는 『쓸쓸한 집』이라는 소설은 디킨스의 『황폐한 집』이라고.”

나는 혀를 거둬들였다. “왜 그렇게 잘 알아?”

“도서실에서 만났거든.”

시마자키가 다시 걸음을 내디뎠다. 그리고 어깨 너머로 툭 던지듯 덧붙였다.

“그애는 장기를 좋아해.”

난 완전 싫다고.

2

그런 사정으로—

벌레 울음소리를 듣는 모임에는 결국 혼자 가게 되었다. 직전까지 미련을 못 버리고 전화해봤지만, 시마자키는 집에 없었다. 아주머니 말은 이랬다.

"아이야구라*가 어쩌니저쩌니, 잠꼬대 같은 소리를 중얼거리면서 나갔어. 주장한테 간다던데."

전화를 끊은 후 나는 셔츠와 청바지로 갈아입고 거울 앞에서 머리를 빗으면서 구도를 만나면 뭐라고 인사할까 고민했다.

스스로 생각해도 한심하지만, 그리고 이유가 명백하지 않아서 화가 나지만, 나는 역시 시마자키가 옆에 없으면 흥이 나지 않는다. 코미디언 콤비가 따로 떨어져서 나오면 재미가 확 떨어지는 경우가 있는데, 그것과 비슷한지도 모른다.

하지만 내가 이런 말을 하면 시마자키는 몹시 성가셔할 것이다. 그는 혼자 있든 나와 같이 있든 말하는 내용에 변화가 없는 인간이고, 두뇌회전에도 변화가 없다.

그런데 나는 그렇지 못하다. 그래서 꽤 조바심이 나기도 한다. 당연하지, 훗날 운좋게 구도를 구짱이라고 부르게 되고서도 매번 시마자키를 달고 와서 "미안, 난 이 녀석이 없으면 정말 재미없는 놈이거든"이라고 변명할 수는 없으니까.

그러나 구도의 마음을 나에게 돌릴 때까지는 어쨌거나 시마자

---

* 일본 장기의 전법 중 하나.

키의 협력이 필요하다. 최종적인 치료약은 아니더라도 강심제를 써야 할 때가 있다. 구도도 단지 내가 시마자키랑 친해서 "시마자키한테 같이 가자고 해봐"라고 하진 않았을 것이다. 우리 둘이 있을 때가 제일 재밌어 보이니까 그런 거겠지.

불길한 예감이 머릿속을 스쳤다.

덤—이라는 말이 가슴을 찔렀다.

햄버그스테이크에는 달걀프라이가 곁들여 나온다. 그러나 햄버그스테이크는 그것만으로도 충분히 맛있고, 달걀프라이 또한 단독으로 하나의 훌륭한 요리다. 조합하면 보다 풍성해지는 것뿐이다. 그렇다면 상관없다. 나는 햄버그스테이크여도 좋고, 달걀프라이여도 좋다.

하지만 내가 혹시 파슬리는 아닐까 생각하면 좀 싫다. 아니, 무지 싫다.

그런 생각을 하다보니 좀처럼 거울 앞을 떠날 수 없었다. 겨우 방에서 나갈 마음이 생긴 것은 텔레비전에서 저녁 여섯시 뉴스가 시작되고, 아나운서가 "안녕하십니까"라고 빠른 말투로 인사하는 소리가 귀에 들어왔을 때였다. 시라카와정원은 넓고, 사람도 많다. 너무 늦게 가면 인파에 묻혀 구도를 못 만날 우려가 있다.

부엌으로 가자 저녁을 준비하던 엄마가 한 손에 부엌칼을 든 채 돌아보았다.

"정말로 저녁 안 먹고 나가도 되겠어?"

"응. 배가 너무 고프면 햄버거라도 사먹을게."

"자꾸 그런 걸로 배 채우면 안 좋은데."

아빠는 아침부터 나가고 없었다. 접대 골프라나. 그건 다행이었다. 우리 아빠는 기분파라 평소에는 거의 나를 방치하다가도 이따금 갑자기 같이 어울리고 싶어하기 때문이다.

"벌레 울음소리? 오호, 재밌겠는데, 나도 같이 갈까." 그런 말이라도 꺼내면 난감하다.

가족과 같이 있는 여자 친구와 마주치는 건 괜찮지만, 내 쪽도 가족과 함께 있는 건 창피하다. 왠지 부모 품을 벗어나지 못한 것 같잖아?

그런 점에서 보면 엄마는 안전하다. 혹시 세상에 종말이 온대도 벌레 울음소리를 듣는 자리에는 나갈 리 없는 사람이니까.

싫어해서다. 질색한다. 벌레라는 이름이 붙는 건 모조리 아웃이다. 예외가 없다. 나비무늬가 들어간 손수건까지 싫어하는 사람이니까, 아무리 운치 있다 해도 벌레 울음소리를 즐기고 싶어할 리 없다. 집에 있을 때도 밤에 창밖에서 나지막하게 방울소리 같은 것이 들려서 아빠나 내가 "어, 벌써 가을인가. 귀뚜라미가 우네"라고 하면, "방충망 열지 마. 안으로 들어오면 큰일나"라고 경고할 정도다.

나를 키울 때도 고생이 이만저만이 아니었을 것 같다. 나는 어린 시절 반바지 주머니에 개미를 넣어오는 버릇이 있었다고 하니까. 엄마가 자식은 한 명으로 끝내기로 마음먹은 것도 그래서인지도 모른다. 둘째를 낳았는데 또 아들이고, 나아가 주머니에 송충이를 넣어오는 버릇이 있다면, 그땐 정말 경기를 일으키겠다 싶었을 거다.

"얘, 부탁인데."

막 나가려는 나에게 한 손에 국자를 든 엄마가 말했다.

"만약에 가을벌레를 팔더라도—"

"알았어, 알았어. 안 살게."

지금까지 인생에서 최악의 여행은 신혼여행. 이유는 단 하나, 투숙객을 위한 서비스로 밤에 불을 끈 후 모든 손님의 모기장 안에 반딧불이를 한 마리씩 넣어주는 숙소였기 때문에—라는 어두운 과거를 가진 엄마를 안심시키고, 나는 자전거에 올라탔다.

예상보다 훨씬 사람이 많았다.

시라카와정원은 먼저 커다란 쌍여닫이 정문을 통과해 자갈이 깔린 앞뜰로 들어가고, 좀더 안쪽에 있는, 한 번에 한 사람만 지나갈 수 있는 일각대문을 통과해야 비로소 정원 안에 발을 들여놓을 수 있는 구조이다. 원래 개인의 저택이었기에 한 번에 여럿이 드나들 수 있게 만들지는 않은 것이다.

그렇다보니 정원 앞뜰에는 일각대문을 지나기 위해 차례를 기다리는 입장객들이 삼삼오오 무리 지어 있었다. 조명등이 환해서 가을밤의 정취 같은 건 느낄 수 없었다. 여기서 만나기로 약속한 사람들도 있는지 시끌벅적하고 붐벼서, 만약 포장마차까지 나왔다면 여름축제나 다를 바 없는 풍경이었다.

주위를 대충 둘러보았는데 아는 얼굴은 없었다. 구도네 가족은 먼저 들어갔을까, 아니면 나중에 올까.

손목시계—저금을 깨서 산 스와치—를 보니 여섯시 십오분이다. 생각해보면 당연히 후자 쪽이 승산이 높다. 그렇다면 여기서 기다리고 있으면 반드시 마주칠 수 있다. 듣기 좋은 말은 아니지만, 잠복이다.

그러나 풍류를 즐기는 구도네 가족은 혼잡을 피하기 위해 최대한 일찍 왔을지도 모른다. 이미 정원 안을 산책하고 있을지도 모른다. 그렇다면 다시 여기로 오는 것은 집으로 돌아갈 때인데, 그때 마주친다면,

"어머, 오가타, 지금 왔니? 빨리 보고 와. 정말 예뻐. 그럼 안녕."

이렇게 끝나고 만다. 말도 안 된다.

결정을 못하고 끙끙거리는데, 뒤에서 갑자기 누가 쿡 찔렀다.

"어머, 웬일이니?"

돌아보니 맙소사, 정녕 신은 없단 말인가. 우리 축구부 매니저 여사님 둘이 나란히 서서 히죽히죽 웃고 있었다.

"이런 취미가 있었어?"

"제법 로맨티스트네."

매니저 여사님은 둘 다 2학년. 누님이다.

"아—니, 그게, 실은 처음이에요."

"그건 또 뭔 소리래?"

"아, 알았다. 데이트구나?"

"아니면 우리 축구부 애들이 벌레소리 같은 걸 들으러 올 리가 없지."

제멋대로 신이 난 두 여사님 앞에서 나는 그저 목을 움츠릴 뿐이었다.

"그런 거 아니에요. 시마자키도 올 거예요."

"아하, 장기부 애?"

"그애 좀 귀엽던데."

그렇다. 시마자키는 누님들 사이에서도 인기가 좋다.

"여기서 만나기로 했어?"

"네, 맞아요."

"그럼 우리도 기다려줄게. 같이 돌아보자."

이것은 제안이 아니다. 강제집행이다.

나는 단념하고 눈을 질끈 감아버릴지, 핑계를 대고 도망칠지, 아니면 이 순간 구도가 가족과 나타나 "어머, 오가타"라고 불러서 내 힘으로는 감당할 수 없이 얼굴이 붉어지는 모습을 매니저 여사님들에게 들키고, "어머머!" 하며 놀란 두 사람이 다음주부터 동아리 활동 내내 은은한 미소를 머금고 '우린 다 눈치챘어, 짝사랑하기 힘들지?' 하는 표정을 짓는 것을 견뎌내며 공을 줍고 드리블 연습을 할지, 만만치 않은 선택에 내몰렸다.

그런데—

일종의 교훈인데, 인간이 나아갈 길을 스스로 결정하는 건 애초에 불가능하다. 길이 먼저 때와 장소를 골라 제멋대로 우리 앞에 펼쳐질 뿐이다.

갑자기, 저멀리서 날카로운 비명이 솟구쳤다. 그 소리는 점점 가까워졌다. 앞뜰에 모여 있던 사람들은 처음에는 그냥 귀만 기울이다가, 소리가 가까워질수록 얼굴을, 머리를, 몸을 점점 그 방향으로 돌렸다.

"어떡해—"

비명의 주인공은 그렇게 외쳤다. 일각대문 옆의 안내창구에서 작업복 차림의 직원이 튀어나와 한 손으로 손전등을 비추며 "잠깐만요, 잠깐만 실례합니다" 하면서 정원 안으로 황급히 뛰어들어갔다. 입구 주변에는 등롱이 없어서 정원수 무리가 검은 그림자처럼 보인다. 직원의 뒷모습은 그 숲과 정원의 어둠 속으로 금세 빨려들어가버렸다.

뭐라고 외치는지 아직은 또렷하게 들리지 않았다. 뜻 모를 말을 반복하는 것 같은데—

아, 이제 소리가 뚝 멎었다. 직원이 비명 지른 사람에게 도착한 것이다.

그런데 바로 그 순간, 직원이 사라졌던 정원수 부근에서 달려나오는 사람들이 보였다. 대여섯 명 정도, 중년의 학부모들 같았다. 모두 다급한 발걸음—아니, 거의 뛰다시피 했다. 그들의 얼굴이 맞바람을 헤치며 전속력으로 달리는 육상선수처럼 납작하게 굳어있다는 걸 알아챈 순간, 나는 오싹한 한기를 느꼈다.

"무슨 일 생겼어요?"

기다리던 사람들 중 누군가가 물었다. 남자 목소리였다. 그 말에 대답한 목소리가 남자였는지 여자였는지는 잘 기억나지 않는다. 머리에 들어온 것은 말의 내용뿐이었다.

"여자아이가 쓰러져 있어요."

"죽은 것 같아."

앞뜰에 있던 사람들이 술렁거렸다.

"중학생쯤 되는 여자아이에요. 불쌍해서 어쩌나— 빨리 구급차를— 불쌍하게—"

나의 뇌는 순간 드라이아이스로 변했고, 자신의 냉기를 견디지 못해 산산조각나며 부서져내렸다.

오로지 한 가지 생각만 떠올랐다.

구도일까?

3

시라카와정원 안으로 뛰어들어가서 방향도 모른 채 무작정 화살표 표시만 따라 달리는 사이 내 머릿속에는 환하게 웃는 구도의 얼굴이 어른거렸다.

나쁜 생각을 하면 나쁜 일이 일어난다. 그러니 되도록 나쁜 상상을 하지 말아야 한다—우리 엄마는 그런 말을 자주 한다. 그런데 그때의 나는 어찌된 영문인지 '쓰러져 있는 사람은 구도다, 구도가 틀림없다'는 생각에서 헤어날 수가 없었다. 돌이켜보면, 최악의 사태에 대비해 마음의 준비를 해두지 않으면 막상 사실을 직면한 순간 제정신이 증발해버릴지도 모르니, 내 안에 있는 사령탑 같은 곳에서 긴급명령을 내린 건지도 모른다.

시라카와정원은 중앙의 커다란 연못과 주위를 둘러싼 산책길로 구성되어 있으니, 누군가가 쓰러진 장소가 어디든 간에 일단 길을 따라 달리다보면 틀림없이 다다를 수 있다. 그런데 그러기가 만만치 않게 힘들었다. 정원 안은 붐볐다. 게다가 사건 소식이 바람처럼 빠르게 사람들 사이로 퍼졌기 때문에, 출입구 쪽으로 피하려는 인파와 사건 현장으로 다가가려는 인파가 제일 넓은 곳도 1차선 도로 정도밖에 안 되는 산책길 곳곳에서 부딪치고 엉켜서, 마치 세탁기 속에서 긴소매 셔츠와 스타킹이 대량으로 뒤엉켜버린 것 같은 상태가 되었기 때문이다.

"죄송해요, 잠깐 지나갈게요."

목이 쉬도록 소리쳐도 전혀 효과가 없다. 그뿐인가, 재킷을 입은 중년 아저씨가 거칠게 밀쳐내며 소리쳤다.

"애들은 밖으로 나가!"

그 바람에 나도 발끈했다. 무심결에 고함을 지르며 맞받아쳤다.

"내 친구란 말이에요!"

순간 주위가 쥐죽은듯 고요해졌다. 나를 밀쳐냈던 중년 아저씨가 잔뜩 굳은 얼굴을 가까이 들이대며 물었다.

"정말이냐, 꼬마야?"

"정말이에요."

기세라는 건 정말 무서워서, 그때 나는 죽은 것처럼 쓰러져 있는 여자아이는 구도가 틀림없다고 완전히 확신하고 있었다.

"그래, 그럼 이쪽으로 와라."

아저씨가 내 팔꿈치를 잡더니 성큼성큼 걸음을 내디뎠다. 박력에 눌렸는지 주위 사람들이 뒤로 물러서며 길을 터주었다. 그때 처음으로 산책길 주변에 형형색색으로 장식된 등롱들이 보였다. 그 전까지는 아무것도 눈에 들어오지 않았던 것이다.

그때 보았던 등롱의 빛, 그 색깔은 어른이 되어도 잊지 못할 것이다. 너무나 아름다웠다. 달빛 비슷하면서 이 세상 것으로 여겨지지 않을 만큼 아름다운 빛이었다. 불길해 보이지는 않았다. 그저 이루 말할 수 없이 아름답게 빛났다. 그런 느낌이었다.

아저씨에게 끌려가듯이 산책길 모퉁이를 크게 돌고 징검다리를 건너고 통나무로 만든 다리를 하나 지나자, 입구에 '등롱광장'이라고 표시된 곳이 나타났다.

말이 광장이지 도쿄의 초등학교 운동장 절반밖에 안 되는 넓이지만, 잘 손질된 잔디 주위에 낙엽수와 철쭉이 숲을 이루고, 왼쪽에는 작은 창포 연못이 있다. 등롱광장이란 물론 벌레 울음소리를 듣는 모임 때만 쓰는 명칭이고 평소에는 '어린이광장'이라고 부른다. 동네 유치원생들이 도시락을 싸들고 소풍을 오고, 초등학교 고학년이 되면 미술시간에 야외수업을 나오는 장소다. 그래서 동네 아이들이면 누구나 한 번쯤은 오게 되지만, '자전거 진입 금지 · 공놀이 금지 · 반려동물 산책 금지'라서 다른 때에는 거의 찾을 기회가 없는 곳이기도 하다.

광장 입구에 모형 토템폴 같은 기둥을 세워둔 문을 지나자 아저씨는 좀더 걸음을 서둘렀다. 잔디밭 곳곳에서 반짝이는 무수한 등롱 불빛 때문에, 갑자기 내가 마이크로 사이즈로 줄어들어 반딧불이 무리에 섞여버린 기분이 들었다.

아저씨는 광장 반대편의 정원수 쪽으로 걸어갔다. 심장이 오그라들고 이윽고 쿵쾅쿵쾅 방망이질했다. 현장은 분명 저곳이다.

등롱광장에는 아직 사람들이 많이 남아 있었다. 이곳이 메인이니, 사건이 발생했을 때—즉 여자아이가 발견됐을 때도 상당히 북적였을 게 틀림없다. 그런데 지금은 그 사람들도 입구 주위에서 멀찍이 둘러싸고, 어두운 나무숲과 반짝이는 등롱을 번갈아가며 지켜보는 듯했다. 마치 자신들도 나무숲으로 변해 밤바람에 가지 끝의 나뭇잎을 흔들며 술렁거리듯 끊임없이 바스락바스락 소곤거리는 소리를 냈다.

평소에는 방범 목적으로 밤새 켜놓는 가로등이 지금은 등롱이 돋보이도록 모두 꺼져 있었다. 그래서 우리가 향하는 나무숲은 정원의 회색 외벽을 뒤덮듯 시커멓게 가라앉아 있었다.

그런데 가까이 갈수록 앞쪽 나무숲 그늘에서 희뿌연 사람 그림자 두 개가 어깨를 나란히 하고 서 있는 모습이 보였다. 한 사람이 고개를 들고 아저씨와 나를 쳐다보았다. 다른 한 사람은 발밑을 내려다보고 있다. 아니, 내 위치에서는 보이지 않지만, 나무숲 너머에 있는 것, 자기 발밑에 있는 것을 바라보고 있는 것이다.

심장은 신기한 엔진이다. 이렇게 풀가동하는데도 과열되지 않는다. 뜨거워지지 않고 오히려 점점 싸늘해진다. 차가운 피만 뿜어낸다.

두 사람의 얼굴을 알아볼 수 있는 곳까지 다가가자 아저씨가 갑자기 걸음을 멈췄다. 나도 앞으로 고꾸라질 듯이 멈춰 섰다.

아저씨가 매서운 눈초리로 나를 응시했다.

"꼬마야, 괜찮니?"

"저요? 괜찮아요."

"잘 들어라." 아저씨가 내 팔꿈치 관절을 꾹 움켜쥐며 한 마디

한 마디 힘주어 말했다. "저기서 여학생이 살해당했어. 네 또래 아이야. 여기 올 때는 가족이나 친구랑 함께였을 텐데, 주위에 그런 사람들이 안 보여. 그래서 어디서 온 누군지 알 수 없어. 정말로 네 친구라면 저 아이의 신원을 알 수 있겠지. 그러니 너에게 얼굴을 보여줄 수밖에 없단다. 내 말 알아듣겠니?"

나는 고개를 끄덕였다. "알아들었어요."

"됐다. 그럼 따라와."

아저씨가 다시 걸음을 재촉했다. 이번에는 거의 뛰다시피 했다. 어두컴컴한 나무숲까지의 짧은 거리가 단숨에 줄어들었다.

나를 데려온 아저씨가 나무숲 바로 앞에 멈춰 서더니 팔꿈치를 잡고 앞으로 당기며 말했다.

"이애가 자기 친구인 것 같다고 해서 데려왔어."

아저씨와 비슷한 나이로 보이는 두 사람도 그 말에 네 눈을 휘둥그레 떴다. 아니, 여섯으로 정정한다, 한 사람은 안경을 썼으니까.

"나무를 돌아서 이쪽으로 오렴."

안경 아저씨가 나에게 손짓했다. 한 손에 손전등을 들고, 나머지 한 손을 내 어깨에 얹으며 가까이 끌어당겼다.

예상대로 그곳에는 시체처럼 보이는 것이 누워 있었다. '보이는 것'이라고밖에 표현할 수 없는 이유는 반은 체크무늬 재킷에, 나머지 반은 회색 재킷에 덮여 있었기 때문이다. 여기 있던 두 아저씨의 그림자가 희뿌옇게 보였던 까닭을 그제야 알았다. 두 사람이 겉옷으로 시체를 덮어주느라 셔츠만 입고 있었기 때문이다.

시체를 덮은 재킷의 소매에는 각각 빛바랜 완장이 달려 있었다. 그제야 나를 데려온 아저씨의 소매에도 비슷한 완장이 있다는 걸 알아챘다.

'시라카와 1동 주민자치회'라고 쓰여 있었다.

"불을 비춰줄 테니, 얼굴을 봐주겠니?" 안경 아저씨가 말했다.

"아니, 안 돼. 경찰이 올 때까지 기다려." 세번째 아저씨가 끼어들었다. 내 얼굴을 힐끗 보더니 말했다. "어린애한테는 너무 충격이야."

"하지만 이애가 누군지 빨리 알아내야지. 온 공원이 발칵 뒤집혔어. 입구 쪽은 거의 공황 상태야."

아저씨들의 대화가 웅크려 앉은 내 머리 위를 어지럽게 오갔다.

나는 아무런 자각 없이, 체크무늬 재킷의 목 부분을 잡고, 옷자락을 천천히 들추었다.

"어이, 너 괜찮겠—"

세번째 아저씨의 목소리가 쏟아졌을 때는 이미 늦었다. 나는 그 밑에 있는 것을 보고 있었다.

다리였다. 가지런하게 모인 무릎이 빨간색 미니스커트 밑으로 드러났다. 발에는 섬세한 자수가 들어간 구두를 신고 있었다. 구두도 빨간색이었다.

"거긴 다리야, 머리는 반대쪽."

안경 아저씨가 허둥지둥 말했다.

나는 웅크려 앉은 채 몸만 움직여서 회색 재킷 쪽으로 손을 뻗었다. 그런데 숨쉬기 힘들 정도였던 두려움은 급속하게 엷어져갔다.

방금 본 다리는 스타킹을 신고 있었다. 구두 굽도 5센티미터가 넘었다. 아저씨들이 무슨 근거로 '네 또래'라고 했는지 모르겠지만, 그리고 요즘에는 이런 사복 패션을 좋아하는 여중생이 많은지도 모르지만, 적어도 내가 아는, 내가 파악한 구도는 그렇지 않다. 절대로 이런 옷을 입지 않는다. 예전에 역 앞 쇼핑몰에서 친구와 CD를 사러 나온 그애를 우연히 마주친 적 있는데, 청반바지에 캔버스화, 후드티를 입고 있었다. 무척 잘 어울렸다.

이 사람은 구도가 아니라는 안도감이 파도처럼 밀려왔다. 그래서 나는 공포에 질리는 대신, 그저 보통 사람이라면 당연히 충격을 받을 만한 광경을 접하는 전율만을 가슴에 품고, 과감하게 회색 재킷을 들췄다.

여자아이가 위를 향해 누운 채로 눈을 감고 있었다. 조금 전에 본 미니스커트는 빨간색 미니원피스의 일부였음을 알았다. 중국풍의 스탠드칼라였다.

어떻게 그런 것까지 보였을까?

너무나 의외였기 때문이다. 너무나 어울리지 않아서다.

그애의 얼굴은 병든 달님처럼 창백했다. 오직 입술만 빨갰다. 립스틱을 바른 것이다.

쉿녹 같은 냄새가 코를 확 찔렀다. 피냄새다. 밖으로 흘러나온 생명의 냄새.

"어떠냐? 네 친구 맞아?"

아저씨들이 이 옷차림, 구두, 화장을 보고도 이 사람이 내 또래라고 판단한 이유를 알았다.

앳된 얼굴이었다. 아직 갓난아기 같은 볼. 그리고 저 눈을 뜨면—뜨면—

살짝 사시기가 있는, 귀여운 눈동자가 보일 것이다.

말도 안 돼.

그러나 그애는 구도였다.

내 마음에서 공기가 빠져나갔다. 가슴이 오그라들었다. 그 소리가 귀에 들렸다.

"왔다." 한 아저씨가 중얼거렸다. 그제야 귀를 찌르는 새된 소리가 경찰차 사이렌이라는 걸 가까스로 알아챘다.

갑자기 뼛속까지 얼어붙는 한기가 느껴졌다.

4

경찰서 신세를 지는 게 사실 처음은 아니다.

다만 지난번에는 엄마와 내가 휘말린 사건 때문에 피해자 신분으로 왔지만 이번은 다르다. 나는—이런 경우는 관계자라고 해야 할까.

피해자의 친구라니. 이럴 바에야 차라리 피해자가 되는 게 낫겠다 싶었다.

나를 경찰차에 태워준 사람은 막 경찰이 된 듯한 젊은 남자였는데, 경찰서까지 가는 짧은 시간 동안 내 옆에 붙어 있던 형사님의 눈치를 살피면서도 정말 친절하게 마음을 써주었다. 거꾸로 말해, 그 정도로 내가 넋이 나가 있었던 것이다. 실제로도 혼란스러웠다. 부모님을 불러야 하니 연락처를 알려달라고 하는데도 번호가 바로 떠오르지 않았고, 조바심을 낼수록 더 생각이 안 나서, 결국 나를 데려온 형사님이 알아봐줬을 정도다.

그런데 그 덕분에 도움이 되기도 했다.

경찰서 주차장에 내려서 형사님에게 부축을 받다시피 안으로 들어갔다. 그때 마중나온 다른 형사님과, 한순간이긴 했지만 뭔가 험악한 눈빛이 오가는 것을 나는 알아차렸다. 알아차렸지만 마음이 너무 산산이 조각나서 의미를 깊이 생각해볼 수 없었다. 만약 그 상황에서 괜한 상상을 했다면 나는 바로 도망쳐버렸을 게 틀림없다. 그랬다면 사태를 더욱 악화시켰을 것이다.

경찰서에서는 형사과 한구석에 자리잡은 볼품없는 소파에 앉아 한참을 기다려야 했다. 부모님이 올 때까지 나한테 질문을 하면 안 되는지도 모르겠다는 생각이 들었다. 일단 마음을 가라앉히라고

만 했다.

그러나 그냥 내버려둔 건 아니다. 어깨를 움츠리고 앉아 있는 나에게 누군가가 줄곧 시선을 던지고 있었다. 명확히 말해 감시중이었다. 그런데도 그때 나는 내가 정신이 이상해져서 난동을 부리지 않도록 지켜봐주는 거라고 받아들였다.

천하태평도 유분수지! 떠올리면 아직도 진땀이 난다.

아무래도 사태의 흐름이 그리 만만치 않은 것 같다고—적어도 만만하게 끝나지는 않을 거라고 알아챈 것은 경찰서에 온 지 이십 분쯤 후, 엄마가 목숨을 잃은 구도와 다를 바 없이 새파랗게 질린 얼굴로 형사과에 들이닥쳤을 때였다.

"마사오." 이름만 한 번 부르고 엄마는 돌멩이라도 삼킨 것처럼 입을 꾹 다물었다.

나도 "엄마" 하고 부른 후, 이상하게 웃음이 스멀스멀 솟구쳐서 (정말로 위험한 벼랑 끝에 서 있었나보다) "또 경찰서네, 게다가 이번에는 내 친구가 살해당했어"라고 실실거리며 말해버렸다.

"웃을 일이 아니야." 엄마가 엄하게 말했다.

"안 웃었어."

"웃었어, 얘, 정신 똑바로 차려!"

엄마가 몸을 세차게 흔들어서 나는 겨우 정신이 들었다. 엄마의 눈빛은 날카로웠고, 부서진 내 마음의 조각들을 하나도 남김없이 찾아내 주워모으려는 듯이 두 눈은 크게 뜨여 있었다. 흰자위에 핏

발이 섰다.

"마사오, 네가 의심받고 있어."

이 말은 나를 제정신으로 돌려놓는 주문 같았다. 그러나 다른 한편, 돌아온 제정신을 순식간에 송두리째 날려버릴 만한 독기도 품고 있었다.

"하하하." 나는 소리 내어 웃었다.

"웃을 때가 아니래도. 너, 어떻게 그애가 구도 학생인 줄 알았어? 약속하고 나간 게 아니잖아? 응? 어떻게 된 거야?"

나를 이런 데서 혼자 기다리게 해놓고, 엄마하고는 이런 얘기를 주고받았단 말인가.

나는 입을 떡 벌린 채 엄마를 바라보았다. 엄마가 열심히 주워 모으는 옆에서 내 마음의 조각들이 더 잘게 부서지며 손가락 사이로 줄줄 흘러내리는 광경이 보였다.

"바보 같은 소리 하지 마—"

말을 채 끝내기도 전에 나는 그 자리에 픽 쓰러졌다. 픽 하는 소리를 내 귀로 들었으니 틀림없다.

열세 살에 경험하는 생애 첫 졸도였다.

눈을 떴을 때, 나는 한 병실에 있었다. 새하얀 침대를 보기 전에 공기 중에 떠도는 소독약냄새로 금방 알 수 있었다.

그리고 머리 위에서 비정상적으로 덩치 큰 그림자가 나를 내려다보고 있다는 것을 알아챘다.

그 사람이 누군지는 바로 알 수 없었다. 엄청나게 못생긴 아저씨구나—아직 완전히 돌아오지 않은 의식 속에서 어렴풋이 생각했을 뿐이다.

그런데 그 못생긴 아저씨가 입을 연 순간 기억이 되살아났다.

"넌 우리를 자주 성가시게 하는구나."

그 위협적인 목소리, 그리고 담배냄새가 풍기는 숨결.

"무라타 경위님!"

일어나려 애쓰며 소리치는 나를 덩치 큰 경위님이 냅다 내리누르고, "다무라 경위야" 하고 정정했다.

앞서 얘기한, 여름방학 동안 엄마와 내가 휘말렸던 심상치 않은 사건에서 현장 수사를 지휘했던 경위님이다. 경시청 특수범죄수사반의 반장님이기도 하다. 경위라고 하면 무섭지만, 반장이라고 부르면 꼭 급식당번 같아서 안도감이 느껴진다.

"다행히 아직 경위님이래." 발 쪽에서 다른 목소리가 들렸다. 시마자키였다. 변함없이 안경을 번쩍거리며 조막만한 얼굴을 경위님의 커다란 얼굴과 나란히 하고 서 있었다.

여름방학 사건에서는 경위님과 시마자키가 직접 만난 적이 없다. 그러니 원래는 같이 있는 둘을 보며 뜻밖이란 생각이 들었어야 하지만, 그 상황에서는 그럴 만한 여유가 없었다.

"'다행히'라니, 무슨 의미지?" 경위님의 질문.

"오가타네 사건은 미제로 끝났잖아요?" 시마자키의 대답.

"분명 우리의 패배였지."

"그러니 다행이죠, 좌천당하지 않은 게."

다무라 경위님이 호쾌하게 웃었다. "과연, 그렇군."

그러고는 눈을 날카롭게 번득이며 말을 이었다. "그런데 말이야, 다행히 이젠 경위가 아닐 가능성도 있어."

"요컨대 승진했을 수도 있지 않냐는 건가요?"

"물론이지."

"말도 안 돼요." 시마자키가 받아쳤다. "그 일이 아니더라도 현재의 경찰 체제에서는 경위님이 경위 이상으로 승진하긴 어려워요. 실적이나 능력과는 관계없이."

경위님이 큰 소리로 껄껄 웃었다. "너, 꽤 많이 아는구나. 그래, 난 논커리어*니까."

"봐요, 맞죠?"

"어떻게 그런 걸 아니?"

"오가타네 사건 때 주간지에 실렸어요. 그리고 요즘은 경찰 조직에 관한 양질의 경찰소설이 있거든요. 중학생이라도 얼마든지 알 수 있어요."

"못 당하겠군. 오가타, 이애가 정말 네 친구 맞니?"

---

* 경찰대학 출신이 아닌 경찰공무원을 뜻하는 속어.

“아, 네.” 가끔 남인 척하고 싶을 때가 있지만.

“잘 부탁드립니다.” 시마자키가 점잔 빼며 경위님에게 고개를 숙이고 나를 바라보았다.

“아주머니 허락을 받고, 대신 급히 달려왔어.”

“엄마 대신?”

“응. 아주머니가 빈혈이라.”

“너희 어머님은 나를 만날 때마다 기절하시는구나.”

경위님이 큼지막한 머리를 벅벅 긁었다. 비듬이 날아올 것 같아서 나는 얼른 목을 움츠렸다. 그러자 경위님이 큰 팔을 뻗어 내 담요를 잡아당겼다.

“그건 그렇고, 하나 묻겠다, 오가타 마사오.”

“네.”

“네가 범인이냐?”

내가 또 허둥거리자, 경위님이 우락부락한 얼굴을 일그러뜨리며 미소 지었다.

“걱정 마, 아무도 그렇게 생각하지 않으니까.”

“우리 동네 형사님들은 그렇게 생각해요.”

“그들은 동네 불량학생 무리 때문에 애를 먹는 것 같더군. 이번 사건에서도 곧바로 걔들부터 떠올린 모양이야. 하지만 네 학교생활이 밝혀지고는 바로 혐의가 풀렸어. 안심해.”

나는 안도의 한숨을 내쉬었다. 그러자 동시에 목구멍 깊은 곳에서 슬픔이 솟구쳤다. 내 문제에 정신이 팔린 동안 슬픔까지 무감각해졌던 게 한심스러워서, 오열에서는 자기혐오의 맛이 났다.

경위님과 시마자키는 나란히 서서 나를 바라보고 있었다. 똑같은 균열이 생긴 크고 작은 가가미모치* 같았다.

"안됐구나." 경위님이 말했다. "친구를 잃는 건 괴로운 일이지. 게다가 이런 식으로."

"자책하지 마." 이렇게 말한 건 시마자키였다. "내가 같이 갔으면 그런 일은 일어나지 않았을 거라느니, 큰맘 먹고 모임에 같이 가자고 했으면 좋았을 거라느니……"

"하지만 자꾸 그런 생각이 들어."

"생각하지 않으려고 노력해야지. 잘못된 생각이니까."

나는 한참을 더 울었다. 경위님도 시마자키도 나를 실컷 울게 놔두었다.

이윽고 시마자키가 건네준 손수건으로 눈물을 훔치고, 경위님이 준 휴대용 티슈로 코를 풀고 나니, 조금이나마 마음이 가라앉았다.

경위님이 준 티슈는 전화방 유인물이었다. 서투르게 그린, 묘하게 섹시한 여고생 그림이 들어가 있었다. '우리가 상대해드려요' 하며 세일러복 차림의 여자아이가 윙크하는 그림이었다.

내가 그것을 보고 이상한 표정을 지었는지 경위님이 허둥지둥

* 새해에 신에게 바치는 공물로, 크고 작은 둥근 떡을 겹친 모양이다.

주머니에 집어넣더니 "방범부에서 받은 거야" 하고 말했다. "압수한 증거품의 일부지. 이런 건 하나만 확보해도 충분할 테지만 어쩌다보니 통째로 가져왔는지, 경찰서에 두 상자나 있어."

시마자키가 티슈를 들여다봤다. "풍속영업법 위반?"

"땡!" 경위님이 신바람난 듯이 틀렸다고 선언했다. "안타깝구나. 너도 모르는 게 있었네. 아동복지법 위반이야. 미성년자를 이런 데서 일하게 했으니 당연히 벌을 받아야지."

마음은 이해하지만, 경위님 정도 되는 사람이 시마자키와 진심으로 경쟁하면 안 될 것 같은데.

"저어……"

"뭐?"

"구도 사건은 경위님이 담당하시나요?"

질문하고 대답이 나오기까지 약간 침묵이 생겼다. 이 경위님에게서는 보기 드문 반응이다.

"그럴 것 같긴 한데."

이상하리만큼 신중한 말투였다.

"아직은 모르겠다. 오늘은 사건과 관련해서 네 이름이 나왔다는 소식을 듣고 찾아온 거야."

"감사합니다."

"감사할 건 없어. 그게 내 일이니까. 그나저나 우린 인연이 꽤 깊구나."

정말 그렇다. 그리고 조금은 든든하고 기쁘기도 했다. 그 사실이 내 마음을 단단히 잡아줄 것 같았다. 경위님이 나서준다면 문제없다. 틀림없이 범인을 잡아줄 것이다. 그리고 뭔가를 알아내면 나에게도 꼭 알려주겠지.

그래서 마음을 가라앉히고 물었다. "구도는 어떻게 죽었나요?"

경위님이 굵은 눈썹을 찡그렸다. "아직은 몰라."

"수사는 이제 시작이야." 시마자키도 말했다.

"그런 뜻이 아니야. 동기 같은 걸 묻는 게 아니라. 으음…… 그러니까 내 말은……"

어휘력이 부족한 나 대신 시마자키가 말해주었다. "사인이 뭐냐는 말이야?"

"—응."

경위님의 표정은 여전히 떨떠름했다. "듣고 싶니?"

"네."

"지금 말해주지 않아도 뉴스나 신문에 나올 텐데."

"그건 싫어요. 충격이 더 클 것 같아서 괴로워요. 아는 사람한테 직접 듣고 싶어요. 안 되나요?"

경위님이 무릎 위에 얹은 큼지막한 손을 꼼지락거리며 망설였다. 그 모습을 보니 덩달아 불안이 커졌다. 이렇게 머뭇거릴 정도로 무참하게 살해당한 걸까?

나랑 같은 기분이었는지, 시마자키가 말했다.

"경위님이 말씀 안 해주시면, 자꾸 나쁜 상상만 하게 돼요."

경위님의 말투가 변명조로 바뀌었다. "그건 알지만, 적당한 표현을 고르려다보니까."

"……그렇게 끔찍한가요?"

"아니, 그게 아니야." 경위님이 큼지막한 손을 휘저었다. "내가 표현을 고민한 건 너무 평범해서 거짓말처럼 들릴 것 같아서야."

"그럴 걱정은 없어요." 시마자키가 말했다. "오가타는 경위님이 그렇게 머리 쓰는 사람이 아니란 걸 잘 아니까요. 그치?"

경위님이 흐음 하고 신음했다. "그럼, 확실하게 말하지. 그 아이는 괴롭지 않았을 거다. 아직 부검이 끝나진 않았지만, 확실하게 말할 수 있어. 그냥 깜짝 놀라기만 했을 거야. 조금 차갑다는 느낌 정도는 받았을지도 몰라. 하지만 그것뿐이야. 맹세하는데, 진짜야."

조금 차갑다?

"목뒤에—아문瘂門이라고 하는 급소가 있는데, 알지 모르겠다." 경위님이 자기 손가락으로 굵직한 목 뒤쪽을 가리키며 말했다. "그곳을 찔렸어. 송곳처럼 매우 예리한 흉기로. 출혈도 거의 없었어. 외상은 그게 다야. 순식간이었을 거야."

시마자키가 경위님의 말이 맞는다는 듯이 고개를 끄덕였다.

"머리 곳곳에 그런 급소가 있지. 우리 아빠 친구 중에 침술사가 있는데, 금혈禁穴이라고 해서 절대 침을 놓으면 안 되는 급소가 있다고 알려준 적 있거든. 아문도 그런 급소 중 하나야."

경위님이 질문하듯 나를 바라보았다. 내가 말했다. "시마자키 아빠는 이발소를 하세요."

"그렇구나." 경위님이 머리를 쓸어넘겼다.

"이발소 신세를 안 진 지 오래됐네."

그러고 보니 경위님은 머리숱이 적었다.

우리가 힐끔힐끔 머리를 쳐다봐서 기분이 상했는지, 경위님이 어험 헛기침을 했다. "아무튼 현시점에서 확실한 사실은 그것뿐이다. 앞으로 조사해야 할 게 많아. 조만간 너희 학교에도 우리 쪽 사람들이 갈 거고. 괴롭겠지만 협조해줘라."

구도를 죽인 범인을 밝혀내기 위해 구도에 대해 샅샅이 조사하는 것이다. 그런 생각에 표정이 어두워졌는지 경위님이 내 어깨에 손을 툭 얹고 중얼거렸다.

"착한 아이였던 것 같던데."

"정말 착한 애였어요."

목구멍 안쪽이 또다시 뜨거워졌다.

"그래서 더 이해가 안 가요. 믿기지가 않아요. 대체 왜 구도가 혼자서 벌레 울음소리를 듣는 모임에 갔는지. 가족이랑 같이 간다고 했는데. 게다가 그런—그애답지 않은 차림으로."

"그렇게 어른스럽게 꾸미고 싶어하는 애가 아니었다?"

"전혀 아니에요. 그런 타입이 아니었다고요."

경위님이 시마자키의 얼굴을 쳐다보았다. 시마자키도 경위님의 얼굴을 올려다봤다. 그리고 나처럼 고개를 가로저었다.

"아무튼 오늘 하룻밤은 여기서 자라. 잠이 안 오면 약을 줄 거야. 경찰병원이라고 쭈뼛거릴 필요는 없어. 네 어머님도 아마 지금쯤 그러고 계실 테고."

폐를 끼쳐서 죄송하다고 인사한 뒤 나는 병실을 나가는 경위님을 배웅했다. 시마자키는 바래다주겠다는 경위님의 제안을 거절하고 병실에 남아주었다.

"뭣하면 나도 여기서 잘까?"

"고마워. 하지만 걱정 안 해도 돼."

정말 괜찮을지 어떨지 나 자신도 알 수 없지만, 구도를 죽인 범인을 밝혀낼 때까지는 정신을 바짝 차릴 것이다. 반드시.

"그애는 왜 그렇게 됐을까. 왜 그런 옷을 입고, 화장까지 했을까."

무심코 입 밖으로 나온 질문에 시마자키가 조용히 위로하듯 대답해주었다.

"언젠가 반드시 알게 될 거야. 분명히 밝혀져. 하지만 지금은 아니야. 지금은 그냥 자."

응, 하고 고개를 끄덕이고 눈을 감았다. 하지만 그러기 직전에 시마자키가 어렴풋이 어두운 표정을 지으며, "불길한 예감이 든단 말이야" 하고 혼잣말처럼 나지막이 중얼거리는 것을 듣고 말았다.

5

약의 위력이란 대단해서 그날 밤 나는 잠이 들어버렸다.

다음날 아침 눈을 떠서 내가 병실에 있다는 걸 발견하고, 그것을 시작으로 마치 도미노가 쓰러지듯 일련의 기억이 되살아나자, 그런 일이 벌어졌음에도 불구하고 잠이 들어버렸다는 사실에 매섭게 따귀를 맞은 듯한 기분이 들었다.

만약 시마자키가 옆에 있었다면, 인간의 생리란 본래 그러하니 죄책감을 느끼는 건 비상식적이라느니 어쩌니 위안이 되는 말을 해줬을 테지만, 공교롭게도 온데간데없이 사라지고 보이지 않았다. 아마도 내가 잠든 걸 확인하고 집으로 돌아간 것 같았다.

그런 까닭에 외톨이가 된 나는 아침부터 또 조금 울었다. 아, 평화로운 아침이다, 어젯밤 일은 분명 악몽이었을 거야, 하는 착각은 티끌만큼도 떠오르지 않았다. 머리맡에 놔둔 스와치 시곗바늘은 오전 일곱시를 가리켰고, 하얀 커튼 너머로 비치는 밝은 햇살에 오늘도 화창한 가을날이 될 거란 예감이 들었지만, 그런 건 아무런 위안도 되지 않았다.

그러나 눈물은 조금밖에 나오지 않았다. 울고 싶은 만큼 실컷 울고 싶은데 뜻대로 되지 않았다. 억지로라도 울어서 마음속 응어리를 씻어내고 편해지고 싶은데, 그렇게 하면 오히려 숨이 차올랐다.

미리 말해두지만, 이것은 내가 남자라서 그렇다 어떻다 하는 차원의 문제가 아니다. 남자니까 마냥 훌쩍거릴 수 없다는 무의식이 브레이크를 밟은 것이 아니다.

마음에 구멍이 뚫렸구나, 그런 생각이 들었다. 펌프 어딘가에 커다란 균열이 생겨서 눈물을 끌어올리려 해도 뱅글뱅글 헛돌기만 한다. 그런 느낌이었다. 인간은 정말로 깊은 슬픔에 빠지면 오히려 이렇게 되어버리는지도 모른다.

진정한 슬픔은 쉭쉭거리며 헛도는 마음속 펌프 소리다. 옆에서는 알 수 없고, 들리지도 않는다.

얼마쯤 가만있으니, 마음이 가라앉지는 않았지만 어떻게든 일어나서 오늘 하루를 견뎌낼 만한 기력은 쥐어짜낼 수 있겠다는 느낌이 들었다. 그래, 이런 정신력으로 버텨내야 해, 스스로를 격려하며 간호사 호출 버튼을 눌렀다. 언제까지고 병원에만 틀어박혀 있어봤자 소용없다.

병실로 들어온 젊은 간호사 누나는 내 체온과 맥박, 혈압 모두 정상 수치임을 확인한 후, 별로 맛없겠지만 아침밥은 다 먹으라고 말했다.

"식사가 끝나면 의사 선생님이 진찰해주실 거야. 그때 별다른 문제가 없으면 집에 돌아갈 수 있어."

살짝 미소를 머금은 후 "어머니랑 같이"라고 덧붙였다.

"신세 많았습니다."

내가 고개를 숙이자 간호사 누나가 하하하 소리 내어 웃었다.

"어른스럽네."

의사 선생님의 퇴원 허가를 받고 옷을 갈아입었을 즈음 엄마가 병실로 왔다. 옷매무새는 단정했지만 하룻밤새 조금 수척해진 것 같았다.

"그 경위님 얼굴을 보는 순간 온갖 충격이 되살아나지 뭐니."

겸연쩍어하는 표정이었다.

"그럴 만도 하지."

"넌 괜찮니?"

"별로 괜찮진 않아."

엄마가 고개를 끄덕였다. 어딘가 십대 여자애 같은 몸짓이었다.

"집으로 가자. 오늘은 그냥 푹 쉬어."

그뒤로는 아무 말도 하지 않았다. 애도의 말도, 힘내라는 격려의 말도. 우리 엄마는 상당히 배려심 있는 사람이라는 생각이 들었다.

돌아와보니 아빠는 없고 집안이 고요했다. 엄마와 내가 갑자기 병원에서 하룻밤 보내야 하는 사태에 아빠도 적잖이 당황했는지, 웬일로 '도저히 미룰 수 없는 볼일이 있어서 외출해. 점심때 전화할게'라는 메모를 남겨놓았다. 아빠의 손글씨를 대체 몇 년 만에 보는 건지. 물끄러미 한참을 바라보았다.

엄마가 꼭 닫혀 있던 커튼과 창문을 열었다. 나는 "방에 있을게" 하고는 곧장 내 방으로 들어갔다. 문을 닫고 의자에 주저앉아 책상에 머리를 박았다.

엄마가 걸어다니는 소리가 들렸다. 주전자에 물을 담아 가스레인지에 올렸다. 쓰레기통 뚜껑을 열었다가 닫았다. 잠깐 설거지를 했다. 그리고—

마침내 조간신문을 가지러 갔다.

나는 바짝 긴장하고 기다렸다. 어젯밤 자정 전에 발생한 사건이니 오늘 아침 신문에는 실렸을 것이다. 피해자면 미성년자라도 이름이 나올까? 나는 과연 그 기사를 읽을 준비가 됐을까? 구도의 이름을 확인할 수 있을까?

바보 같지만, 기사로 활자화되기 전까지는 그애가 죽었다고 확정되지 않은 것 같았다. 이상한 얘기다. 현실에서 두 눈으로 직접 봤는데, 신문이나 텔레비전보다 훨씬 확실하게 경험했는데, 그걸 확인하기 두렵다니.

매일 아침 이 시각이면 텔레비전을 켜는 엄마가 오늘 아침에는 그러지 않았다. 집안은 여전히 고요했고, 이따금 밖에서 달려가는 자동차 소리가 들려올 뿐이다.

텔레비전을 켜면 좋든 싫든 야단법석을 떠는 와이드쇼 프로그램이 눈에 들어온다. 그걸 피하려고 전원 버튼을 누르지 않았으리라. 배려심 있는 엄마는.

그래도 신문은 읽겠지. 분명히 지금 그 기사를 읽고 있다—정독하고 있다—그리고 중간중간 내 방 쪽으로 시선을 던질 것이다—틀림없이.

그런 생각을 하고 있는데, 별안간 큰 소리가 들렸다.

"어?"

엄마 목소리였다. 요컨대 신문을 읽다가 이상한 소리를 내지른 것인데, 온갖 상상을 하며 긴장해 있던 나도 덩달아 놀랐다. 뭐지, 저 소리는?

"얘, 마사오, 마짱!"

뒤이어 나를 부르는 소리가 들렸다. 어린애처럼 '짱'이라고 부르지 말라며 최근 들어 진지하게 항의할 때가 많은 나지만, 이때만은 그런 건 신경도 쓰이지 않았다. 곧바로 의자를 박차고 일어서며 "왜?" 하고 소리쳤다.

"잠깐 와봐! 빨리!"

분부하신 대로 막 방에서 나가려는 순간, 뒤에서 내 전화기가 울렸다. 나는 내 방에 전용 전화를 따로 놓을 만큼 유복한 집안의 자제가 아니니 다시 말해 집전화의 무선전화기가 울렸다는 뜻이지만, 아무튼 바로 옆에서 전화벨이 울렸다. 그래서 반사적으로 홱 돌아서며 전화를 받았다. 아마 신호가 한 번 반 정도밖에 가지 않았을 것이다.

"네, 오가타입니다."

수화기에 대고 짧게 대답하는 동안, 시마자키일까? 선생님일까? 인터뷰하려는 언론사일까? 반 친구 누구일까? 등등 네 가지 정도의 '일까?'가 머릿속을 스쳤다. 언론사까지 떠올리다니 참 여유롭구나 싶겠지만, 이것은 몇 번이나 말했듯이 여름방학에 어처구니없는 일을 겪었기 때문이고, 인간은 뭐가 됐든 경험을 쌓으면 강해지는 법이다. 그것이 좋으냐 나쁘냐는 제쳐두고.

"오가타 집인가요?" 전화를 건 사람이 말했다. 여자 목소리였다.

아니, 여자아이 목소리였다.

"오가타 집인가요?" 여자아이가 다시 한번 물었다. "여보세요?"

사람의 목소리는 전화로는 다르게 들린다. 그렇지만 원래 목소리와 구분하지 못할 정도로 바뀌지는 않는다. 다른 사람 목소리가 되지는 않는다.

아무리 그 목소리를 전화기를 통해서는 처음 듣는다고 해도, 누군지 알아듣지 못할 일은 없다.

"오가타니? 여보세요, 듣고 있어?"

여자아이 목소리가 물었다. 내 심장은 갑자기 독립한 생물이 되어, 아무래도 리듬체조선수가 되려고 결심한 듯이, 놀랄 만한 높이로 날아올랐다 뛰어내리고, 동맥을 확 떼어내 높이 던졌다가 캐치, 점프하며 다리 찢기—

있을 수 없는 일이지만, 그만큼 가슴속이 야단법석이었다.

오가타. 귀에 익은 목소리다.

"괜찮니? 저기, 나 알겠어?"

여자아이의 목소리가 다정하게 울려퍼졌다.

"나 구도야. 구도 구미코."

내 머릿속에서 뭔가가 툭 끊어졌다.

나는 수화기를 움켜쥐고 입을 떡 벌린 채 하염없이 바라보기만 했다. 엄마가 복도를 뛰어왔다. 문이 벌컥 열렸다.

"마사오, 신문."

오른손에 꽉 움켜쥔 신문을 내밀었다.

"시라카와정원에서 살해당한 사람, 네 친구가 아닌 것 같아."

나는 입을 떡 벌린 채로 고개를 끄덕였다.

"—그런가봐."

여전히 꽉 움켜쥐고 있는 수화기 속에서 시마자키의 목소리가 들렸다.

"야, 괜찮아? 구도가 사정을 알고 우리집으로 왔어. 너도 올 수 있어? 야, 너 괜찮은 거야?"

6

'시마자키 이발소'의 정문에는 임시휴업 팻말이 걸려 있었다. 시마자키의 부모님은 없었다. 그래서 시마자키는 "여기가 제일 조용해" 하면서 손님용 의자에 떡하니 자리잡고 등받이에 기대어 있었다.

그리고 구도—구짱은 구석의 스툴에 앉아 커다란 눈을 동그랗게 뜨고 나를 바라보고 있었다.

시마자키 이발소가 자랑하는 티끌 한 점 없는 대형 거울 속 광경을 보면, 내 두 눈 역시 튀어나오겠다 싶을 만큼 휘둥그렜고, 그 시선은 오로지 구도 한 사람에게 쏠려 있었다. 시마자키는 나하고도 구도하고도 똑같은 간격을 유지하며 시선도 딱 절반씩 배분하고 있었다. 다만—어려운 표현을 쓰자면—근심의 색이 보다 짙은 것은 당연히 나를 보는 눈이었다. 쉽게 말해 내가 제정신인지 의심스러워하는 표정이었다는 뜻이다.

"간단히 말하면, 신원 확인이 잘못된 거야."

팔걸이에 기대며 시마자키가 태평스럽게 말했다.

"하긴 그런 상황에서는 무리도 아니지."

나는 아무 말도 할 수 없었다. 목소리가 나오지 않았다.

"그래, 정말로 그럴 만한 상황이었어." 구도가 말을 이었다.

"……그런가?"

가까스로 내가 되물었다. 구도가 연신 고개를 끄덕였다.

"시라카와정원에서 살해당한 사람은, 내 사촌언니거든."

"사촌언니—"

"응. 이름은 모리타 아키코야. 오늘 신문에도 그렇게 났을 거야."

엄마가 내민 신문에도, 분명 그 이름이 실려 있었다.

"우리 엄마의 언니 딸이야. 우리 엄마는 언니랑—그러니까 우리 이모랑 굉장히 닮았거든. 그래서 아키코 언니랑 나도 어릴 때부터 닮았다는 말을 많이 들었어. 정말 비슷해."

"아키코 언니, 였구나."

친숙한 호칭이었다. 나는 머릿속으로 막연하게 그 말을 되풀이했다.

구도는 살아 있다. 살해당한 건 그애가 아니었다. 그 사실이 차츰 머릿속으로 스며들면서 나는 빠르게 안정을 되찾았다. 스스로도 확연히 느낄 수 있었다. 실룩실룩 떨리던 눈초리가 멈췄다. 무릎도 더는 덜덜 떨리지 않았다.

그래서였으리라. 아키코 언니라고 친숙하게 부르긴 하지만, 그 사람이 그렇게 죽은 다음날 아침인데도 구도는 별로 큰 충격을 받은 것 같지 않다—라는 데까지 생각이 미친 것은.

내가 무심코 그런 말을 하자 구도는 아주 잠깐 찔리는 듯한 눈빛을 보였다. 그 순간 나는 혀를 깨물어버리고 싶었다.

"못 만난 지 벌써 칠 년 정도 될걸." 나지막이 중얼거리듯 말했다. "나이 차도 좀 나거든. 아키코 언니는 올해 스무 살이야. 어릴 때는 자주 놀아줬지만, 언니가 중학교에 들어갈 무렵부터 거의 왕래가 없었어. 언니만이 아니야. 이모네와 아예 관계가 끊겨버렸어."

"친척 사이란 여러모로 복잡하니까." 시마자키가 말했다. "구도네 이모님, 다시 말해 모리타 씨 가족은 지바시에 산대."

"외갓집이랑 정반대 방향이야. 그런 점도 있어서—"

"친정이랑 멀면 아무래도 그렇지." 시마자키가 말을 받았다.

아, 그래. 시라카와정원 행사에 참가하려고 할아버지 할머니가 굳이 다치카와에서 오신다고 했던가. 아닌 게 아니라 방향이 정반대네—그런 생각을 하다 나는 중요한 기억을 떠올렸다.

"그래, 내가 당황해서 착각한 것도 구도가 토요일에 가족과 함께 시라카와정원에 갈 거라고 했기 때문이야."

나의 경솔함을 남의 탓으로만 돌리는 것처럼 들릴까봐 빠르게 말하고 넘어갔다.

"어젯밤에는 어떻게 된 거야? 안 갔어? 아니면 그 아키코라는 사촌언니랑 같이 있었던 거야?"

구도가 약간 지친 표정을 지었다. "그게 또 난리였어."

구도의 집에 와서 같이 행사에 갈 예정이었던 할아버지가 갑자기 몸이 안 좋아졌다고 한다.

"오후에 전화가 왔어. 가슴이 답답하다고. 우리 할아버지는 심장이 안 좋거든. 전에 한번은 돌아가실 뻔해서 응급실까지 간 적도 있고. 그래서 우리 식구들이 깜짝 놀라서 우르르 달려갔지."

심장발작을 일으키면 만에 하나 목숨을 잃을 수도 있다. 당황하는 게 당연하다.

"너무 서두르다보니 문단속 같은 것도 걱정이라, 옆집에만 사정을 애기하고 부탁한 후 다 같이 나갔어. 그래서 그후에—시라카와 정원에서 내가 살해당했다고 소동이 벌어진 것도 바로 알 수가 없었지. 먼저 경찰이 우리집으로 왔고, 옆집 아주머니가 깜짝 놀랐고, 경찰이 외갓집 전화번호를 알아내서 연락했지만, 우리 모두 병원으로 달려가 있어서 연락이 닿질 않았지. 그래서 결국엔 경찰차가 병원으로 왔고, 그제야 애기를 전해듣고 엄청 놀란 거야. 할아버지 상태가 조금 안정돼서 한숨 돌리고 있었는데, 구미코는 여기 있는데요, 라면서 다들 기겁을 했지!"

구도가 눈을 깜박거렸다. 기분이 상한 눈치는 아니고, 정말로 놀랐다는 표정이라 더더욱 미안했다.

부끄러워하는 내 표정을 보더니 이번에는 구도가 마음을 써주었다.

"근데, 그렇게 큰 소란은 아니었어"라고 서둘러 덧붙였다. "정말로 놀란 건 살해당한 사람이 아키코 언니라는 걸 알았을 때야."

"흠, 물론 그렇겠지." 시마자키가 말을 받았다. "아키코 언니가 시라카와정원에 오는 건 알고 있었니?"

구도가 고개를 힘차게 저었다. "전혀! 약속 같은 것도 안 했고. 아까도 말했지만, 왕래가 끊어진 후로는 아키코 언니 혼자 우리집에 놀러오는 건 상상도 할 수 없었거든. 이모가 온다면 또 모를까."

"이모가 온다면 네 엄마랑 약속하고 오실 테고?"

"응, 맞아. 집안끼리 왕래가 없어도 우리 엄마랑 이모 사이는 좋았거든."

"자매는 그렇더라. 우리 엄마도 그래. 여동생이랑 친해."

"진짜? 역시 그렇구나. 시마자키네 이모님도 이발소 해?"

"그게 말이지, 미용실을 해. 의외성이라곤 전혀 없는 자매지?"

구도가 하하하 소리 내어 웃었다. 바이오리듬이 최저치를 찍고 있는 사람은 나뿐이었다.

자연스럽게 나 자신과 대화하게 되었다. 게다가 이 의문이 풀리지 않으면 마음이 진정될 것 같지 않았다.

"……왜 착각했을까?"

무심코 입 밖으로 흘러나온 자문에 두 사람이 똑같이 내 쪽으로 눈길을 돌렸다. 주목해주는 건 좋지만, 똑같이 하진 마, 똑같이는!

"아키코 언니가 나랑 많이 닮았다니까." 구도가 위로하듯 말했다. "옛날 사진을 보면 내 친구도 착각하곤 해."

그런데 구도, 그 표현은 난 네 친구가 아니라는 거네—나는 계속 삐딱하게 받아들였다.

"키가 다르대." 시마자키가 거들었다. "아키코 씨가 구도보다 10센티미터쯤 커. 그런데 네가 봤을 때는 바닥에 누워 있는 상태였잖아? 그러면 키 차이 10센티미터 정도는 구분이 안 되지."

과연, 과연, 예리한 지적이다. 구도도 감탄한 눈빛으로 시마자키를 올려다봤다.

나는 마음속으로 말했다. 그래, 맞아. 바닥에 누워 있었으니 키 차이는 알아채지 못했지. 그리고 눈을 감고 있었으니 더더욱 알아볼 수 없었어. 만약 그 사람이 눈을 뜨고 있었다면 절대 착각하지 않았을 거야. 내가 정말 귀엽다고 생각하는, 살짝 사시기 있는 네 눈동자를 착각할 리는 없어.

그러나 변명해본들 아무 소용 없다.

"다만 그렇더라도—" 무슨 말을 하려다 말고 시마자키가 입을 닫았다. 쓸데없는 소리였다는 듯 어깨를 으쓱했다. "아무튼 괜히 자책하지 마."

"……화장을 했었어." 내가 중얼거렸다. 중얼거린다기보다 억울해하는 것처럼 들렸을지도 모르지만.

"옷도 구도가 절대 입지 않을 스타일이었어. 그런데도 난 착각했어."

"사복 입고 만난 적도 없잖아." 구도가 나를 달래려 했다. 그렇구나, 동네에서 우연히 마주쳤던 일은 잊어버린 거구나.

"꽤 화려한 옷을 입었던 것 같은데." 시마자키가 속을 떠보듯 신중한 투로 말했다. "아키코 언니는 대학생이야?"

"아니." 고개를 흔든 구도는 말하기 거북한 듯이 적당한 표현을 찾았다. 시마자키가 '아키코 언니'라고 부른 것을 신경쓰는 기색은 없었다.

"고등학교를 중퇴해서……"

"아아."

"집안에 이래저래 사정이 있었어."

"뻔한 코스군."

"그런가. 처음에는 무슨 메이크업학교에 간다고 했는데, 결국 어떻게 됐는지는 모르겠어. 아르바이트한다는 얘기는 들었지만. 우리 엄마도 걱정했던 것 같아."

"조카니까. 아키코 씨는 외동딸이야?"

"첫째고, 밑으로 남동생이 하나 있어. 그런데……" 구도가 잠깐 뜸을 들이더니 목소리가 작아졌다. "아빠가 달라."

시마자키가 뒤로 젖히고 있던 의자에서 몸을 일으켰다. "이모님이 재혼한 거니?"

"아니, 아니야."

"그럼—"

"미혼모였어."

요즘에는 그리 놀랄 만한 사실도 아니다. 어느 집이든 그 집만의 비밀이 있기 마련이니까. 우리집만 해도 큰 비밀이 있었지.

"그럼 힘들었겠네."

동정 섞인 표정을 짓는 시마자키에게 구도가 고개를 끄덕였다. "진짜 친아빠는 따로 있어."

"본인도 그 사실을 알고 있었던 거야?"

"알았나? 음, 비슷한 말을 엄마가 한 적은 있어. 그러면 아키코가 오히려 더 가여울 거 같다고."

팔짱을 끼고 생각에 잠긴 시마자키. 그 모습을 바라보는 구도. 제삼자인 나.

시마자키 이발소의 대형 거울에는 삐딱한 천성에, 밴댕이 소갈머리에, 간덩이까지 작은 내 얼굴이 비쳤다.

'야, 잘 생각해봐. 구도는 살아 있어. 모든 게 착각이었고, 저애는 멀쩡해. 그냥 기뻐하면 그만이야.'

마음속으로 나 자신에게 호통을 쳤다.

'그런데도 넌 아까부터 시마자키랑 비교하면 난 경솔하다느니, 이 일로 구도가 날 어떻게 생각할지 모르겠다느니, 시마자키도 좀 눈치껏 굴면 좋겠다느니, 온통 잡생각뿐이잖아.'

그런데도 그런 생각이 들고 만다. 인간이란 간사하다.

'그럼 뭐야, 구도가 죽은 게 차라리 낫다는 거야?'

마음속 힐문에 나는 바르르 떨며 고개를 저었다. "말도 안 돼!"

"뭐?"

구도와 시마자키가 또다시 똑같이 나를 바라보았다. 두 사람의 눈을 보며 나는 한심한 미소를 지었다.

"아무것도 아냐, 혼잣말이야."

그리고 퇴장하기 직전에야 겨우, 원래는 맨 먼저 했어야 할 말, 가장 하고 싶었던 말을 꺼냈다.

"아무튼 구도가 무사해서 다행이야."

고마워, 하고 그애가 말했다. 생긋 웃어줬지만 곧바로 시마자키에게도 슬쩍 미소를 나눠주었다.

나는 오히려 더 상처를 받았다. 분에 넘치는 소리일지 모르지만, 진심이다.

시라카와정원에서 발생한 '살인사건'은 이렇게 우리에게서 멀어지고, 가까이에는 반 친구인 구도 사촌언니의 '죽음'이라는 사실만이 남았다. '살인' 부분은 '경찰'과 '언론'이라는 공적 분야로 넘어갔기 때문이다.

그래도 동네는 한동안 이 화제로 시끄러웠고, 텔레비전이나 주간지, 신문에서도 떠들썩하게 다뤘다. 낯익은 시라카와정원과 근처 동네 풍경이 텔레비전에 나오면 왠지 낯선 동네 같아서 이상했다. 옆 반 남학생 둘이 리포터 뒤에서 브이 자를 그리는 모습이 고스란히 카메라에 잡히는 바람에(아마 일부러 찍히려고 그런 거겠지만), 따끔한 주의를 받았다. 잡지 사진기자가 근처에 진을 치고 기다리면서 담배꽁초를 하도 많이 버려서 불편하다느니, 전화를 빌려서 긴 통화를 하고서도 감사인사 한마디 없다느니 하는 가시 돋친 이야기들도 귀에 들어왔다.

사건 다음날 시마자키 이발소가 휴업한 이유는 시마자키의 아빠와 엄마가 각각 지역자치회 부회장과 부녀회 연락위원이라는 요직을 맡았기 때문이지, 결코 단순한 구경꾼 심리가 아니었다는 사실도 판명되었다. 사건 현장인 시라카와정원을 관리 운영하는 시라카와 자치회를 비롯해, 이 지역의 통칭인 '무이카마치'에서는 후카가와 묻지 마 사건 이래 가장 끔찍한 이 사건을 계기로, 마을이 하나로 뭉쳐 방범 체계부터 재검토하는 논의를 시작했다.

벌레 울음소리를 듣는 모임은 당연히 사건 당일 밤으로 막을 내렸다. 시라카와정원도 폐쇄중이다. 언제까지 닫을지 알 수 없다는 소문도 돌았다. 솜씨를 뽐낼 장소를 잃은 등롱들은 일단은 구민센터 홀로 옮겨서 일주일 정도 전시하기로 했다.

그 일주일 사이 모리타 아키코 씨의 장례가 치러졌다.

혹시 주제넘는 행동일까봐 꽤 망설였다. 그러나 결국 구도를 통해 허락을 받고 장례식에 참석했다. 물론 시마자키는 빼고 나 혼자서. 이곳만은 혼자 가야지 의미가 있었다.

구도의 가족은 내 마음을 고맙게 받아주었다. 그러나 조촐한 제단—정말로 작고, 꽃도 거의 없는—앞에 고개를 숙이고 있는 아키코 씨 가족이 어떻게 생각했는지는 끝내 알 수 없었다.

아키코 씨 집은 지바역에서 걸어서 오 분 정도 걸리는 시내에 있었다. 회색 방화벽으로 둘러싸인, 멋진 삼층집이었다. 외국영화에 나오는 저택처럼 우아한 대문에 '개' 표시가 붙어 있었는데, 출관 때 아마도 아키코 씨의 남동생인 듯한 고등학생이 털이 반질반질한 시베리안허스키 한 마리를 가죽끈으로 묶어서 데리고 나왔다.

영정 속 아키코 씨는 웃고 있었지만 시선을 비스듬히 옆을 향했다. 제단 앞에 나란히 고개를 숙인 유족들을 외면하는 것처럼 보였다. 그와 동시에, 갑자기 그리고 비참하게 세상을 뜬 젊은 아가씨의 장례치고는 너무나 적은 조문객들에게서도 눈길을 돌리려는 것 같았다.

나는 몹시 쓸쓸했다. 구도가 바로 옆에 있으면서도 장소와 입장 때문에 말을 걸어주지 않아서 외로운 걸까 했지만, 그것만은 아닌 듯했다.

지금까지 누군가의 죽음 앞에서 슬퍼해본 적이 없는 건 아니다. 그런데도 이토록 뼈에 사무치게 쓸쓸한 기분은 처음이었다.

조문객들의 얼굴을 훔쳐보듯 관찰했다. 아키코 씨 또래의 남자나 여자는 거의 없었다. 부모님 연배의 사람들과 남동생 또래의 소년들뿐이었다.

모리타 아키코는 너무나 외로운 사람이었다.

복잡한 가정환경이 그녀의 인생에 그림자를 드리운 것이 눈에 보였다. 맥이 빠져서 어깨를 축 늘어뜨리고 있는 상복 차림의 어머니. 과연 얼굴이 쏙 빼닮았다(말이 나온 김에 덧붙이자면 구도와 구도의 어머니도 많이 닮았다. 소개받기 전부터 알아볼 수 있었다). 진심으로 슬퍼하는 건 그 사람뿐인 것 같았다. 안됐지만, 그렇게 보였다.

장례식 내내 멍한 표정으로 남몰래 하품을 하기도 하고, 출관 인사말을 할 때는 써놓은 글을 읽으면서도 몇 번이나 틀리던 아키코 씨의 아버지. 아니, 새아버지가 맞겠지. 생각난 김에 친아버지

일 듯한 나이대의 남자를 유심히 찾아봤지만 짐작이 가지 않았다. 그리고 조문객 사이에서 친구 얼굴을 발견했는지, 스님이 불경을 읊는 중에 눈에 띄지 않게 한 번 손을 들어 누군가에게 인사를 보내던 남동생.

그리고 박제처럼 털이 잘 다듬어진 시베리안허스키.

모리타 아키코 씨의 집은 정말로 여기였을까?

멍하니 엉뚱한 생각을 하고 있는데 뒤에서 누가 어깨를 두드렸다. 돌아보니 다무라 경위님의 무서운 얼굴이 상복의 바다에서 불쑥 튀어나와 있었다.

"다정하구나." 경위님이 말했다. "여기까지 추모하러 오고."

"경위님이야말로 정이 많으시네요."

경위님이 콧방울을 실룩였다. "피해자의 장례식에는 되도록 참석하려고 해."

"마음을 다잡기 위해서요?"

"그렇지. 범인을 반드시 잡겠다고 약속하는 거야."

그 말이 경위님답지 않게 절절하게 느껴져서 그랬을까. 나는 깊은 생각 없이 무심결에, 떠오른 말을 불쑥 내뱉고 말았다.

"수사 쪽은 어때요? 경위님, 제가 도울 일이 없을까요? 뭐든 할 일이 없을까요?"

경위님이 눈을 휘둥그레 뜨며 나를 내려다봤다. 말한 뒤에 스스로도 깜짝 놀랐다. 대체 무슨 소릴 하는 거지.

그러나 진심이었다. 진심으로 뭐든 돕고 싶었다. 그때 내 마음 속에 불었던 쓸쓸한 바람은 꼭 아키코 씨만을 위한 것은 아니었지만, 그녀에 대한 공감을 낳은 것은 사실이었다. 모리타 아키코 씨를 위해 뭔가 해주고 싶은 마음에는 거짓이 없었다. 그건 하늘도 아실 것이다.

그런 까닭에 나는 한참 지나 어처구니없는 사건을 불러오게 된다. 내가 꿈에도 생각하지 않았을 사건을.

7

다무라 경위님이 우리집에 전화한 것은 아키코 씨의 장례식이 끝나고 일주일쯤 지나서였다.

"내일 부하직원이랑 너희 학교 근처로 햄버거 먹으러 갈까 하는데."

"네에?"

괜찮은 가게를 알려달라는 말인가?

"맥도날드도 있고 롯데리아도 있지만, 그보다는 '밥 아저씨 가게'라는 동네 빵집 햄버거가 더 맛있어요."

그러자 경위님이 수화기 너머에서 끙 소리를 냈다.

"너희도 같이 안 먹을래?"

"—좋아하긴 하는데."

"내가 사줄게." 어험 헛기침한 후 말을 이었다. "네 여자친구랑 같이 먹으면 어떠냐? 그룹 데이트라고 기분도 낼 수 있잖아."

여자친구라면 구도 말인가. 뭐야, 그런 거였어?

"동아리 활동 끝나고 시간이 있긴 해요."

"그래, 다행이군."

"말하자면 경위님이 구도를 만날 때 저더러 같이 있어달라는 뜻인가요?"

"으음. 내가 낯을 가리거든."

잘도 그러시겠다.

"너희는 같이 있는 게 싫냐?"

그런 건 아니다. 오히려 그애 곁에 있어주고 싶다. 하지만 경위님이 왜 이러는지를 알 수 없었다.

"이 얘기, 구도도 알고 있어요?"

"물론이지. 너희랑 같이 나오고 싶다고 한 게 그 아이야."

귀가 확 달아오르는 것 같았다. 기쁘다.

"그런데 구도는 아키코 씨에 관해 할말이 거의 없을걸요. 왕래가 없었다고 했으니까."

"그런 것 같더군." 살짝 목소리를 낮추고 경위님이 말했다. "우리도 몇 번 구도 학생 집을 방문해서 가족들에게 이런저런 얘기를 들어봤어. 분명 그 집 사람들은 살해당한 아키코와 오랫동안 소원했고, 최근 생활이나 인간관계에 관해서는 거의 모르는 것 같더구나. 다만……"

"다만?"

나는 되물으면서 수화기를 꽉 움켜쥐었다. '다만'이라는 접속사는 무섭다. 뒤에 붙는 말이 지금까지 해온 이야기를 모조리 뒤집어 버리기 때문이다. 예를 들면 글짓기. 선생님께 냈던 글이 돌아온다. 빨간 펜으로 선생님의 평가가 쓰여 있다. 맨 처음 두 줄 정도는 칭찬이다. 나는 기뻐한다. 그런데 셋째 줄 첫머리의 '다만—' 이후로 무참한 지적이 이어진다. 나는 기가 죽는다. 그런 식이다. 정말이지 다만보다 무서운 말은 없다.

"네 여자친구는 사촌언니인 아키코에 대해 뭔가 알고 있는 기미가 엿보였어."

다무라 경위님은 이따금 사극 같은 말투를 쓴다.

"그런데 부모님이나 가족 앞에서는 아무래도 말하기 거북하다는 기미도 감지됐단 말이지."

그래서 집을 나서며 구도에게만 슬쩍 떠보았다고 한다. 그애는 하고 싶은 얘기가 있긴 한데 중요한 얘기일지 자신이 없다, 그리고 혼자서는 불안하다고 했다.

"그러니 제가 나설 차례다—"

"그렇지."

나름대로 침착한 목소리를 내려고 애썼지만, 거의 하늘을 나는 기분이었다.

"알겠습니다, 그렇게 할게요."

"고맙다."

시간과 장소를 정하는 사이 가슴이 두근거리기 시작했다. 경위님은 내가 구도랑 곧잘 햄버거를 먹으러 다닌다고 생각하겠지만, 천만의 말씀, 이번이 처음이다.

"경위님 부하직원은 무서운 사람 아니겠죠?"

"그건 걱정 마라. 나처럼 다정한 친구야."

으으윽.

"그럼 내일 다섯시에 보자. 집에 늦게 들어가면 안 되니까, 삼십분 정도로 끝낼 예정이야. 혹시 늦어지면 우리 차로 데려다줄게."

"괜찮아요. 늘 그 정도 시간에 집에 들어가는걸요."

"하굣길에 다른 데로 새는 건 바람직한 행동이 아닌데."

책가방 메고 노란 모자를 쓴 햇병아리도 아니건만.

인사하고 전화를 끊으려는데 경위님이 쫓아오듯 서둘러 말했다. "참, 시마자키한테는 네가 연락해라."

"시마자키한테요? 왜요?"

"왜라니, 그애도 같이 올 거잖아? 너희는 B&B 같은 사이니까."

"B&B요?"

"모르나? 옛날에 인기 많았던 개그 콤비인데. 구도 학생한테 들었어, 너희는 아주 죽이 잘 맞는 이인일조 콤비라고."

나는 입을 다물었다.

그렇구나, 그런 거구나. 구도는 같이 있어줄 사람으로 나를 지명한 게 아니라, '나와 시마자키'라는 콤비를 지명한 것이다. 그래서 경위님이 아까부터 계속 '너희'라고 말했던 것이다.

나는 조금 상했다. 한 달 내내 냉장고에 처박아둔 우유만큼 상했다. 하지만 우유는 상해도 요구르트가 될 수 있으니까. 회복이 빨랐다.

구도와의 관계는 이제 시작이다. 시간을 두고, 나만의 가치나 매력 같은 것들을 조금씩 보여주면 된다.

그러나 경위님의 전화를 끊고 시마자키에게 연락했을 때 "아까 구도가 전화해서 알려줬어. 밥 아저씨 가게라며?"라는 말을 듣고는, 햇볕에 사흘 동안 방치된 고등어 토막만큼 처참하게 상해버렸다.

그날 밤 나를 만졌으면 모두 두드러기가 났을 거다, 틀림없이.

밥 아저씨 가게는 주문을 받고 나서 햄버거를 굽고, 감자를 튀긴다. 미리 만들어놓지 않는 게 방침이다. 그래서 언제나 따끈따끈하고 맛있긴 한데, 완성까지 오 분에서 칠 분, 붐빌 때는 십 분 가까이 걸리기도 한다. 그 정도 시간이면 동아리 활동에서 죽어라 뛰어다니며 허기에 지친 중학생 군단은 도저히 참지 못해 쟁반을 들이마시고 테이블을 씹어삼킬 지경에 다다른다. 그런 불행은 피하고 싶기에, 중학생 군단은 토요일 오후가 아닌 한 이 가게를 멀리한다. 따라서, 우연한 선택이었지만, 남의 눈에 띄고 싶지 않은 경위님과의 회견 장소로 이곳을 고른 것은 정답이었다.

묘한 자의식과잉 상태에 빠져서 나는 낮 동안 구도와 이 회견에 대해 전혀 얘기를 나누지 않았다. 시마자키도 이렇다 할 언급을 하지 않았다.

그리고 지금, 다무라 경위님과 부하직원을 마주보고 나와 시마자키 사이에 앉은 구도의 얼굴은 기분 탓인지 몰라도 몹시 창백해 보였다. 햄버거가 나올 때까지 두서없는 잡담을 나누면서도 긴장 풀린 미소를 조금도 보이지 않았다. 평소에도 피부가 하얀 편이라 빈혈이라도 생긴 것처럼 보였다.

"너무 긴장하지 마." 경위님이 말했다. "알고 있을지 모르지만, 오가타와 난 인연이 꽤 깊단다. 뭐, 폰친구 같은 사이지."

"폰친구요?" 구도가 되묻자 경위님 옆에 있던 부하직원이 웃었다.

"요즘 중학생한테는 폰친구 같은 말은 안 통해요."

놀랍게도—이렇게 말하면 페미니스트 단체에게 혼날지도 모르지만—경위님의 부하직원은 여성이었다. 미인은 아니지만 동그란 눈과 코가 애교 있어 보였다. 웃으면 친근감이 확 드는 주름이 잡혔다. 이름은 가나사시 구리코. 소설 등장인물의 이름이라면 너무 현실성이 떨어지겠지만, 밤나무가 있는 집에서 밤이 열릴 무렵

태어나서 그런 이름이 붙여졌다고 한다.* 구도의 애칭이 구짱이라는 말을 듣고 "내 애칭은 구리짱이었는데" 했다. "지금 형사과에서는 '패대구리!'라고 부르지만 말이야."

사건을 맡으면 여성스러운 모습을 패대기치듯 내던져버리기 때문이라고 한다. 정말일까? 상당히 세련된 정장을 입었는데.

주문한 치즈버거가 나오자 패대구리 씨가 제일 먼저 집어들었다.

"일단 먹죠. 식기 전에." 말이 끝나기가 무섭게 포장지를 벗기고 덥석 베어물었다. 그러고는 입가에 묻은 케첩을 손끝으로 훔쳐내며 구도에게 말했다.

"혹시 말하기 거북하면 꼭 오늘 안 해도 돼. 이렇게 친해지면 언제든 전화로 얘기할 수 있고, 만날 수도 있잖아. 그렇게 편하게 생각해."

경위님은 뒷전으로 돌리고 거침없이 얘기를 이어갔다. 경위님도 인정하는지 햄버거에만 집중했다.

"말하기 거북하다기보다는……" 구도가 곤란해하는 표정으로 손끝을 꼼지락거렸다. "처음에 경위님께 말씀드렸을 때는 중요한 일인 것 같았는데, 지금 생각해보니까 별거 아닌 것 같아서요."

"어머, 그건 누구나 그래." 양상추를 씹으며 패대구리 씨가 말했다. "일반적인 반응이야. 반대로 마구 흥분해서 '엄청난 사실을

* '밤'의 일본어 발음이 '구리'이다.

나만 알고 있다'느니 어쩌니 하는 사람이 의외로 단순한 기억을 착각하기도 해. 심할 때는 뭔가를 목격한 날짜를 무려 일 년씩 틀리기도 한다니까."

"목격자의 증언만큼 불확실한 것도 없으니까." 볼이 미어져라 치킨버거를 베어문 시마자키가 말했다. "특히 자기과시욕이나 수사에 도움이 되고 싶은 욕망이 지나치게 강한 증인의 경우가 골치 아프지."

패대구리 씨가 의미 심장하게 후훗 웃었다. "너 꼭 베이커가의 쥐 같구나."

"뭔데요, 그게?"

"셜록 홈스의 집 다락방에 사는 쥐 말이야. 서당 개 삼 년이면 풍월을 읊는다는 속담 알지? 다락방에서 늘 홈스의 추리를 엿듣고 공부해서 자기도 명탐정이 되어버린 거야."

나는 시마자키를 힐끗 쳐다봤다. 그는 시치미뗀 표정으로 햄버거만 우물거렸다. 구도는 그제야 아주 약간 미소를 지었다.

"그 쥐, 귀엽다." 그렇게 말했다. 같이 웃으려던 나는 그쯤에서 얼굴이 굳어버렸다. 귀엽단 말이지. 역시.

패대구리 씨가 시마자키의 시건방진 말투를 어떻게 생각했는지 모르겠지만, 그 말이 구도의 표정을 풀어준 결과에 대해서는 높이 평가했는지, "진짜 귀여운 쥐지"라고 말했다.

구도는 원래 야무진 성격이니, 이런 자리를 마련해놓고 이제 와서 훌쩍거리며 아무 얘기도 못하는 사태가 벌어질 리는 없다. 손도 대지 않던 밀크셰이크를 한 모금 마신 뒤, 결심을 굳혔는지 턱을 당기고 입을 열었다.

"아키코 언니에 관해 하고 싶었던 얘기는, 언니가 돈 때문에 곤란해 보였다는 거예요."

나도 시마자키도 경위님도 패대구리 씨도 햄버거를 먹던 손을 동시에 멈추고 그애를 주목했다. 시선을 한몸에 받은 구도는 약간 움츠러들었지만, 패대구리 씨가 격려하듯 고개를 끄덕이자 눈을 내리뜨고 이야기를 이어갔다.

"아키코 언니—모리타 이모네랑 우리집은 언니가 초등학생일 때부터 점점 왕래가 줄어서 최근에는 완전히 소원해지고 말았어요. 소원이라는 말, 그런 의미 맞죠?"

"응, 맞아." 패대구리 씨가 대답했다.

"어쩌다 그렇게 됐느냐면, 이모부—아키코 언니의 아버지랑, 할아버지 할머니 사이가 껄끄러워졌기 때문이에요. 이렇다 할 이유는 없고 그냥 잘 안 맞았나봐요. 이모부가 너무 허세를 부려서 그렇다고…… 우리 엄마는 그렇게 말했는데, 아무튼 십 년 전쯤 크게 싸우고 난 후로 완전히 소원해져버렸어요. 그전까지는 나중에 이모네가 다치카와로 이사가서 할아버지 할머니랑 같이 살 거라는 얘기까지 나왔었는데. ……저기, 제가 너무 돌려서 얘기하나요?"

"아니, 충분히 이해돼." 윗옷 주머니에서 담배를 꺼내면서 경위님이 말했다.

"우리집이랑 이모네 사이도 비슷해서, 연하장만 겨우 주고받는 정도였어요. 이모부는 제사에도 참석하지 않고. 이모는 와요, 우리 엄마랑 가까우니까. 이런 얘기도 모두 엄마한테 들은 거예요."

결혼해서 각자 가정을 꾸리고 떨어져 살아도 자매는 겉보기보다 가까운 법이라는 얘기를 나는 떠올렸다. 그건 그렇고, 남편과 부모님 사이에 낀 아키코 씨 어머니도 마음고생이 꽤 심했을 것 같다.

"그런 분위기라서." 한숨을 한 번 내쉬고 구도가 말을 이었다. "저도 아키코 언니랑 같이 어울려 논 건 아주 어렸을 때뿐이에요. 그후에는 계속 엄마를 통해서 이모가 어떻다 언니가 어떻다 얘기를 들었을 뿐이고, 그것도 딱히 신경써서 들을 만한 내용은 아니었어요. 이모네에서도 비슷했을 거고요."

구도가 조금 쓸쓸한 눈빛을 보였다.

"저는 외동이라서, 아키코 언니가—이모부의 친딸이 아니라 여러 가지로 힘들어하는 것 같다는 얘기를 듣고, 친하게 지내면 좋겠다고 생각한 적도 있지만, 그러기는 현실적으로 불가능했어요."

좀더 어른이면 이런 말을 한 후에 어깨를 으쓱했을 테지만, 지금 구도는 밀크셰이크 잔을 들어올렸다가 입에 대지 않은 채로 다시 테이블 위에 내려놓을 뿐이었다.

"그렇게 아키코 언니랑 저는 완전히 다른 삶을 살아왔어요. 언니가 열여섯 살 때 고등학교를 중퇴한 것도 모르고 있었고요. 중퇴한 게 사 년 전이었으니 저는 아직 그런 얘기에 흥미가 없을 때고, 엄마도 굳이 알려줄 필요 없다고 생각했던 것 같아요. 그런 사이였어요."

그런데 일 년 전쯤, 아키코 씨가 갑자기 구도에게 전화를 걸었다고 한다.

"처음에는 엄마가 받았는데 '아키코가 너 바꿔달래' 하면서 수화기를 건네줬어요. 엄마도 깜짝 놀랐고, 저도 무슨 일인가 했죠."

얘기를 들어보니,

"콘서트에 같이 가자는 전화였어요. '지터린 진'이라는 밴드의 공연이었는데."

"지터—뭐?"

"지터린 진이요" 구도와 나, 그리고 평소에는 대중음악에 관심 없는 척하던 시마자키까지 입을 모아 합창했다.

"〈이카텐〉 출신 밴드 맞지?" 시마자키가 말했다.

"이카텐은 또 뭐야?"

"밴드 공개 오디션 프로그램 같은 거예요." 패대구리 씨가 말했다. "심야 프로그램이었지? 나도 가끔 봤어. 벌써 삼사 년은 된 것 같은데."

경위님이 작은 눈을 휘둥그레 떴다. "삼사 년 전의 심야 프로그램이라니, 그럼 너희는 고작 아홉 살이나 열 살 무렵에 그런 걸 봤단 말이야?"

우리 셋은 또다시 합창했다. "비디오로 녹화해서 봤어요."

"그 무렵에 인기가 엄청났거든요." 내가 설명했다. "다들 그랬어요."

"뭐, 그건 됐고. 계속해봐." 경위님이 큼지막한 턱을 손으로 받치며 턱을 괴었다. "공부가 되겠군."

얘기가 샛길로 빠진 바람에 구도가 잠깐 생각에 잠겼다. "으음, 지터린 진 얘기하는 중이었죠? 아, 맞다, 전 그 밴드의 〈프레젠트〉라는 노래를 좋아했어요. 그런데 그날 통화에서 아키코 언니가, 이모가 우리 구미코가 지터린 진을 좋아한다고 하길래 티켓을 구하면 구미짱이랑 가야겠다고 생각했다, 그러니 이번에 같이 가자고 했어요."

당시 구도는 초등학교 6학년이었다. 라이브 콘서트에 가기에는 좀 어리다.

"저는 고등학생이 될 때까지 친구들끼리 그런 데 절대 가지 않겠다고 엄마랑 약속했어요. 하지만 그때는 아키코 언니가 가자고 하는 거니까 괜찮지 않을까 싶어서 전화기를 잠시 내려놓고 엄마한테 물어봤어요."

구도의 어머니는 "탐탁지는 않구나"라고 대답했다고 한다.

"저도…… 솔직히 말하면, 만약 세이키마II나 타마였으면 무슨 수를 써서라도 가고 싶었겠지만, 지터린 진은 〈프레젠트〉 한 곡만 엄청 좋아했지 앨범을 들어본 적도 없어서 크게 아쉽진 않았어요.

콘서트에 가보고 싶은 마음은 있었지만, 그때는 엄마랑 싸우면서까지 가고 싶을 정도는 아니었거든요." 구도가 혀를 날름 내밀며 말했다.

"조만간 가출까지 감행하면서 다니게 될 거야." 패대구리 씨가 추억에 젖은 눈빛으로 말했다. "난 이글스가 일본에 왔을 때 그랬거든. 침낭 싸들고 전날 밤부터 부도칸에 줄을 섰지."

"또 샛길로 빠지는군." 다무라 경위님이 신음했다.

"죄송해요. 그런데 경위님은 줄 서본 적 없어요? 다마가와 가쓰타로* 공연 같은 거."

경위님이 에헴 헛기침을 했다. "난 비틀스가 일본에 왔을 때 공항 경비를 맡았던 사람이야."

이 말에 네 명이 동시에 함성을 질렀다.

"정말요!"

"정말이고말고." 경위님이 가슴을 살짝 내밀었다. "그래서 그후로 팝음악은 가까이하지 않기로 결심했지."

"뭐, 이쯤하고." 시마자키가 말을 이었다. "본론으로 돌아가죠. 일 년 전에 구도가 그런 권유를 받았다가 거절했다. 그리고?"

"실은 그때 엄마가 처음으로 알려줬어. 아키코 언니가 고등학교 1학년 때 중퇴했다고. 얘기해봐야 너는 잘 모를 테니 가만있었는

* 샤미센 반주에 곡조를 붙여서 부르는 일본 고유의 창인 '나니와부시'의 계승자.

데, 아키코가 여러모로 힘든 것 같다고."

너한테 콘서트에 같이 가자고 하다니, 아키코도 많이 외로운가 보구나. 구도의 엄마는 이렇게 말했다고 한다.

"그래서 콘서트 가자는 말은 거절했지만, 조만간 집에 놀러오라고 우리 엄마가 말했어요. 언니는 그러겠다고 대답했고요."

그런데 며칠 후, 또다시 아키코 씨에게서 전화가 왔다.

"마침 저 혼자 집을 보고 있을 때였어요. 직접 전화를 받았더니 아키코 언니가—"

'아, 다행이다, 구미짱이 받을 때까지 계속 다시 걸려고 했는데.'

'왜요?'

'상의할 게 좀 있어서. 저기, 지난번에 말했던 지터린 진 공연 기억나?'

'……네.'

'그거 나도 못 가게 됐어. 그래서 말인데 구미짱, 아빠 엄마한테 비밀로 하고 그 티켓 좀 사줄 수 있겠니? 한 장 이천 엔에 줄게.'

'저 돈 없는데……'

'세뱃돈 같은 거 모아놨을 거 아냐?'

'어차피 공연은 못 가잖아요.'

'티켓은 학교에서 팔면 되지. 응? 부탁이야. 나중에 언니가 돈 생기면 너 좋아하는 거 사줄게. 물론 엄마들한테는 꼭 비밀로 하고.'

패대구리 씨가 얼굴을 찡그렸다. "예감이 안 좋은데. 열아홉 살이 열두 살 애한테 돈을 뜯어냈다는 거야?"

구도가 서둘러 말했다. "그렇게 끈질기진 않았어요. 제가 어쨌든 안 된다, 우리집에서는 엄마 몰래 그럴 수 없다고 하니까 바로 전화를 끊어버렸어요."

"불만스러워하는 눈치였어?" 그렇게 물은 사람은 시마자키였다. "기분 나쁘다는 듯이 뚝 끊어버린 거야?"

"그렇진 않았고, 나중에 또 걸겠다고 했어."

나도 그 말에는 속이 조금 안 좋아졌다. 다 식어빠진 튀김옷을 먹었을 때의 느낌이었다. 눅눅했다.

"그 얘기를 엄마한테 했어?" 내가 물었다.

"안 했어. 왠지 말하기 그래서. 엄마가 화낼 게 뻔하고."

음, 그 마음은 알 것 같다.

"그래서, 그게 다였니?"

다무라 경위님의 질문에 구도가 잠시 망설인 후 고개를 저었다.

"올 여름방학이 시작됐을 무렵에, 아키코 언니한테 또 한번 전화가 왔어요."

이번에는 노골적으로 돈을 빌려달라고 했다.

"얼마를 빌려달라고 했는데?" 패대구리 씨가 물었다.

"—오만 엔요."

"거절했겠지?"

구도가 고개를 끄덕였다. "그렇게 큰돈은 없었으니까요. 아키코 언니는 또 세뱃돈 모아둔 것 없느냐, 그 정도는 빌려줄 수 있지 않느냐고 했지만, 제 돈은 다 엄마가 관리하고 있어서 절대 불가능하거든요. 열심히 설명했더니 겨우 포기하긴 했지만, 전화를 끊고 나니 좀 떨렸어요. 아키코 언니랑 통화한 건 그게 마지막이었어요."

"그후로는 전화가 안 왔다는 거지?"

구도는 안 좋은 기억이 떠올랐는지 눈을 살짝 감고 그대로 고개를 끄덕였다.

"네, 그게 마지막이었어요. 제가 빌려주지 않은 돈을 언니가 어떻게 마련했는지는 모르겠지만……"

경위님은 남의 눈에 띄기 싫다고 거절하는 우리를, 예정보다 늦어졌으니 안 된다며 자기들 차에 밀어넣고 구도, 시마자키, 나 순서로 집까지 데려다주었다.

구도를 내려주고 뒷좌석에 나와 시마자키만 남았을 때, 조수석에 앉은 경위님이 신중한 말투로 입을 열었다.

"피해자의 생활상이 서서히 밝혀지고 있는데 말이다."

"아키코 씨는 혼자 살았죠?"

"정확하게 말하면 그렇지 않아. 일단은 지바의 집에서 가족과 함께 생활했어." 경위님이 한 번 끊었다가 말을 이었다. "한 달에 사오 일은."

"그럼 다른 때는요?" 시마자키가 몸을 내밀었다.

"몰라. 아직까지는. 가족에게는 매번 친구 집에서 잔다고 하고 나갔다더군. 실제로도 그랬을지 모르지만, 일일이 찾아내서 확인하긴 힘들어."

일반 차량으로 위장한 경찰차는 파워핸들이 아닌 듯했다. 운전대를 크게 돌려 지나가는 자전거를 피한 패대구리 씨가 말했다.

"가족들도 일일이 파헤치는 건 원치 않는 것 같아. 안됐지만, 집에서는 골칫거리처럼 취급당한 모양이야."

나는 장례식 광경을 떠올렸다. 그때도 아키코 씨보다 시베리안 허스키가 훨씬 그 가족에 녹아든 듯 보였다. 그런 인상이 틀리지는 않은 모양이다.

"피해자의 생전 생활상에 대해, 앞으로 너희 친구인 구도 학생으로서는 별로 듣고 싶지 않은 내용이 나올 가능성이 커."

그렇게 말한 경위님이 크고 둥근 어깨 너머로 우리 얼굴을 돌아보았다.

"이럴 때일수록 친구 역할을 잘해줘야 한다."

"당연하죠." 내가 대답했고, 시마자키는 입을 다물고 있었다. 눈을 반쯤 감고 '다음 한 수'를 고민하는 듯한 표정을 짓고 있다.

"야, 왜 그래?"

작은 목소리로 물어도 마음은 딴 데 가 있는 듯 대답이 없다—그러는가 싶더니 불쑥 중얼거렸다.

"—다른 누군가가 있지 않았을까?"

나는 시마자키를 쿡 찔렀다. "야."

시마자키의 눈이 뜨였다. "응?"

"무슨 생각 해?"

"아무것도 아냐."

그리고 이때 시마자키가 경위님의 말에 고개를 끄덕이면서도 경솔하게 대답하지 않은 이유는, 분하지만 나보다 훨씬 냉철하게 현실을 인식하고 있어서임을 나중에 알게 된다.

경위님을 만난 지 이틀 후. 아침에 선 채로 급하게 우유를 마시며 그날 나오는 주간지의 신문광고를 힐끗 훑어보던 나는 하마터면 입안의 우유를 뿜어낼 뻔했다. 광고에는 이런 글자가 요동치고 있었다.

'성매매와 약물—시라카와정원 살인사건 피해 여성의 검은 과거.'

8

검은 과거.

예전에 들은 얘기인데, '검은 안개'라는 표현을 제일 먼저 쓴 사람은 그 유명한 마쓰모토 세이초라고 한다. '밤의 나비'라는 말은 가와구치 마쓰타로라는 작가가 처음 썼다고 한다. '검은 과거'

라는 말도 마찬가지일까. 아니면 명확한 부모 없이 동시다발적으로 사용되면서 자연스럽게 정착한 말 중 하나일까. 그 정도로 일반적인 말일까—어떤 사람의 과거든 일부는 검게 변색되어 있을 테니까. 전체 틀니가 아닌 한, 살다보면 충치가 생기기 마련인 것처럼.

"때로는 과거의 검은 부분을 숯으로 태워 에너지로 삼는 사람도 있지."

교복 차림으로 우리집에 와서 하굣길에 사온 주간지를 번갈아 읽은 후, 시마자키가 말했다.

"그런 사람은 숯이 다 타버리면 에너지를 얻을 수 없어서 일부러 검은 과거를 만들어. 무뢰한으로 불리는 연예인이나 작가 중에도 그런 목탄차木炭車 같은 사람이 있다는 게 내 생각이야."

"지금은 뜬구름 잡는 얘기를 할 기분이 아니야." 내가 말했다. 머릿속에서 방금 읽은 기사의 조각들이 팔랑거리며 뇌 안쪽을 쿡쿡 찔러댔다.

기사의 정보원은 밝히지 않았다. '경찰 수사에 따르면'이라는 문장이 없는 것으로 보아, 독자적인 조사로 알아낸 정보임을 강조하고 싶은 모양이다. 취재에 응한 사람들은 아키코 씨의 친구 A씨, 지인 B씨 하는 식으로 표기되었다. 그들이 아키코 씨의 생전 생활상을—생활상의 일부를—이야기한 것이다.

그들 말에 따르면, 아키코 씨는 고등학교를 중퇴한 직후 성매매에 손을 댔다. 처음부터 그런 조직에 소속됐는지 어떤지는 확실하지 않지만, 살해당한 당시 그녀는 십대 아이들을 대거 거느리고 일을 시키는 속칭 '회사'라는 곳에 고용되어 있었다. 그리고 이 '회사'는 이미 경찰의 수사망에 걸려 있었다고 한다.

약물과 관련해서는, 아키코 씨를 여러 번 '지명'한 적 있는 손님이 그녀가 약을 권한 적이 있고 본인도 중증 중독자였다고 증언했다—라고 쓰여 있었다. 그러나 나는 이 대목에서는 바로 고개를 끄덕일 수 없었다. 만약 그런 사정이 있었다면, 다무라 경위님이 벌써, 에두른 표현으로라도 알려줬을 법하기 때문이다.

마무리 부분에서는 아키코 씨가 '회사'에서 말썽을 일으켜 살해당한 게 아닐까 하는 암시를 풍겼다. '회사'에는 말썽을 일으킨 여자들을 제거하는 '뒤처리꾼'이 있다는 내용도 쓰여 있었다.

분명 목뒤 급소를 예리한 바늘 같은 것으로 찔러 단숨에 죽이는 수법은 아마추어의 소행 같지는 않다. 그렇지만 나는 여기서도 고개를 갸웃거릴 수밖에 없었다.

정말 그런 일이 가능할까. 지금 우리가 살고 있는 이 나라에서. 아니, 이 도쿄에서. 왠지 소설이나 만화 속 이야기 같다.

"가능할지도 모르지." 시마자키는 말했다. "우리가 모를 뿐이야. 몰라서 행복할 뿐이고."

폐지 수거하는 아저씨가 느릿느릿 차를 몰고, 처마 밑에서는 길고양이가 졸고 있는 평화로운 해질녘이었다. 이 똑같은 하늘 아래 어딘가에 '회사'나 '뒤처리꾼' 같은 것이 존재한다. 똑같은 석양이 '회사'에서 일하는 소녀들의 눈에도 비친다……

"어쨌든 다무라 경위님 말대로 구도한테는 괴로운 일이 많아졌네." 시마자키가 중얼거렸다.

세상에는 신문이나 주간지를 읽진 않아도 신문에 실린 주간지 광고 제목은 읽는 사람들이 있다. 그건 안다. 하지만 이렇게나 많을 줄은 꿈에도 몰랐다.

아키코 씨의 생전 행각이 그다지 바람직하지 않았다는 얘기는 이미 다무라 경위님에게서 들었다. 그래서 각오는 하고 있었다. 그러나 각오한 것은 우리일 뿐, 다른 사람들은 전혀 그렇지 않았을 테니 당연한 결과겠지만, 그런 어두운 정보가 공개되자마자 아키코 씨의 사촌동생인 구도 주위에는 주간지 제목을 읽은 사람들이 일으키는 좋지 않은 바람이 일렁이기 시작했다.

현대사회에서는 젊은 여자가 성매매를 한다는 이야기에 아무도 놀라지 않는다. 여고생이 자기가 입던 속옷을 파는 시대다. 남중생인 나도 웬만한 이야기에는 놀라지 않는다.

그렇지만 그것은 어디까지나 '어딘가에 실재하는 누구'의 이야기일 경우다. 이름 모를 사람들의 이야기일 경우다. 그들에게 이름과 얼굴이 붙으면, 게다가 그 이름과 얼굴이 우리 가까이 있는 사람이면 반응은 완전히 달라진다. 거리감이라는 갑옷이 사라지고,

노골적이고 생생한 감정이 드러난다. 그리고 대개의 경우 그 감정은 더할 나위 없이 보수적이다. 속옷을 팔아 유흥비를 마련하는 여고생에 대한 기사를 인상 찌푸리며 건너뛰는 중년 남자는, 자기 딸의 귀가시간이 삼십 분만 늦어져도 문 앞에 서서 기다리는 아버지이기도 하니까.

그런 의미에서 우리는 지금 모두 '익명의 시대'에 살고 있는 셈이다. 익명으로는 뭘 해도 상관없다. 또한 익명인 자의 행동은 뭐든 '그런가보지' 하고 넘어가버린다. 내가 느낀 것처럼 '왠지 소설 속 얘기 같다'고 중얼거리며 잊어버릴 수도 있다. 그렇게 우리는 모두, 너무 빠른 속도로 흘러가는 세상의 일부와 가까스로 균형을 맞추며 살아가는 것이다—

이렇게 어려운 주제를 내 입으로 논했을 리는 없고, 당연히 시마자키가 한 말이지만, 다 옳은 말이라고 생각한다. 그렇지 않다면 유흥 관련 정보가 깜짝 놀랄 만큼 넘쳐나는 지금 시대에 그런 기사가 났다는 이유만으로, 혈연이라는 것 말고는 아무 연관도 없는 구도를 삐딱하게 바라보는 어른들이 주위에 확 늘어난 것을 설명할 길이 없다.

정말이지 대단하다 싶을 정도의 변화였다. 그 어른들에게는 눈앞에 있는 구도의 성격이나 행동, 인간관계는 아무 의미도 없다. 단지 가까운 친척 중에 자신들의 도덕관에 반하는 여자가 있고 불행하게 살해당했다는 이유만으로 모든 것을 결정해버린다. 아키코 씨가 살해당함으로써 '익명'에서 '개인'으로 이적移籍된 순간, 일부 사람들은 사촌동생인 구도라는 아이의 가치까지 결정해버리는 것이다.

뭐, 그것까진 괜찮다. 그것까지는 참아주자. 어른들 중에는 항상 너무 바빠서 한 가지 일에 시간을 들여 깊이 생각할 수 없는 사람들이 많으니, 일일이 화내봤자 의미가 없다.

다만 화가 나는 것은 구도 가까이에 있고 그애를 잘 아는 동급생 중에도 그렇게 바보 같은 어른들을 따라 하는 데 거리낌없는 놈들이 있다는 점이다. 이것만은 용서가 안 된다. 게다가 그런 녀석들은 구도가 부당하고 부정적인 소문을 떠안게 된 상황을 즐기고 있으니 더더욱 참을 수 없었다.

마구 화를 내는 내게 시마자키가 딱 잘라 말했다. "그렇다고 화내는 네가 더 바보야."

"뭐라고?"

"우리가 어른들과 다르다는 환상을 버려. 십대든 청년이든 중년이든 연금생활을 하는 노인이든 인간은 다 똑같아. 타인의 불행은 꿀맛이거든."

"야!" 나는 하마터면 시마자키에게 덤벼들 뻔했다. "테니스부에 오노라는 여자애 있지? 그 뚱뚱한 애. 걔가 구도를 뭐라고 부르는지 아냐? 그애랑 친하게 지내는 애들 말이야."

"매춘부라고 하겠지." 시마자키가 말했다.

"너, 그런 말을 어쩜 그렇게 태연하게 해?"

"난 그렇게 생각하지 않으니까."

"그건 나도 마찬가지지만……"

"그냥 흘려들어. 너도 바보지만, 그애들은 더 바보야. 하지만 바보도 자기 생각을 말할 권리가 있고, 행복해질 권리도 있는 법이야. 오노 같은 애들은 타인이 불행해질 때 가장 행복해지는 족속인 거야."

흘려들으라고.

그렇다, 시마자키의 말이 옳다. 이럴 때는 가장 어른이 돼서 바보 따위는 상대하지 않아야 한다.

하지만 그렇게 생각하는 마음 한구석에서는 하루가 다르게 기운을 잃어가는 구도의 얼굴이 떠오른다. 우리가 아무리 재미있는 말을 하며 웃기려 해도 예전의 반 정도밖에 웃지 않는—웃을 수 없는 구도가 떠오른다. 그럴 때면 나는 그애를 괴롭히는 이 세상 바보들을 〈에이리언2〉의 시고니 위버처럼 화염방사기로 싹 태워 버리고 싶어진다.

"심정은 알겠지만, 그러면 나치랑 똑같아." 시마자키가 냉정하게 말했다. "그보다는 구도한테 뭔가 힘을 줄 수 있는 기획을 고민하는 게 낫지."

시마자키는 늘 옳다. 하지만 그런 녀석은 이따금 엄청나게 짜증 날 때도 있지 않나?

그리하여 시마자키와 나 둘이서 한나절 정도 머리를 굴려봤지만 별다른 진척이 없어서, 구도와 가장 친한 친구인 다테 히로미를 동료로 영입하기로 했다.

"나도 너희랑 상의하려던 참이었어."

토요일 쉬는 시간. 우리가 얘기를 꺼내자마자 다테 히로미가 기다렸다는 듯이 말했다.

"이대로 가다가는 구짱은 정말로 병이 나고 말 거야."

그애의 눈이 움직여 비어 있는 구도의 책상을 힐끗 보았다. 그렇다, 그날 결국 구도는 결석하고 말았다. 하지만 그 덕분에, 기사가 나온 후로 그림자처럼 바짝 붙어서 구도를 챙겨온 다테 히로미가 비로소 자유로워져 우리와 대화할 수 있었던 것이다.

"너는 무슨 계획 없어?" 시마자키가 다테에게 물었다. "나랑 오가타의 아이디어는 아무래도 한계가 있어서 말이야."

그동안 시마자키를 봐온 여러분은 여기서 조금 놀랐을지도 모른다. 시마자키라는 애는 같은 반 여자애한테 쉽게 '너'라고 부를 만한 타입이 아닌데 하고 말이다. 그렇다, 그렇기는 하지만, 이 다테 히로미는 각별하다. 육성으로 직접 들어보면 시마자키가 다테를 부르는 '너'라는 호칭에는 허물없고 친근한 울림이 있다. 조금 의외죠?

보통 나는 그애를 '다테'라고 부르는데, 같은 반 친구로 친해졌을 무렵 "히로린*이라고 불러"라고 요구받은 적이 있다. 반은 농담조였지만, 진심으로 그래주길 바라는 것 같았다.

하지만 난 절대 '히로린'이라고 부를 수 없다. 그런 얘기를 시마자키에게 했더니 크게 웃으며 말했다.

"말도 안 돼, 걔처럼 어퍼한 애는 히로린이 아니라 히로뽕이지."

히로뽕이 뭐냐고 질문한 나는 그때 처음 각성제가 옛날 그렇게 불렸다는 사실을 알았고, '어퍼'라는 말도 각성제의 속칭 중 하나임을 배웠다. 그런 까닭에 시마자키와 나 사이에서는 다테 히로미를 종종 비밀스럽게 '히로뽕'이라는 은어로 부르곤 했다. 그러나 절대 경멸이 아니고, 실제로 그애와 얘기를 나누면 힘이 난다는 뜻이니, 오히려 칭찬하는 의미다.

설명이 좀 길어졌는데, 아무튼 그래서 시마자키는 어퍼한 다테 히로미를 높이 평가해 한 수 위로 인정했다. 무엇보다 시마자키를 자극할 수 있는 정신구조를 가진 아이라는 점만으로도 소중한 존재라고 나는 생각한다. 시마자키도 같은 느낌인 듯했다. 그것이 뜻밖의 호칭인 '너'로 자연스럽게 이어진 것이다.

다테는 구도보다 몸집이 훨씬 크고 목소리도 크다. 여자애치고는 터프한 인상이다. 벡터는 늘 전방 혹은 전투 상대 쪽을 향한다.

---

* 해열진통약의 상품명.

이따금 그 상대가 선생님일 때도 있다. 시마자키가 몰래—그 대단한 시마자키가 몰래—한 말에 따르면, '다테한테는 테러리스트 기질이 있다'.

그 테러리스트 기질이 어찌된 영문인지 구도 쪽을 향하면 언니처럼 다정한 포용력이나 순진한 여동생 같은 신뢰로 변한다는 점이, 인간과 인간의 조합이 만들어내는 묘미다.

내가 생각하기에—다테에게 '구짱'은 자신이 가지지 못해서 간절히 원하는 그 모든 것이다. 작고 반듯한 이목구비, 매끈매끈한 뺨, 조금 위험할 정도로 순수한 성격, 귀여운 말투, 사랑스러운 말을 만들어내는 작은 머리. 다테가 가지고 있지 않기 때문에 더욱 소중히 여기고픈 모든 것이리라.

콤플렉스라고 하고 싶으면 그래도 좋다. 다테의 열등감이 압도적인 우정으로 바뀌었다고 생각한다면 그래도 상관없다. 어쨌든 사실일 테니까.

나는 다테의 심정을 이해하고도 남는다. 내게도 '도저히 이길 수 없다' 싶은 친구가 곁에 있으니까. 그런데 내게는 '도저히 이길 수 없는' 시마자키와 조금은 겨뤄보고 싶은 마음이 있다. 지고 싶지 않은 마음도 있다. 그런데 다테에게는 그런 것이 없다. 그건 역시 다테가 여자아이, 게다가 십대 소녀이기 때문일 것이다. 십대 소녀는 날 때부터 가지고 있는 카드로만 승부를 내야 한다. 처음부터 좋은 카드를 쥔 아이와는 아무리 경쟁해도 승산이 없다. 현명한 다테는 그것을 알고 있다. 너무 슬픈 총명함일지도 모르지만.

나는 다테가 좋다. 그러나 그애를 만났다고 발그레해지지는 않는다. 그런데 구도를 보면 발그레해진다. 다테가 좋지만, 그 아이를 흠모하지는 않는다. 그런데 구도는 흠모한다. 이런 경향은 우리 또래의 십대 소년이라면 누구나 마찬가지일 거라 생각한다. 잔혹하지만, 그래도 사실이다.

다테 같은 타입의 여자아이—이렇게 일반화하기는 성급하지만—는 일정한 나이에 이를 때까지는 모두 같은 생각을 품고 살 것이다. 남자인 내가 말하는 건 이상하겠지만, 그래도 그렇게 생각한다. 그러나 그런 이유로 다테가 꼬이거나 비뚤어지지는 않을 것이다. 그렇기 때문에 그애는 '구짱'에 대한 우정을 더없이 소중히 여길 수 있는 것이다.

"내일이지? 도시락 싸서 소풍 가는 건 어때?" 다테가 말했다. "영화 보거나 컴퓨터게임 파티를 열까란 생각도 해봤는데, 이런 때는 집에 틀어박히는 것보다 밖으로 나가는 게 좋을 것 같아."

"여자애들은 다 하라주쿠의 다케시타거리에 가고 싶어하는 줄 알았는데."

내 말에 다테가 코웃음을 쳤다. "그러면 변하는 게 없잖아."

"소풍 안건에 찬성해." 시마자키가 말을 이었다. "사실 그게 제일 좋다고 봐. 다만—"

"너희끼리 구짱한테 같이 가자고 할 순 없겠지." 다테가 앞질러 말했다. "오늘 집에 가는 길에 구짱한테 들러서 필기한 공책을 빌려줄 거야. 그때 만약 소풍을 간다면 어디로 가고 싶은지 의견을 물어볼게. 그리고 밤에 전화할게."

얘기는 빠르게 끝이 났고, 그날 밤 내가 막 씻고 나오자 다테한테 전화가 왔다.

"저기, 구짱한테 희망사항을 물어봤는데."

"어디 가고 싶대?"

다테가 머뭇거렸다. 상당히 드문 일이었다.

"구짱 말로는……" 거북한 듯이 소곤소곤 말을 이었다. "꼭 가고 싶은 데가—다 같이 가준다면, 꼭 가고 싶은 데가 있는데……다들 싫어할까봐 걱정된대."

"어딘데?"

한 박자 뜸을 들인 다테가 대답했다. "시라카와정원."

9

다음날은 날씨가 무척 좋았다. 폐쇄 조치가 해제되고 시라카와정원의 연못은 평화롭게 일렁였다. 단풍철은 아직 멀었고 빛바랜 나무들이 일 년 중 가장 정취가 덜한 경치를 자아냈지만, 나뭇잎 사이로 내리쬐는 햇빛은 밝고, 바람의 신은 쿨민트 껌을 씹고 있었다.

미리 의논해서 여차할 경우에는 모두 다테 집으로 몰려가 시끌벅적하게 놀 준비를 해두었다. 나는 재미있어 보이는 지역 문화시설을 조사해두고, 시마자키는 너무 난해한데다 해답까지 바보스럽기 짝이 없는 퀴즈를 몇 개 생각해두기로 했다. 그리고 구도가 이 정도면 만족했다 싶을 때 최대한 빨리 장소를 옮겨서 시라카와 정원은 싹 잊어버릴 만한 분위기를 만들자고 말을 맞추었다.

그런데 막상 뚜껑을 열어보니 그런 배려는 필요 없었다. 구도는 그냥 우리와 햇볕에 앉아 느긋하게 수다를 떨고 싶다고 했다. 그리고 작고 하얀 꽃다발을 들고 와서 말했다.

"아키코 언니가 쓰러져 있었던 장소를 알려줘. 이걸 바치고 싶어."

우리는 아무도 반대하지 않았다. 굳이 그럴 필요 없다는 말은 아무도 하지 않았다.

"안내해줘라." 시마자키가 나에게 말했다. 나는 앞장서서 걸음을 옮겼다. 구도가 가장 하고 싶었던 일 중 하나가 이거였구나 생각하면서.

그냥 겉치레가 아니라, 구도는 현장을 직접 보고 싶었을 것이다. 자신에게 쓰디쓴 뒷맛과 현실적인 손해를 남기고 죽은 사촌언니를 향해, 중학교 1학년의 어휘력으로는 채 표현하기 힘든 감정이 마음속에 켜켜이 쌓여 있을 게 틀림없다. 그걸 스스로도 어쩌지 못할 게 틀림없다. 그래서 현장을 직접 찾아가는 방법을 취해보기로 했다—이 꽃다발은 물론 반은 아키코 씨를 위한 것이지만, 나머지 반은 구도 자신의 마음의 상처를 보듬기 위한 것일 테다.

사건이 발생한 지 이 주가 지나 일요일의 시라카와정원은 예전의 활기를 되찾았다. 우리는 즐거워 보이는 가족들과 커플, 단체손님에 뒤섞여, 마치 더블데이트를 하는 중학생처럼 건전하고 쾌활한 분위기를 주위에 흩뿌리면서, 사건이 일어난 밤 수많은 등롱이 장식되어 있었던 '어린이광장'으로 걸어갔다.

어린이광장에서는 사건 전과 마찬가지로 많은 사람들이 여가를 즐기고 있었다. 환호성을 지르며 배드민턴을 치는 사람들, 잔디밭에 앉아 있는 젊은 커플, 삼각대를 세우고 그림 그리기에 여념이 없는 주말 화가들. 원래는 금지지만 개를 데려와 산책시키는 사람도 보였다.

내가 문제의 장소인 나무숲을 가리키자, 구도가 고개를 살짝 끄덕이고 걸음을 옮겼다. 머뭇거리는 기색은 없었다. 앞장서서 걸어갔다. 다만 광장을 가로지르는 동안 딱 한 번 뒤를 돌아보며 우리가 곁에 있는지 확인했다. 약간 자랑스러웠다. 기뻤다.

그 나무숲이 가까워졌다. 나도 가슴이 뛰었다. 사건 이후 이곳을 다시 찾을 생각은 조금도 없었다. 그날 밤의 사건은 지금도 생생하게 기억난다. 그때 내 팔꿈치를 힘껏 움켜쥐었던 주민자치회 아저씨의 차디찬 손가락도, 아저씨 발치에 쓰러져 있던 아키코 씨 몸에 덮여 있던 재킷 색깔도. 죽은 그녀의 얼굴과 마찬가지로 창백한 잿빛이었다.

구도는 머뭇거리는 기색 없이 걸어갔다—나무숲이 가까워졌다—가까워졌다—이제 1미터 앞—

그때 갑자기 떨기나무 사이에서 부스럭 소리를 내며 누군가가 일어섰다. 중년 남자였다. 순간 나는 그날 밤에 본 아저씨를 떠올렸다.

구도가 재빨리 우리 쪽으로 물러서며 작게 "꺅" 소리를 질렀다. 꽃다발이 손에서 떨어졌다. 하얀 꽃잎 두세 장이 잔디 위로 떨어졌다.

다테도 "허억" 하는 소리를 냈다. 그러나 비명이 아니라 숨을 들이마시는 소리였는지도 모른다. 나는 심장이 튀어올라 목에 걸린 덕분에 가까스로 비명을 지르지 않을 수 있었다. 시마자키는 장난감 병정처럼 한 발을 앞으로 뻗은 채 제자리에 멈춰 섰다.

나무숲 사이에서 나타난 중년 남자도 우리 못지않게 놀란 듯했다. 몸 앞으로 팔을 뻗어 방어 자세를 취하고, 눈을 크게 뜨고 있었다.

"아, 죄송해요."

맨 처음 말한 사람은 구도였다. 떨어뜨린 꽃다발을 발밑에 두고, 눈을 동그랗게 뜨며 상대를 바라보았다.

중년 남자는 우리를 보고, 구도를 보고, 그러고는 그애 손에서 떨어진 꽃다발을 바라보았다. 물끄러미 바라보았다. 이어서 시선을 들더니 이번에는 구도를 보았다. 뚫어져라.

"여기서 죽은 사람의 친척이냐?" 구도에게 물었다. 갈라진 목소리였다. 목소리를 들으니 중년이라기보다 오히려 노년에 가까운 나이임을 알 수 있었다.

예순은 넘었으리라. 그 나이대에서는 보기 드문 긴 머리는 멋으로 길렀다기보다 귀찮아서 안 잘랐을 뿐인 듯이 마구 헝클어져 있었다. 값싸 보이는 파란색 점퍼에 흰색 셔츠, 무릎이 튀어나온 바지. 발에는 낡은 운동화를 신고 있었다.

"네…… 그런데요."

구도가 대답하고 우리 쪽을 힐끗 쳐다봤다. 다들 옆에 있지, 하는 확인. 괜찮아, 옆에 있어.

"이거 실례했군."

파란색 점퍼 남자가 수풀을 건너뛰듯 우리 쪽으로 다가왔다.

"그 꽃을 바치려고?" 구도에게 물었다. 우리는 네 사람인데, 구도밖에 안 보이는 눈치다.

"네, 맞아요."

구도는 고개를 끄덕이고 서둘러 발밑의 꽃다발을 주워들었다. 파란색 점퍼 아저씨가 구도를 보며 고개를 끄덕였다.

"그렇다면 방해할 순 없지."

그러더니 우리 쪽에는 눈길 한번 주지 않고 광장 출구를 향해 성큼성큼 걸어갔다. 어리둥절해서 그 뒷모습을 지켜보는데 시마자키가 "흐음" 하는 소리를 냈다.

"저 사람, 누굴까?" 다테가 중얼거렸다. "구짱, 아는 사람이니?"

구도가 고개를 저었다. "몰라."

마치 그 소리를 들은 것처럼, 성큼성큼 멀어져가던 파란색 점퍼 남자가 순간 우리 쪽을 돌아보았다. 그리고 넷이서 나란히 바라보고 있는 걸 알아채고 황급히 등을 돌렸다. 종종걸음으로 도망치듯 멀어져갔다.

생각에 앞서 다리가 먼저 움직였다. 나는 뛰기 시작했고 잔디밭을 가로지르며 죽어라 달렸다. 광장 출구에 다다를 때까지 다테가 뒤따라오는 것조차 알아채지 못했다.

"오가타는 오른쪽 맡아, 난 왼쪽!"

다테가 크게 소리질러서 곧바로 그 말에 따랐다.

앞에서도 얘기했지만, 시라카와정원은 연못을 중심에 둔 원형 구조이므로 출구는 한 곳뿐이다. 다테와 나뉘어 좌우에서 공략하면 어딘가에서 반드시 파란색 점퍼를 맞닥뜨릴 것이다. 게다가 고작 일 분 정도밖에 차이가 안 났다.

그런데 결과적으로는 다테도 나도 파란색 점퍼를 놓치고 말았다. 상대도 우리가 따라오는 줄 알고 어딘가에 숨었을지도 모른다. 몸을 숨길 만한 장소는 이 정원 안에 얼마든지 있다.

다테와 나는 어깨를 축 늘어뜨리고 숨을 헐떡거리며 광장 나무숲 근처로 돌아왔다. 시마자키가 내 얼굴을 쳐다보길래 고개를 저었다. "놓쳤어."

"이상하네." 시마자키가 천천히 말했다. 나도 천천히 고개를 끄덕였다.

"뭐, 할 수 없지." 떨떠름한 기분을 지우듯 힘차게 고개를 저으며 다테가 말했다. "빨리 추모나 하자, 응?"

구도는 아키코 씨가 쓰러져 있던 땅바닥에 꽃을 바치고, 손을 모으며 고개를 숙였다. 우리도 묵묵히 기도를 올렸다.

구도가 고개를 들고 눈을 뜨자 시마자키가 말했다. "내키지 않으면 안 해도 되지만, 제안할 게 있어."

구도가 심각한 표정을 지었다. "뭔데?"

"방금 그 남자, 아무래도 마음에 걸리지?"

"응." 구도도 나도 다테도 입을 모아 대답했다.

"경찰에 알리는 게 좋겠어." 시마자키가 나지막이 말했다. "사건과 연관 없는 사람이라기에는 아무래도 태도가 수상해."

"나도 그래." 구도가 말했다. 말끝이 살짝 흔들렸다.

"하지만 경찰에 뭐라고 하지?" 다테가 곤란해하는 목소리로 말했다.

"수상한 아저씨를 발견했다는 말만 가지고는 아무런 도움도 안 되잖아?"

"아직은 우리 모두 기억이 생생하니."

시마자키가 말하며 나를 바라보았다.

"다무라 경위님께 부탁하면, 몽타주를 만들어주지 않을까?"

내 옆에서 구도가 입술을 깨물고 있었다. 눈은 아직 그 파란색 점퍼가 사라진 광장 출구 쪽을 바라보고 있었다.

10

다무라 경위님은 "흠흠흠"이라고 했다.

정확히 해두고 싶은데, "흠흠흠" 하고 신음한 게 아니라 "흠흠흠"이라고 말을 한 것이다. 다시 말해 경위님 기분이 썩 좋지 않다는 뜻이다.

"너희가—"

담배를 문 경위님이 옛날 영화에 나오는 갱처럼 입술만 달싹거리며 우리 넷의 얼굴을 삐딱하게 쳐다봤다.

"시라카와정원에 갔었다고?"

"네, 갔어요." 대답한 사람은 시마자키였다.

"그리고 그곳에서—"

경위님이 자기 담배 연기에 눈을 끔벅거리며 회전의자 등받이에 몸을 기댔다. 상당히 오래된 듯 시트가 너덜너덜했다. 경위님의 거구에 항의하듯 삐걱거렸다.

"수상한 남자를 발견하고 추적했는데, 놓쳤다?"

“맞아요.” 시마자키가 다시 한번 고개를 끄덕였다.

“그러니 우리한테 그 남자의 몽타주를 만들어줄 수 있겠느냐. 아니, 만들어야 한다? 어쩌면 그 수상한 남자가 모리타 아키코 살인사건과 무슨 연관이 있을지도 모른다, 그런 뜻이냐?”

나와 시마자키, 구도와 다테, 넷이 함께 고개를 끄덕였다.

경위님은 그런 우리의 얼굴을 한차례 둘러보았다. 그리고 요란스레 한숨을 몰아쉬며 말했다. “내 대답은 이렇다. 너희는 그만 집으로 돌아가. 그런 남자는 잊어버려. 사건 생각도 이제 그만해.”

나는 엉겁결에 벌떡 일어섰다. “그렇게 말씀하시면 안 되죠. 우리는 그래도 수사에 협조하려는 마음으로—”

큼지막한 손을 저으며 내 말을 가로막은 경위님이 의자를 삐걱거리며 내 쪽으로 돌아앉았다.

“너희가 수사에 협조하려는 건, 아키코 씨를 죽인 범인을 빨리 잡고 싶어서겠지?”

“물론이죠.”

“하지만 범인을 잡는 건 우리 경찰에서 할 일이야.” 경위님이 말을 이었다. “따라서 너희가 우리 경찰을 위해 할 수 있는 ‘협조’는 범위가 극히 한정되어 있어. 아니, 사실상 단 한 가지지.”

“뭘 하면 되는데요?”

“아무것도 하지 않는 거다.” 경위님이 단호하게 말했다. 맞장구치듯 의자에서 끼익 소리가 났다. “착한 중학교 1학년답게 집에

얌전히 있는 거야. 소설 속이라면 또 모르겠지만, 우리 현실의 경찰조직은 젖비린내 나는 명탐정의 힘을 필요로 할 만큼 멍청이가 아니야."

머리 꼭대기로 피가 확 솟구친 나는 하마터면 경위님에게 달려들 뻔했다. 그런데 그 순간, 옆에 앉아 있던 구도의 무릎 위에 모인 작고 흰 손등으로 반짝이는 눈물이 떨어지는 것을 보고 기세가 꺾이고 말았다. 나는 맥없이 의자로 돌아갔다.

경위님도 물론 구도의 눈물을 봤는지 목소리가 부드러워졌다.

"내 말 잘 들어라. 그렇게 충격적인 살인사건이 발생한 현장에는 어느 정도 시간이 지나도 구경꾼들을 끌어들이는 힘이 있어. 그 수상쩍은 중년 남자도 100퍼센트 그런 부류야. 잊어버려라. 그런 데 신경쓰는 건 너무 시간 낭비야."

잠자코 있는 우리 위로 경위님의 목소리가 지나갔다. 경위님은 또다시 의자를 삐걱거리며 한쪽 무릎을 내밀더니, 다른 사람도 아닌 구도를 바라보며 한층 다정한 목소리로 말했다.

"이번 일로 너도 충격이 크겠지. 사촌언니를 두고 이러쿵저러쿵 말이 많으니 괴로울 거야. 그렇지만 말이다, 그런 건 가만히 참고 있으면 반드시, 반드시 사라지게 돼 있어. 등산가나 극지탐험가에 대한 책을 읽어본 적이 있니? 그 사람들은 날씨가 나쁘거나 바람이 너무 강할 때는 며칠이고 그 자리에서 비바크를 하며 끈기 있게 기다린다고 하더구나. 앞으로 나아갈 수 있을 때까지, 구름이 걷히고 눈이 그치고, 해가 나올 때까지 말이야. 내가 지금 너에게 바라는 것도 바로 그런 거야. 이해하겠니?"

한 마디 한 마디 또박또박 힘을 실어 말하는 경위님. 튼튼이 의자의 비명이 귀에 거슬리긴 했지만, 마음속 깊이 와닿는 말이었다.

구도는 나지막하게 "네" 하고 대답했다. 또다시 손등으로 눈물이 툭 떨어졌다.

"넌 아주 강하고 현명한 아이야. 그리고 외톨이가 아니야. 좋은 친구들이 있어. 그러니 참아내기가 절대 힘들진 않을 거라고 난 생각한다."

경위님이 몸을 내밀더니 구도의 가냘픈 어깨에 손을 얹고 격려하듯 부드럽게 두드렸다. 침묵 속에서 경위님 엉덩이 밑의 회전의자에서만 또다시 끼익 끼익 하는 소리가 울려퍼졌다.

"한 가지 약속하마." 경위님이 힘차게 말했다. "아니, 약속이라기보다는 확약이라고 해야지. 너희는 안심해라. 이 사건의 범인은, 그래—앞으로 보름 안에 잡혀. 우리가 체포한다."

구도가 고개를 획 들었다. 다테가 구도의 얼굴을 바라보았다. 나도 그랬다. 시마자키만 여전히 고개를 떨어뜨리고 있었다.

경위님이 구도에게 고개를 끄덕여 보였다. "그렇단다. 사건 수사는 이미 막바지에 접어들었어. 범인은 머지않아 잡힌다. 그러면 여러 가지 의혹들이 명확해지고, 폭풍우도 잦아들 거야."

경위님이 등받이로 몸을 기대며 커다란 이를 드러내고 웃었다.

"날 믿어. 난 기상통보관 아저씨야. 이제 곧 기분좋게 화창한 날이 찾아올 거다. 그러면 텐트를 접고 전진한다. 알겠지?"

경위님의 큼지막한 배가 기분좋은 듯이 출렁거렸다. 그와 동시에 기울어진 의자가 삐걱거렸다.

"잘 알겠습니다."

구도가 나지막이 대답하는 것을 끝으로, 우리는 모두 일어나 형사과에서 나왔다.

계단 쪽에서 아래층에서 올라오는 패대구리 씨와 마주쳤다. 풀죽은 우리 얼굴을 보고 걱정스러운 표정을 지으며 다가왔다.

"다무라 경위님 만났니?"

"네." 내가 대답했다. "한바탕 설교 들었어요."

"어이구, 저런." 패대구리 씨가 위로하는 표정을 지었다. "나한테도 툭하면 벼락이 떨어져. 너무 담아두지 마."

패대구리 씨는 오늘 크림색 바지 정장에 끈으로 묶는 부츠 같은 것을 신고 있었다. 어찌된 영문인지 오른손에 고무장화를 들고 있다. 막 씻어냈는지 뒷굽에서 물방울이 뚝뚝 떨어졌다.

내 시선을 알아챈 패대구리 씨가 웃었다. "어머, 아직도 물이 떨어지네. 청소 아주머니한테 혼나겠다."

"그런 걸 신고 수사하세요?"

"뭐, 그렇지." 패대구리 씨가 어깨를 실룩했다. 비밀스러운 몸짓이었다. "시간 늦었네. 다들 조심해서 가."

인사하고 막 계단 쪽으로 발을 내디디려는 순간, 형사과 쪽에서 우당탕탕 요란한 소리가 들려왔다. 구도가 눈을 휘둥그레 떴고, 다테는 비명을 지르며 펄쩍 뛰었다. 나도 가슴이 덜컥 내려앉았다.

혼자서 평정을 유지하는 시마자키가 중얼거렸다. "그 회전의자야."

그 말을 뒷받침하듯 패대구리 씨의 큰 목소리가 들려왔다. "경위님, 괜찮으세요?"

"위험하다 싶더니만." 시마자키가 말했다. "엄청 삐걱댔잖아."

우리는 말없이 계단을 내려갔다. 1층 통로를 지나 북적거리는 교통과 창구를 곁눈질하며 서둘러 정문으로 걸어갔다. 경비를 서는 경찰에게 고개인사를 하고, 서 있는 경찰차를 스쳐지나 경찰서 앞 큰길로 나왔다—

그제야 웃음이 터졌다. 서로 정신없이 웃어대며 뛰기 시작했다.

구도와 다테를 바래다주고 나는 시마자키 집에 잠깐 들렀다. 둘이 빨래건조대 위로 올라갔다. 가끔 남자끼리의 대화—남이 듣길 원치 않는 이야기부터 사실은 들어줬으면 하는 이야기까지—를 나누고 싶어지면, 같이 여기로 올라온다.

이 동네에도 아파트와 빌딩이 늘어나서 예전만큼 전망이 좋진 않지만, 군데군데 회반죽을 덧바른 낡은 기와지붕 물결 너머로 새빨간 저녁놀이 물들어가는 광경은 아직 버리기 아깝다.

그리고 무엇보다 이곳에 올라와 있으면 세상에서도 학교에서도 벗어나 마음 맞는 친구와 단둘이 있다는 실감을 맛볼 수 있었다. 그래서 조금도 외롭지 않다. 만약 여기가 아파트 옥상이었다면, 나는 시마자키와 둘이 하계下界를 내려다보며 왠지 모를 외로움을 느낄 것이다.

그렇지만 이곳에서는 아니다. 일 년 365일, 날씨만 좋으면 언제든 머리 위 빨랫줄에 널린 수십 장의 새하얀 수건 아래 시마자키와 둘이 무릎을 끌어안고 앉아 마음이 평온해질 수 있다.

"사건이 머지않아 해결된단 말이지."

시마자키가 황혼으로 물드는 하늘을 올려다보며 중얼거렸다.

"경위님은 무책임한 말을 하는 사람이 아니니까." 내가 말했다. "그냥 믿어도 되지 않을까."

시마자키는 말이 없었다. 펄럭이는 수건이 뺨과 이마 위로 어른어른 옅은 그림자를 드리웠다.

"범인이 잡히면 구도도 그만큼 빨리 기운을 차릴 수 있어. 난 조금 안심이 돼."

내 말에도 시마자키는 여전히 입을 다문 채 대꾸가 없었다. 수수께끼 같은 그 침묵은 항상, 나는 상상도 못하는 것을 시마자키가 생각하고 있다는 증거다.

내가 물었다. "무슨 생각해?"

시마자키가 눈을 천천히 깜박이며 나를 보았다. 그리고 질문에 질문으로 대답했다. "너, 구도 좋아하냐?"

그때의 내 놀라움은 한마디로는 설명이 안 된다. 시마자키가 "나, 구도가 좋아. 그애를 사랑해"라고 고백했대도 그 정도로 놀라지는 않았을 것이다.

당황한 나는 제일 먼저 머릿속에 떠오른 말을 내뱉고 말았다. "그런 걸 알아서 뭐하게?"

그러자 시마자키가 씩 웃었다. 그 상황에서도 나는 그 웃는 얼굴에 질투를 느꼈다. 가끔—그렇다, 밤에 자기 전에 이를 닦으며 이제 슬슬 수염이 나지 않을까 거울을 들여다보고 나를 향해 미소를 지어 보일 때, 찌르는 듯한 통증과 함께 느껴지는 부러움을—내게도 시마자키 같은 얼굴이 있으면 좋을 텐데, 저런 미소를 지을 수 있으면 좋을 텐데—가슴이 저리게 맛보았다.

"난 구도가 좋아. 착한 애니까." 시마자키가 말했다. "그래서 그 애가 자신감을 잃어가는 모습을 보면 걱정돼."

기분이 급강하하는 상태에서도 나는 어떻게든 스스로를 추슬렀다. 그게 가능했던 것은 시마자키가 "구도가 좋아. 착한 애니까"라고 말했기 때문이다. "구도가 좋아"라고만 한 게 아니다. 뒷말을 덧붙였다.

정말로 누군가를 사랑하는 사람은, 푹 빠져 있는 사람은 '~니까 좋다'는 표현은 하지 않는다. 이유 따위를 붙일 수 없기 때문이다. 나 역시 구도를 사랑하는 이유는 모른다. 그냥 좋을 뿐이다.

그래서 나는—너무 제멋대로일지 모르겠지만—시마자키는 적어도 나만큼 깊게 구도한테 빠지지는 않았다—는 판단을 내렸다. 그래서 일단 진정이 되었다.

"자신감을 잃어버린 건, 이러쿵저러쿵 나쁜 말을 해대는 놈들 때문이겠지?"

내 말에 시마자키가 고개를 저었다. "그게 아니야. 내가 걱정하는 건 그애가 스스로한테 상처를 주는 거야. 그쪽이 훨씬 심각해."

나는 시마자키의 얼굴을 보았다. 그도 그제야 내 쪽으로 눈길을 돌렸다.

"얼마 전 통화하면서 이런 말을 했어. 아키코 언니에 대한 나쁜 소문들을 듣다보면 너무 슬퍼진다, 그리고 동시에 창피해서 견딜 수가 없다, 고."

"그야 당연하지."

"그리고 이런 생각도 든대. 아키코 언니는 분명 칭찬받지 못할 행동을 했다. 왜 그랬을까? 돈이나 뭐 여러 가지 이유가 있었겠지만, 세상에는 아무리 힘들어도 몸을 팔지 않는 사람도 많다. 그러니 아키코 언니가 그런 행동을 한 건 결국 우리 집안의 피 때문이 아닐까. 우리 가족에는 그런 피가 흐르는 건가 싶다고."

나는 말문이 막혀버렸다. 그때까지 기분좋게 느껴졌던 저녁놀이 갑자기 쓸쓸해 보였다.

"그렇지 않다고 스스로를 달래보지만, 좀처럼 잘되질 않는대.

그애 어머니가 비슷한 얘기를 하면서 운 적이 있대. 물론 구도가 없는 데서 말한 걸 몰래 엿들은 건데, 어머니가 아버지한테 그런 말을 했다는 거야. 아버지는 바보 같은 생각 하지 말라며 달랬다고 하고."

나는 불현듯 아키코 씨의 어머니—구도의 이모이자 구도 어머니의 언니인 사람이 미혼모였다는 사실을 떠올렸다. 그리고 그것을 곧바로 '나쁘다'고 단정해버리는 경향이, 다른 사람도 아닌 나 자신 안에도 잠들어 있다는 것을.

"어느 집에나 저마다 골칫거리가 있기 마련이야." 시마자키가 말했다. "뚜껑을 열어보면 집집마다 추잡한 문제, 혹시나 소문날까 두려워하는 문제들이 널려 있지. 하지만 그걸 '흔한 일'이라고 말할 수 있으려면 아무래도 좀더 나이를 먹어야 할 거야. 특히 어린 여자애한테는 버겁지."

시마자키의 음성은 평소와 달리 다정했다. 짙어가는 저녁놀 속에서 눈을 깜빡이는 모습이 보였다.

"분명히 사건은 머지않아 해결될 거야. 경위님이 그렇게 말했으니까"라고 말을 이었다. "하지만 수사란 어디까지나 범인을 체포하기 위한 것일 뿐이잖아."

"진상도 밝혀질 거야."

시마자키가 고개를 저었다. "아니, 진상은 밝혀지지 않을 거야. 밝힐 수 없다기보다, 그럴 필요가 없으니까. 범인만 확실해지면, 그리고 그것을 입증할 수만 있다면 경찰로서는 오케이야. 또 그렇지 않으면 그 많은 사건들을 다 해결할 수 없을 테고. 그러니 충분해."

"너, 대체 무슨 말을 하고 싶은 거야?"

시마자키가 살짝 웃었다. "구도가 다시 기운을 차리려면, 아키코 씨가 왜 그런 행동을 했는지, 왜 그렇게 죽어야 했는지, 어떤 삶을 살아왔는지, 정말로 일말의 가망성도 없는 사람이었는지, 그런 문제에 대한 답이 필요할 거야. 물론 낱낱이 알아내서 백일하에 드러내긴 불가능하지. 하지만 생전의 아키코 씨 모습을 조금이나마 알아낼 수 있다면, 구도도 마음이 편해져서 자신과 아키코 씨의 거리감을 확보할 수 있고, 나아가 자신감도 되찾을 수 있을 것 같아."

나는 무릎을 꽉 껴안았다. "그러려면 어떻게 해야 할까?"

"그 아저씨 있잖아. 시라카와정원에서 마주쳤던."

"응."

시마자키가 나를 바라보았다. "그 남자가 아무래도 마음에 걸린다고 내가 말했었지? 사건과 연관 없는 사람이라기엔 태도가 이상하다고."

"그랬지." 그래서 다테와 내가 뒤쫓았던 것이다.

"그런데, 왜 이상하게 생각했는지까지는 말 안 했을 거야."

분명 그랬다.

"사실은 좀 망설여졌어. 경위님한테 말할까 생각했지만, 말해봤자 '구경꾼 중에는 그런 인간도 있다'고 한마디로 내쳐버릴 것 같았고, 실제로도 그럴 테니까. 그 자신만만한 말투를 보면 경찰에서는 정말로 사건의 본줄기를 파악하고 있는 모양이니, 어쨌든 간에 그 남자의 존재는 곁가지일 뿐—경찰이 원하는 '사건의 진상'과는 연관 없는 사소한 존재일지 모른다 싶었거든."

"답답하네. 대체 무슨 소리야?"

조바심을 내는 내 눈을 보며 시마자키가 나지막이 말했다. "그때 내 눈에는, 그 남자가 사건 현장에서 무릎 꿇고 기도하는 것처럼 보였어."

나는 물끄러미 시마자키를 바라보았다. 고개를 한 번 끄덕인 그가 말했다. "분명히 그렇게 보였어. 고개를 숙이고, 눈을 감고. 그리고 그 사람이 누구든 아키코 씨를 위해 기도한 거라면, 분명 생전의 아키코 씨와 어떤 형태로든 긍정적인 관계를 맺고 있었을 거야. 그렇다면 그 남자의 정체를 밝혀내는 건 아키코 씨 삶의 긍정적인 부분을 찾아내는 셈이고, 나아가 구도가 살아갈 기력을 되찾는 결과로도 이어지지 않을까?"

나는 시마자키의 얼굴에서 시선을 거두고, 완전히 해가 저물어 별이 반짝이기 시작한 하늘을 올려다봤다. 바람이 뺨을 어루만지는 듯했다.

마음속에서 힘이 샘솟는 기분이 들었다.

"그런데 어떡해야 하지? 단서가 전혀 없잖아."

시마자키가 말했다. "어쨌든 몽타주가 필요해. 아키코 씨 지인

중에 그 남자를 아는 사람이 있는지 조사해보고 싶어."

"경찰에서는 상대도 안 해주는걸."

"그래서." 시마자키가 씩 웃었다. "하시구치한테 부탁해보면 어떨까 싶은데."

11

하시구치 이사무. "이사무가 아니라 이사미야"라고 본인은 우겨댄다.* 미술부 동아리 활동을 하는 반 친구다.

"그려줄래?"

"흥미가 끌리는 얘기이긴 하네."

월요일 점심시간이었다. 항상 급식을 십 분 만에 먹어치운 후 미술실로 달려가서 수업종이 칠 때까지 그림을 그리는 하시구치를 붙잡고, 우리가 얘기를 꺼냈다.

"그런데, 너희 기억은 확실해? 그 점이 제일 중요해."

둥근 의자에 반듯하게 앉은 하시구치가 우리에게 물었다. 미술실 한구석, 대형 스케치북을 얹은 삼각대를 등지고 앉아 오른손으로 목탄 막대를 만지작거리고 있다. 몸집은 나와 비슷하지만 가냘

* '이사무'는 '용기'를, '이사미'는 '호기롭고 의협심이 강한 대장부'를 뜻한다.

파 보이는 어깨 위에 달걀처럼 갸름하고 매끈한 얼굴이 얹혀 있다. 어른이 되면 베레모가 제법 잘 어울릴 게 틀림없다.

"아직 시간이 많이 지나진 않았으니까." 시마자키가 말했다. "게다가 우리는 네 명이나 돼."

"네 명?" 하시구치가 작은 눈을 깜박거렸다. "그러면 반대로 곤란한데."

"왜?"

"오히려 더 혼란스럽거든. 최대 두 사람까지야. 그게 훨씬 쉬워." 하시구치가 진지한 투로 말했다. "내가 다른 사람의 기억을 토대로 그림을 그리는 건 처음이 아니야. 예전에 한 번 해본 적 있어. 그때는 풍경화였지만. 여섯 사람의 얘기를 차례로 듣고, 그걸 바탕으로 그려봤지."

"그런데?"

"완성된 그림이 기가 막힐 정도로 실제 풍경과 어긋났어." 하시구치가 웃었다. "그냥 재미 삼아 해봤지만 놀랐지. 인간은 자기가 봤다고 생각한 것만 기억하는 법이야. 아니면 보고 싶었던 것만 기억하거나."

시마자키와 내가 마주보았다. "그럼 누구누구가 좋을까?"

"한 사람은 시마자키." 하시구치가 곧장 지목했다. "사진 같은 기억력이 있으니까. 아니라고는 하지 마. 난 그런 걸 잘 알아채는 편이거든. 나머지 한 사람은……"

잠깐 고개를 갸웃하던 하시구치가 조심스러운 듯 우리 얼굴을 번갈아 보았다. "음, 뭐 좀 물어봐도 될까? 이거 혹시 구도의 친척 사건과 관련된 거니?"

자세한 사정까지는 말하지 않았지만, 시라카와정원 어쩌고 했으니 누구라도 그렇게 생각할 것이다.

"맞아."

내가 대답하자 하시구치가 망설임 없이 말했다. "그럼 구도는 빼자. 괜히 안 좋은 생각이 떠오를 수도 있으니. 그러면 정확히 그리기 힘들어. 남은 사람이 오가타랑 다테인데. 좋아, 오가타로 하자."

나는 기뻤다. 힘차게 고개를 끄덕였다.

"다행이다. 난 꽤 생생하게 그 남자를 기억하거든. 게다가—"

"게다가?" 시마자키와 하시구치가 동시에 되물었다.

나는 당황했다. 정말이지, 나란 녀석은 왜 이렇게 대책 없이 멍청할까. 도통 감추질 못한다.

"어, 그러니까 그게……"

"빨리 말해."

나는 살짝 우쭐한 기분이 들었다.

"그 남자의 정체를 알 것 같아."

사실대로 말하면, 어젯밤 그 생각을 떠올리고 스스로 흥분해서 잠을 이룰 수 없을 정도였다. 지금 두 사람이 눈을 휘둥그레 뜨는 모습을 보니 더더욱 의기양양해졌다.

"확실한 근거가 있는 생각이야?" 하시구치가 물었다.

"아니, 증거는 없어."

"다시 말해, 추리?"

"뭐, 그런 셈이지."

그러자 하시구치가 단호하게 말했다. "그럼 틀렸어."

"왜?"

"말했지? 쓸데없는 선입견이 있으면 기억이 왜곡돼. 너희 부탁을 받아들인 이상, 난 최대한 실물에 가까운 몽타주를 그리고 싶어. 안타깝지만 오가타는 실격."

쳇.

"그럼 다테한테 부탁할게. 오늘 방과후에 괜찮니?"

일어서려는 시마자키에게 하시구치가 이상하게 우물거리며 "뭐, 상관없어" 하고 대답했다. 이번에는 시마자키와 내가 그 말투에 신경이 쓰였다.

"뭐 곤란한 일이라도 있어?"

"아냐, 딱히." 시치미를 떼는 하시구치. "다테는 좀 시끄럽잖아, 그래서……"

그러나 발그레하게 물드는 그의 눈가를 나도 시마자키도 놓치지 않았다.

다테에게는 미안하지만 그것은 정말 뜻밖의 발견이었고, 동시에 마음이 훈훈해지기도 했다.

"네 얼굴이 빨개졌다는 말은 안 할 테니까 걱정 마." 시마자키가 말했다.

"하지만 그런 잡념이 있는데, 그림을 제대로 그릴 수 있겠냐?"

내가 놀리자 하시구치의 얼굴이 확 달아올랐다. "걱정 마" 하고 퉁명스럽게 받아쳤다.

교실로 돌아온 우리는 구도와 다테에게 사정을 설명했다. 둘은 열심히 귀기울였고, 다 듣고 나자 다테가 먼저 입을 열었다.

"알았어. 협조할게. 그 아저씨를 찾아내야지."

구도는 눈물을 글썽였다. 정말 잘 우는 애구나 하는 생각이 들었다.

고개를 숙인 채로 작게 "고마워"라고 말했다. 이 '고마워'라는 말을 듣기 위해서라면, 신이시여, 저는 몇 번이고 목숨을 던지겠습니다. 정말이에요.

하시구치의 말은 사실이었다. 정말로 훌륭하게 맡은 일을 해냈다.

하얀 스케치북에 목탄으로 그린 몽타주는 분명 며칠 전 우리가 시라카와정원에서 마주쳤던 그 남자의 얼굴이었다. 얼굴만 그린 건 아니고, 사진으로 치면 증명사진쯤 되는 그림이었다. 남자가 입고 있었던 점퍼의 옷깃까지 제대로 그려냈다. 게다가 정확하게 파란색이 칠해져 있었다.

"다테가 그 남자의 뒷모습을 봤어. 뛰는 모습도 가까이서 봤고. 그래서 어깨선까지 그릴 수 있었지."

하시구치가 그림 앞에 모인 우리 넷에게 설명해주었다.

"완전 똑같네." 구도가 한숨 섞인 목소리로 말했다. "어떻게 이럴 수 있을까?"

"어쩌면 넌 천재일지도 몰라." 다테가 말했다. "시마자키와 내 머릿속에 숨어들어서 비디오를 보듯이 그 아저씨의 얼굴을 보고 그린 것 같아. 무서울 정도로 꼭 닮았어."

다테가 한껏 띄워주자 하시구치의 뺨이 숨길 줄 모르고 달아올랐다. "정말 그렇게 생각한다면, 일이 해결되면 이 그림을 나한테 돌려줘. 삼십 년이나 사십 년 후에 초기 작품으로 화집에 실을 거니까. 에피소드를 곁들여서 말이야."

"그러지 말고 네 이름을 사인해서 나한테 줘라." 아무것도 모르는 다테가 연신 감탄스러워하며 말했다. "언젠가 틀림없이 값이 치솟을 테니까."

하시구치는 웃어넘기면서도 계속 수줍어했다. 그리고 우리가 그림을 복사하겠다고 하자 만약을 대비해 그림 전체에 스프레이 정착제를 뿌려주었다.

집으로 가는 길에 세븐일레븐에서 동전을 긁어모아 그림을 복사했다. 여자애들이 작업하는 동안 시마자키가 내 팔꿈치를 찔러서 같이 밖으로 나왔다.

"왜?"

"네가 오늘 하시구치한테 했던 얘기 말이야." 시마자키가 소리 죽여 소곤거렸다. "뭔지 맞힐 수 있을 것 같아."

나는 발끈했다. "맞혀봐."

"너, 그 남자가 아키코 씨의 친아버지일지 모른다고 생각한 거 아냐?"

정답이었다.

"너도 그렇게 생각했어?"

"가장 쉽게 떠올릴 수 있는 가설이니까." 시마자키가 어깨를 살짝 으쓱했다. "그래서 구도한테 확인해봤어. 그 남자가 아키코 씨의 아버지일 가능성이 있느냐고."

나는 시마자키의 팔을 움켜쥐었다. "뭐래?"

"아니래." 시마자키가 딱 잘라 말했다. "아키코 씨의 친아버지는 장례식에 왔었대. 복잡한 사정이 있지만, 그래도 자기 딸이라는 것 정도는 잊지 않았었나봐. 그러니 모른 척할 수 없었겠지. 뭐, 그 부분은 그나마 칭찬해줄 만해. 아무튼 구도는 아키코 씨의 친아버지 얼굴을 알아. 그런데 그 남자는 완전히 다른 사람이었다고 했어. 그때 공원에서도 말했잖아. 전혀 모르는 사람이라고."

내가 생각할 만한 일이면 시마자키가 늘 앞질러 있다.

화가 났다.

"그러니까 하시구치가 널 제외한 건 역시 잘한 일이었지."

알고 있다. 하지만 기분이 상해서 입을 다물었다. 괜찮아, 앞으로 '우리 수사'에서 시마자키 이상의 성과를 올리면 그걸로 충분해, 하고 스스로를 다독이면서.

12

어떻게 하면 하시구치가 그려준 몽타주를 효과적으로 활용해서, 시라카와정원에서 근접 조우한 수상한 중년 남자를 빨리 찾아낼 수 있을까.

나와 시마자키, 구도, 다테 넷이서 머리를 맞대고 의논했다. 어차피 다 중학교 1학년들이라 자금도 없고 행동 범위도 한정적이다. 내놓을 수 있는 거라곤 지혜뿐이다. 결국 두 방향으로 나누기로 했다.

첫째, 매주 일요일 시라카와정원 입구에서 방문객에게 몽타주 복사본을 건네고 '이 사람을 본 적이 있느냐'고 물어본다. 이른바 목격자 찾기인 셈인데, 큰 기대는 할 수 없지만 해볼 만한 가치가 있는지 없는지는 해봐야 알 테니까. 다만 공원을 찾는 사람들이 모두 친절한 시민은 아닐 테니 여자애들한테 시킬 수는 없어서 실행부대는 나와 시마자키가 되었다.

둘째, 그 중년 남자가 직접적이든 간접적이든 아키코 씨를 알고 있다면, 아키코 씨의 친구나 지인 중에도 그 남자를 알거나 적어도 얼굴을 본 사람이 있을지 모른다. 하지만 그걸 알아내려면 먼저 아키코 씨의 인간관계를 어느 정도 파악해야 한다. 이 일에는 친척인 구도가 적임자지만, 내성적인 그애 혼자서는 다소 버거울 것 같아 다테가 도와주기로 했다.

"49제 납골까지는 아직 시간이 있으니까, 그전에 다시 한번 추모하고 싶다는 핑계를 대고 언니네 집에 가볼 생각이야."

구도가 한눈에도 불안해 보이는, 정말로 내가 이런 일을 해낼 수 있을까 의심하는 표정으로 말했다.

"하지만 나 혼자서는 떨리니까 다테랑 같이 가려고."

다테가 자기 가슴을 탁 쳤다. "사건 날 밤에 나도 벌레 울음소리를 듣는 모임에 갔었는데 분향하고 싶다고 하면 거절당할 일은 없을 거야. 그리고 의심 사지 않게 은근슬쩍 물어볼게. 그 몽타주도 타이밍을 잘 잡아서 보여주고, 만약 가족 중 누군가가 그 남자를 안다면 완전 빙고지."

다테의 이야기에 구도가 고개를 살짝 끄덕였다. 괜찮아, 괜찮아, 다테가 같이 가주니까, 하고 스스로를 다독이는 것처럼 보였다.

"집에서 아키코 씨가 썼던 방에 들어가볼 수 있으면 좋겠다. 만약 주소록 같은 거라도 나오면 엄청난 행운인데 말이야" 하며 추리소설의 등장인물 모드로 계획을 세우는 다테와는 대조적이었다.

시라카와정원에서 탐문중에 '왜 이 사람을 찾느냐'는 질문을 받았을 때를 대비한 변명도 마련해두었다. 며칠 전에 산책하러 왔다가 불량배들한테 돈을 뺏길 뻔했어요. 그때 마침 옆에 있던 아저씨가 도와줬는데, 너무 경황이 없어서 이름도 못 여쭤보고 헤어졌거든요. 이 아저씨가 그때 다친 것 같아서 걱정도 되고, 꼭 찾아뵙고 감사인사를 드리고 싶어서요—라고. 그럴듯하죠?

세븐일레븐에서 복사한 오십 장의 몽타주를 나눠서 뒷면에 '혹시 이 사람을 아시면 연락 부탁드립니다'라는 문구와 시마자키 이발소의 전화번호를 써넣고, 드디어 우리는 '행동 개시!'에 들어갔다.

전문 수사관이 아닌 우리에게는 평일에는 학교생활이, 각자의 가정에서는 자녀로서의 생활이 있다. 2학기 중간고사까지 여유가 좀 있으니 공부에 그렇게 신경쓸 필요는 없지만, 숙제나 보고서 같은 부담은 있다.

동아리 활동도 바쁘다. 축구부 1학년으로 이제 겨우 전문 볼보이 부대에서 약간 승격한 나는 매일같이 호된 훈련을 받아야 했고, 시마자키는 그의 재능을 알아보고 일본장기연맹으로 보내고자 맹렬히 압박하는 장기부 선생님과의 갈등에 시달리고 있었고, 다테는 농구부에서 장기인 롱슛 연마에 여념이 없었고, 소프트테니스부인 구도는 스윙 연습과 달리기로 하루하루를 보냈다. 그애 말에 따르면 인기 종목인 테니스부의 여자아이들에게 달랑 두 개

뿐인 우리 학교의 테니스코트는 신출내기 골퍼에게 오거스타*와 비슷할 정도로 멀고먼 곳이라고 한다. 그 비유에 내가 "우아" 하고 감탄하자, 구도는 자기 아버지가 골프를 무지막지하게 좋아해서 시간만 나면 텔레비전중계를 보기 때문에 골프에 관해서는 조금 안다며 웃었다. 구도 아버지의 골프 열정은 취미 수준을 넘어섰는데, 그도 그럴 것이 대학 시절 프로를 배출해내는 유명한 학교의 골프부원이었다고 한다.

"졸업 후에 취직하지 않고 프로 골퍼에 도전해보겠다고 고집을 피우기도 했대. 그런데 할아버지랑 할머니가 격하게 반대해서 포기했지. 지금도 가끔 그때 포기하지 말았어야 했다고 말하곤 해."

"술 취했을 때?"

구도가 고개를 저었다. "아니, 술 안 마셨을 때. 그래서 나도 아빠는 지금도 꿈을 포기한 게 몹시 아쉬운가보다 생각해."

구도의 아버지는 은행에 근무한다. 도쿄 모 지점의 차장. 이동이 잦은 일이지만, 구도의 진학 등을 고려해서 앞으로는 지방 전근명령이 내려와도 혼자서 가기로 결정했다고 한다. 나는 안심했다.

"그런데 은행 관리직이면 접대 골프가 많을 테니 오히려 잘된 거 아닌가? 필드에 자주 나가시잖아."

구도가 빙그레 웃었다. "상대가 단골고객이라 일부러 져줘야 해

* 마스터스대회가 열리는 미국의 명문 골프장.

서 꽤 어렵대."

우리 아빠—친구들과 얘기할 때는 '아버지'라고 부르지만—는 젊은 시절 배를 타는 게 꿈이었다. 조금 특이한 점은 선장이나 항해사가 아니라 기관사가 되고 싶어했다는 것이다. 아주 오래전 아빠가 어렸을 때 할아버지의 지인 중 화물선 기관장이었던 사람이 있었는데, 그 사람이 정말 멋있어서 일편단심으로 동경해왔다고 한다.

우리 아빠가 그 꿈을 포기한 이유는 딱히 누가 반대해서가 아니다. 뱃멀미가 심한 체질이었기 때문이다. 도저히 나아지지 않았다고 한다. 실제로 가족여행 가서 유람선을 타도 혼자만 얼굴이 퍼렇게 질린다.

하지만—좀 거북한 얘기이긴 하지만, 뱃사람을 험담할 때 흔히 '항구마다 여자가 있다'고 하지 않는가. 그게 사실인지 아닌지는 잘 모르겠지만, 우리 아빠는 진짜 뱃사람이 되지도 않았으면서 그런 속설에만 충실한 것 같은데……

올 여름방학, 그런 문제로 우리집에 큰 말썽이 생겼던 것은 나와 시마자키의 첫 이야기를 읽으신 분들은 잘 아시리라 생각한다. 그후로 우리집은 아직까지는 별 탈 없이 평온하다. 아직까지는. 다만 앞으로도 이런 상태가 쭉 지속될지 어떨지는 어린 마음에도 자신이 없다.

아키코 씨 사건과 관련해 안 좋은 소문이 돌아서 구도가 고민하다가 '그런 행동을 하는 건 다 집안의 피 때문일까'라는 터무니없는 생각을 했다는 말을 들었을 때, 나는 문득 우리 아빠를 떠올렸다. 그래, 나에게도 버릇처럼 바람을 피워온 아빠와 같은 피가 흐르고 있지—하고 말이다.

엄마랑 늘 싸우기만 하는 것도 아니고, 그럭저럭 사이가 좋아 보일 때도 있고, 굳이 나누자면 평균 이상의 직장인인 아빠가 왜 다른 여자에게 눈길을 줄까? 나에게 그것은 풀리지 않는 수수께끼고, 어쩌면 장래에 커다란 정신적 외상(멋지죠. 심리학 책에서 본 말이지만)으로 작용할지도 모른다. 내가 좀더 어른이 돼서 지금보다 인간관계가 넓어졌을 때, 동시에 두 여자를 좋아하거나 세 여자 사이를 실실거리며 오가게 되고, 그걸 신나게 즐기고, 그러다 어느 순간 문득 취기가 가시듯 생각하는 것이다…… 나도 아빠랑 똑같다고. 그런 날이 오면 어떡하나.

시마자키에게 한번 그런 얘기를 한 적이 있다. 그러자 그 녀석은 이렇게 말했다.

"미리 걱정하지 마. 네가 그렇게 인기가 있을지 없을지는 아무도 몰라."

쳇, 눈물나게 고맙다.

현재의 나는 구도 하나만으로 머릿속이 가득하다. 그러니 다른 데 눈길을 돌릴 가능성은 전혀 없다. 그런데 이토록 구도를 사랑해 보니, 아주 조금이긴 하지만, 아빠가 바람을 피우는 이유를 알 것 같은 기분도 든다.

아빠는 따분한 게 싫은 것이 아닐까. 일과 가정에 함몰되어 외부로부터 오는 자극이 사라지는 게 싫어서. 그래서 '사랑'을 하는 게 아닐까. 외도도 사랑임에는 틀림없으니까.

사랑하면 그만큼 하루하루가 즐겁다. 매일같이 장밋빛 자극이 가득하다. 학교에 가서 교실에서 구도의 얼굴을 볼 때마다, 그애와 전화통화를 할 때마다 나는 뼈저리게 느낀다.

그랬기에 뜬구름 잡기 같은 '시라카와정원에서 마주친 수상한 중년 남자의 목격자 찾기'도 내게는 전혀 힘들지 않았다. 오전 열시에 문을 열자마자 들어가서 오후 다섯시에 닫을 때까지 줄곧 돌아다니고, 사람들에게 이상한 눈길을 받고 무시당하고 놀림을 받아도 전혀 괴롭지 않았다.

한편, 구도와 다테 조는 곧바로 아키코 씨 집을 방문했다. 집에 들어간 것 자체는 순조로웠던 듯하지만, 나중에 둘 다 똑같이 풀이 죽어서 해준 말에 따르면, 그 집 가족들은 하나같이 입이 무거운 모양이다. 아키코 씨 얘기를 꺼내도 형식적인 대답만 해서, 친했던 친구 이름이나 자주 다녔던 가게처럼 수사의 실마리가 될 만한 것들은 거의 알아내지 못했다. 구도는 테니스 벽 치기 연습을 하는 느낌이었다고 했다.

우리는 밥 아저씨 가게에 모여 있었다. 첫 회의 겸 보고 모임이다.

"그 집에서 시베리안허스키를 키우거든."

"알아. 장례식 때 봤어."

"이름이 시저인데, 벌써 사 년 정도 키웠어. 근데 그 개가 아키코 언니는 전혀 따르질 않고, 그뿐만이 아니라 아키코 언니가 집을 자주 비우게 된 후로는 올 때마다 사납게 짖어서 애를 먹었대."

우울해지는 얘기다.

"강아지 때부터 키운 거지?" 시마자키가 물었다.

"맞아. 정식으로 브리더한테 입양했고 훈련도 잘 시켰다고 했어."

"주로 돌보는 사람은 누구야?"

"이모부. 매일 두 번 출근 전이랑 자기 전에 산책을 간대. 이모부를 무척 잘 따라서, 서로 말이 통하나 싶을 정도로 이모부 말을 잘 들어."

그 말을 들으니 점점 더 마음이 무거워졌다. 아키코 씨와 새아버지의 관계를 시저의 행동이 상징하는 셈이다.

"반년 전쯤 아키코 씨가 시저한테 물릴 뻔한 적이 있었대." 다테가 말했다. 구도가 힘차게 고개를 끄덕였다.

"밤에 이모부가 산책시키고 들어오는데, 마침 아키코 언니도 막 들어오는 참이었나봐. 거의 한 달 만이었고, 그것도 본인 말로는 잠깐 갈아입을 옷만 가지러 온 거였대. 그래서 부엌 뒷문으로 몰래 들어오려다 도둑으로 오해받은 거지."

"그래서 시저가 달려들었대?"

"응. 아키코 언니는 새파랗게 질려서 엄청 화를 냈나봐. '망할 놈의 개, 죽여버리겠다'고 소리치면서. 그래서 이모부도 화가 나서, 결국에는 아키코 언니가 울음을 터뜨릴 정도로 큰 소리로 야단을 쳐서……"

구도가 예쁘게 생긴 양쪽 눈썹을 축 내려뜨렸다.

"이모부가 나한테 이 얘기를 할 때, 이모가 너무 슬퍼 보였어."

시마자키가 밀크셰이크 잔을 만지작거리며 천천히 물었다. "그 부분 말인데. 가족 중에 아키코 씨 편은 전혀 없었어? 어머니는 어떤 태도였을까? 아버지와는 피가 섞인 사이가 아니어도 어머니는 다르잖아?"

그 점은 나도 의문스러웠다. 모녀간의 유대는 상당히 강한 편이니까……

구도는 한동안 침묵했다. 마침 가게에서 틀어놓은 〈더 독 오브 더 베이〉가 끝날 때까지, 음악에 심취한 듯이 고개를 살짝 기울이고 시선을 떨어뜨린 채로.

나도 오티스 레딩의 허스키한 노랫소리에 귀기울이며 구도의 얼굴을 지켜보았다. 부둣가에 앉아 그저 멍하니 시간만 보낸다는 노랫말—우리집에서도 통신판매로 산 '올디스 컬렉션'이라는 CD를 엄마가 자주 틀어서 이 〈더 독 오브 더 베이〉도 귀에 익었다. 그런데 몇 번을 들어도 신기한 노래 같다. 이것은 속세를 떠난 사람의 노래일까. 아니면 세상에 버림받은 사람의 노래일까.

"나도 그 점은 이모한테 말할 수 없었어."

구도는 음악이 잠깐 끊겼을 때 작은 목소리로 얘기를 시작했다.

"그래서, 이건 우리 엄마한테 들은 얘기인데……"

원래 구도의 이모가 미혼모로 아키코 씨를 낳게 된 이유는, 아키코 씨 친아버지와의 결혼을 상대방 부모가 몹시 반대해서였다고 한다.

"이모랑 그 남자분은 당시에 이미 같이 살고 있었대. 그래서 결혼을 반대하는 부모님을 어떻게든 설득하려고 했지. 그러다 아키코 언니가 생긴 거야. 뱃속에 아기가 있다고 하면 아무리 완강한 부모도 반대하진 못할 거라고 생각했던 것 같은데."

그러나 그렇게 엿장수 마음대로는 되지 않았다. 이모(당시에는 아직 어렸던)의 임신 소식을 들은 상대 남자의 어머니가 극심한 노이로제 증상으로 결국 입원해버렸다고 한다.

"이모랑 결혼하기로 결심했던 그 남자도 기가 꺾여버렸던 모양이야. 자기 어머니랑 애인 사이에 끼어 지쳐갔고, 그러다 결국—"

"이모님이랑 헤어지기로 했단 말이지."

"응. 이모 애인도 그 무렵에는 막 대학을 졸업한 젊은 나이였다고 엄마가 말했어. 안쓰러운 마음도 들었대. 하지만 이모는 아기를 낳고 싶어했지. 그래서 아키코 언니가 태어난 거야."

시마자키가 흥 하고 콧소리를 냈다. "남자 어머니는 왜 그렇게 심하게 반대했대?"

"그쪽 집이 부자라서. 학자니 판사니 높은 사람도 많이 나온 집안이었대. 이모 쪽—우리 외갓집은 작은 공장을 운영해. 플라스틱을 가공하는 공장이야. 아이들 장난감 같은 걸 만드는."

다테가 한숨을 내쉬며 말했다.

"아키코 씨의 친아버지 말이야, 장례식에 왔다고 했잖아? 지금은 변호사래. 참 나."

그렇게 헤어졌으니 혼자서라도 아이를 낳겠다는 이모를 그는 모른 척할 수 없었다. 금전적인 도움을 줬고, 자식으로 인정했다—

"이모가 이모부랑 결혼한 건 아키코 언니가 두 살 때였어. 친척 소개로 반쯤은 맞선처럼 만난 모양인데, 혹이 딸렸다고 망설이는 이모를 이모부가 설득해서 결혼하게 됐다고 엄마가 말했어."

구도의 이모부는 물류회사 운전기사다. 일은 고되지만 동년배 남자들에 비교해 수입은 꽤 많았다. 갑자기 두 살배기 여자아이의 아빠가 돼도 충분히 헤쳐나갈 수 있을 거라 생각했을 것이다. 구도의 어머니는 드디어 언니도 현실적으로나 심리적으로나 행복해지겠다며 그 결혼을 매우 기뻐했다고 한다.

그런데 그것이 언제부터인가 삐끗거리기 시작했다—

"우리 엄마 말로는."

구도가 목에 걸린 알약을 넘기듯 몇 번이나 침을 삼키며 힘겹게 말을 이어갔다. "아무래도 이모는 약점을 잡혔달까, 조심스러워한달까, 과하게 눈치를 보는 경향이 있었대. 예를 들면 밤근무를 하고 온 이모부가 낮에 자고 있을 때, 아키코 언니가 시끄럽게 떠들면 조금 심하다 싶을 정도로 야단치는 식으로 말이야. 툭하면 아키코 언니한테 아빠 기분을 상하게 하면 안 된다고 타일렀대."

구도의 이모에게는 '우리를 돌봐주는 사람이다, 남의 자식을 받아줬다'는 자격지심이 있었던 걸까.

"이모는 옛날부터 남한테 지나치게 신경을 쓰는 면이 있었다고 엄마가 말했어. 그게 집에서는 늘 아키코 언니를 억압하는 나쁜 방향으로 나와버린 거지. 언니가 어릴 때는 그나마 통했지만, 점점 크면서 왜 자기만 이렇게 주눅들어 살아야 하나 싶었겠지? 하물며 남동생은 전혀 눈치 안 보는데. 그래서 이모부랑 싸우면, 이모는 아키코 언니가 잘못했다고 화를 냈어. 아빠한테 무슨 말버릇이냐, 은혜를 잊었느냐면서."

그런 상황이면 아키코 씨에게는 도망갈 곳이 없다.

"아키코 언니는 이모가 그렇게 야단칠 때마다 '내가 낳아달라고 부탁한 적도 없는데 자기 마음대로 낳아놓고, 길러준 은혜를 잊지 말라고 강요한다'고 맞받아쳤대. 우리 엄마도, 언니한테는 미안하지만 아키코가 그렇게 화내는 심정도 이해는 된다고 했어."

아키코 씨가 고등학교를 중퇴한 이유도 그런 싸움 끝에 '그렇게 생색낼 거면 학비도 더이상 내줄 필요 없다, 나가서 취직할 거다'

라고 한 것이 계기였다고 한다. 학교에서 문제를 일으키거나 한 건 절대 아니었다.

다만 공부는 그다지 열심히 하지 않아서, 그 점에서도 부모와 마찰이 끊이지 않았다고 한다.

눈에 훤하게 보이는 것 같았다. 공부에 자신 없는 아이가 있다. 그 점은 스스로도 불만스럽고, 나는 틀렸나 싶은 생각도 든다. 엎친 데 덮친 격으로 외부에서 압박을 준다. 너, 정신 바짝 차려야 해, 학교는 공짜로 보내는 게 아니잖아. 좀더 열심히 해야지, 하라주쿠 같은 데 놀러다닐 시간이 있으면, 그렇게 음악이나 들을 여유가 있으면, 텔레비전이나 볼 시간이 있으면.

너는 그런 걸 즐길 수 있는 처지가 아니야.

오싹했다. 정말로 팔에 소름이 돋았다.

"이모부는 어땠어?" 시마자키가 물었다. "처음부터 아키코 씨 새아버지가 되는 걸 알고서 결혼했잖아."

"나는 아키코와 사토루—사토루는 남동생 이름이야—를 차별해서 키우지 않았다, 고 했대." 구도가 대답했다. "그런데도 아키코는 입만 열면 '친아빠가 아니라서 어쩌고저쩌고' 한다, 세상에는 친부모 자식이 아니어도 사이좋게 지내는 집이 얼마든지 많은데 아키코가 그러지 못하는 건 원래 성격이 비뚤어졌기 때문이다, 그런 말을 자주 했나봐."

우리는 다 함께 침묵에 잠겼다. 왠지 모르게—전형적인 악순환의 패턴을 보고 있는 기분이었다.

"아키코 씨 같은 입장이었다면, 아마 나도 집을 나갔을 거야." 다테가 불쑥 중얼거렸다. "집안에 내 자리가 없는데 머물러봤자 소용없잖아. 밖으로 나가서 자기 자리를 찾아야지."

나도 그렇게 생각한다. 아직 그럴 만한 힘이 없다고 해도, 참지 못하고 밖으로 뛰쳐나가 자기 힘으로 살아보려 할 것이다.

예술가나 연예인, 기업가만 해도 그렇게 집을 뛰쳐나와서 성공한 사람들이 많다. 하지만 그런 능력과 행운을 타고나지 못한 사람은—어떻게 될까?

아키코 씨의 '성매매'도 그 대답 가운데 하나다. 그 사람이 자기 힘으로 살고, 자기 자리를 만들려고 한 결과다.

우리는—어린아이는 당연하게 부모가 있는 집에 자기 자리가 있는 존재라고 생각한다. 그게 당연하다고. 나는 태어났으니 여기 있고, 여기가 '집'이라고.

그러나 세상에는 그렇지 않은 경우도 있는 것이다. '거처'는 있다. 분명히 있다. 그렇지만 그 '거처'는 어디까지나 '받은' 것이며, 그것에 늘 감사하고, 거처를 제공해준 사람에게 충분히 감사를 표하지 않으면 언제 빼앗기고 쫓겨날지 모른다—그렇게 생각할 수밖에 없는 입장에 놓여버린 사람도 있는 것이다.

아키코 씨는 그런 처지에 진절머리가 났다. 그래서 뛰쳐나갔다. 그러나 만약 그녀가 부모에게 반항하거나 집밖으로 뛰쳐나가는,

일종의 '외향적'인 힘을 갖지 못한 사람이었다면 어땠을까. 나의 상상이긴 하지만, 그런 경우라면 분명 지독한 '우등생'이 되지 않았을까.

부모에게 반항하지 않고, 학교 성적은 늘 상위권. 이웃의 평판도 최고다. 우리 애도 저렇게 똑똑하고 야무지면 좋겠다며 부러워하는, 착한 아이의 전형.

그렇지만 그녀를 그렇게 착한 아이로 만든 원동력은 다름아닌 '공포심'이다. 봐요, 엄마 아빠. 난 이렇게 착한 아이죠? 그러니 쫓아내지 마요. 내가 있을 곳은 여기죠? 여기 있어도 되죠? 항상 착한 아이니까요? 그렇죠? 네?

나는 신음했다. "속이 쓰리네."

"이모는." 구도가 속삭이듯이 말했다. "아키코가 이렇게 된 건 모두 자기가 부족한 탓이라고 했어. 전부 자기 책임이라고. 남편도 사토루도 힘들게 만들어버렸다고. 원래대로라면 더는 이 집에 있을 수도 없다고."

시마자키가 안경을 벗고, 바지 주머니에서 꺼낸 손수건으로 렌즈를 닦기 시작했다. 방금 들은 얘기에 눈물이 나서 렌즈가 흐려진 건 아니다. 이것은 시마자키가 화가 났고 그 감정을 억누르고 있다는 증거다. 렌즈를 닦는 동작에 분노의 힘을 분산시켜 토해내는 것이다.

그런데도 "화제를 바꾸자" 하고 내뱉은 말에는 여전히 분노의 기운이 남아 있었다. 시마자키의 이런 모습은 오랜만에 보았다.

"현실적인 문제로 돌아와서, 아키코 씨의 거처는 어디였을까? 집을 나와서 어딘가에 머물렀을 거잖아? 가족들은 그 사람이 어디 있었는지 아무도 모르나?"

다무라 경위님 말에 따르면, 아키코 씨는 한 달에 네다섯 번만 집에 들어왔고, 가족에게는 '친구 집에서 잔다'고 했다 한다. 그 '친구 집'을 일일이 찾아서 확인하기는 힘들다는 말도 했었다.

"이모는 언니가 어디서 지내는지 알아내려고 꽤 노력했던 모양인데, 결국은 알아내지 못했대." 구도가 말했다.

그야 그렇겠지. 아키코 씨로서는 어렵게 자기 힘으로 확보한 '거처'에 누가 허락 없이 들이닥쳐서, 또다시 '넌 남한테 폐를 끼치고 있어, 그럴 만한 처지가 아닌데'라고 설교한다면 죽기보다 싫었을 테니, 필사적으로 숨겼을 것이다.

그리고 시마자키의 가설—그 중년 남자가 시라카와정원의 사건 현장에서 '기도하는 것처럼 보였다'는 사실에 입각해 세운 가설이 잘못되지 않았다면, 아키코 씨 편이자 긍정적인 관계를 맺고 있었을 게 분명한 그 남자는 상당히 높은 확률로 '친구'의 범위에 들 것이다. 아키코 씨가 확보한 거처에 있었을 게 틀림없다.

"친구라." 다테가 중얼거렸다. "어쩌면 그 남자도 그쪽이었을지 모르잖아. 아키코 씨랑 친한 손님이었을지도."

우리는 또다시 침묵했다. 그러나 각자 머릿속으로 떠올린 생각은 아마 똑같았을 것이다.

그가 친한 '손님'이었대도, 아키코 씨에게는 없는 것보다는 있는 편이 나은 사람이었던 것이다.

그리고 내기를 걸어도 좋은데, 두 사람이 지내던 곳, '친구'라는 울타리 안에는 아키코 씨를 죽인 범인도 있었을 것이다. 그녀가 불러들였는지, 제멋대로 침입한 건지는 알 수 없지만.

다음주 일요일.

나와 시마자키는 또 시라카와정원으로 갔다. 사람들이 많은 시기라 수확이 없어도 바쁜 기분을 맛볼 수 있었다. 찾는 이유를 물었을 때 꾸며낸 이야기를 늘어놓는 데도 점점 능숙해져갔다. 개중에는 우리가 꾸며낸 이야기에 감동받아서 몽타주 복사본을 몇 장 가져가 물어봐주겠다는 사람도 있었다. 미안한 마음이 들었지만, 고맙기도 했다. 아무튼 뭐든 좋으니 그 남자와 연결될 실마리를 찾고 싶었다.

오전중에는 지난주와 마찬가지로 헛수고의 연속이었다. 처음부터 있을지 없을지 모르는 끈을 잡아당기는 식의 탐문이었기에, "어, 이 사람 알아"라거나 "지난번에 시라카와정원에 왔을 때 이 사람이 차에 타는 걸 봤어, 차 번호는 말이야" 하는 기적 같은 성과를 기대하진 않았지만, 역시나 씁쓸한 연속 삼진아웃이었다.

점심에는 시라카와정원 정문 근처에 있는 카페에서 런치 세트를 먹기로 했다. 지난주에 왔을 때 싸고 맛있는 스파게티 세트를 발견했기 때문이다.

'판피'라는 이름의 가게는 서른이 조금 넘어 보이는 젊은 주인 혼자 운영하고 있었다. 친절해 보이길래 지난주에 카운터에 앉아 봉골레파스타를 먹으면서 꾸며낸 이야기를 꺼내보았다. 그러자 예상외로 적극적인 반응을 보이며, 몽타주를 몇 장 놓고 가면 손님들에게 물어봐주겠다고 했다.

그래서 이번주에 '판피' 문을 열고, 정면 벽에 걸린 밀밭 사진 옆에 '이 사람을 모르시나요?'라는 문구가 적힌 몽타주를 마주한 순간에도 그리 놀라지는 않았다. 그런데 카운터 안쪽에 있던 주인이 나와 시마자키 얼굴을 보더니 크게 놀란 표정을 지었다.

"아아, 너희 왔구나, 다행이야" 하면서 서둘러 다가왔다.

"맡아둔 물건이 있어."

"맡아둔 물건요?"

주인은 빨간 앞치마 자락에 손을 닦은 후, 계산대 밑에서 얇은 봉투 하나를 꺼냈다.

"어제 오후에 여기 들렀던 여자 손님이 저 몽타주를 보고 깜짝 놀라더라고."

나와 시마자키는 입을 모았다. "정말요?"

"정말이고말고. 그래서 내가 사정 얘기를 했더니 더욱 놀라면서, 너희가 오면 이걸 전해달라고 맡기고 갔어."

시마자키가 봉투를 건네받았다. 밀봉되지는 않았다. 안에는 두 번 접은 전단지 같은 것이 들어 있었다.

펼쳐보니 전단지 같은 게 아니라 정말로 전단지였다. 그것도 전화방 전단지. 뒷면 백지에 정갈한 여자 글씨로 이렇게 쓰여 있었다.

'너희가 찾는 사람이 내가 아는 사람일지도 모르겠어. 괜찮으면 연락해.'

안자이 교코, 라고 쓰여 있었다. 그리고 아래에는 도쿄 지역 전화번호.

"대박." 내가 신음했다. "드디어 입질이 왔네."

그러나 시마자키는 말이 없었다. 돌처럼 입을 꾹 다물었을 뿐 아니라 몸까지 딱딱하게 굳어버렸다. 내가 팔꿈치로 쿡쿡 찔렀다.

"왜 그래?"

시마자키가 눈길을 들고 전단지를 내 쪽으로 내밀며, 오른손 끝으로 전단지 아래에 인쇄된 여자들 사진을 가리켰다. "이거 봐."

"뭐야, 왜 그렇게 심각해."

별다른 특징 없는, 컬러풀한 원색의 감탄사로 가득한 전단지였다. 우리 동네 공중전화 부스에도 흔히 놓여 있는 전단지다. 일러스트가 있고, 사진이 있다. 모두 예쁘고 섹시한 여자들이다. 시마자키가 그렇게 무서운 표정을 지을 대상이 아니다—

그런데 시마자키의 손끝이 가리키는 사진을 확인한 순간, 나 역시 딱딱하게 굳어버렸다. 가게 안에 떠다니는 토마토소스냄새조차 느낄 수 없었다.

'귀여운 우리가 상대해드려요'라는 문구 옆에서 활짝 웃고 있는 여자 사진.

구도였다.

13

시마자키와 나는 일단 '판피'에서 나와 곧장 시마자키의 집으로 향했다.

전단지에 메모를 남긴 안자이 교코라는 사람에게 전화를 걸려면, 조용한 곳이면서 다른 사람에게 방해받지 않는 전화기를 확보해야 했기 때문이다. 그러려면 가게를 여는 낮 동안 쓰는 사람이 없는 시마자키네 집전화가 최적이라고 생각했다.

또하나, 나에게도 시마자키에게도—특히 나에게 더—머리를 식히고 마음을 추스를 시간적 여유가 필요했다. 시라카와정원에서 시마자키 이발소까지는 걸어서 약 삼십 분이다. 그동안 우리는 말없이 걸었고, 나는 손에 문제의 전단지를 움켜쥐고 있었다.

전화방 전단지 속에서 웃고 있는 구도의 사진. 그것이 내 마음에 상처를 주지는 않았다. 왜냐하면 뭔가 잘못됐을 게 분명하니까.

그래도 아예 동요하지 않을 수는 없었다. 대체 구도의 신변에 무슨 일이 일어나고 있는 걸까? 또다른 사건이 벌어지는 중일까? 그렇다면 나는 과연 뭘 할 수 있을까?

"진정해."

이발소 간판이 보이는 데까지 오자 시마자키가 내게 말했다.

"우리 엄마는 보기보다 예리하니까. 인사할 때 조금이라도 분위기가 이상하면 무슨 일 있느냐고 캐물을 거야."

"알았어. 걱정 마."

다행히 가게가 몹시 바빠서 시마자키의 엄마는 손님 얼굴에 뜨거운 수건을 얹으며 "어머, 어서 와라" 하고 인사할 뿐이었다. 우리는 가게 옆의 문으로 들어가 집으로 통하는 계단을 올라갔다.

시마자키네 거실에는 시마자키의 할머니 때부터 사용했다는 오래된 등나무 소파가 있다. 전화기는 그 자리에서 오른쪽으로 손을 뻗으면 닿는 곳에 놓여 있다. 시마자키가 소파에 앉고 나는 역시나 오래된 맞은편 팔걸이의자에 앉아서 각자 약속한 듯이 심호흡을 한 번 했다.

시마자키가 수화기를 들었다. 나는 두 사람의 대화를 들을 수 있도록 전화기 스피커 버튼을 눌렀다.

신호가 두 번 가고, 상대가 받았다.

"진짜 놀랐어."

안자이 교코라는 사람은 시원시원하고 싹싹한 투로 말했다. 약간 쉰 목소리다. 나이는 삼십대 중반쯤일까.

“저희도 놀랐어요.” 시마자키가 말했다. “이런 식으로 반응이 올 줄은 꿈에도 몰랐거든요.”

“그랬겠지.” 웃음기 깃든 목소리로 안자이 씨가 말했다. “전단지는 미안해. 너희도 쑥스러웠지? 가게 주인도 날 힐끗힐끗 쳐다보더라고.”

분명 ‘판피’의 주인은 전단지와 우리 얼굴을 번갈아 보았다.

“하지만 이유 없이 그런 건 아냐.” 안자이 씨가 말을 이었다. “너희가 찾는 ‘은인’이라는 남자가 그 전단지랑 관계있거든.”

은인—무슨 말인가 싶어 나는 시마자키의 얼굴을 바라보았다. 그랬다. 안자이 씨는 우리가 꾸며낸 이야기를 철석같이 믿고, 우리가 불량배들에게 붙잡혀 곤경에 처했을 때 도와준 친절한 아저씨를 찾고 있다고 생각하는 것이다. 그 얘기에 맞춰줘야 했다.

확인차 시마자키의 얼굴을 쳐다보니, 그가 말없이 고개를 끄덕여 보였다.

“사실 난 그런 전단지—미리 말해두지만, 전화방 전단지만 있는 건 아니고—를 제작해서 길에서 나눠주거나 우송하는 회사를 운영해. 안자이 정보서비스라는 회사지.”

회사는 우치칸다에 있다고 한다.

“그 전단지에 나온 전화방, ‘파라다이스’라는 곳이지?”

그 말대로 가게 이름은 ‘파라다이스’였다. 나는 다시 전단지에 시선을 떨어뜨리고 구도의 웃는 얼굴을 바라보았다.

"'파라다이스'는 우리 단골고객 중 한 곳이라서 그쪽 직원이 우리 회사에도 자주 드나들어. 좀 까다로운 곳이지. 전단지 디자인까지 일일이 지적하거든."

딱히 그런 노력의 흔적이 엿보이는 결과물은 아닌데.

"뭐, 그건 상관없는 얘기고. 문제의 그 아저씨 말인데, 한번 우리 회사에 온 적이 있어."

"손님으로요?"

시마자키의 질문에 안자이 씨가 바로 대답했다.

"아니, 그건 아니고. 완전 반대야. 그 전단지 배포를 중지해달라고 부탁하러 왔었어. 물론 공짜는 아니고."

시마자키가 안경을 밀어올리고 자세를 고쳤다.

"요컨대—자기가 사들이겠다, 그런 의미인가요?"

"그래. '파라다이스'측에는 비밀로 하고, 전단지를 나눠준 척하고 버리라는 거였지. '파라다이스'가 낸 돈의 두 배를 주겠다면서."

내가 입을 열려는 것을 시마자키가 손으로 막았다. 안자이 씨의 목소리가 이어졌다.

"왜 그랬을 것 같니?"

"아마 여기 사진이 실린 여자가 가족이거나—"

"그래, 보통은 그런 생각이 들잖아. 나도 감이 왔지. 이 사람의 딸이 전단지에 실렸나보다고. 그래도 미안하지만 불가능하다고 했어. '파라다이스'는 까다로운 거래처라서 전단지를 제대로 안 돌린 게 밝혀지면 우리가 곤란해진다고."

"'파라다이스'에서 그런 것까지 다 확인하나요?"

"글쎄다. 사실대로 말하면, 전단지 정도는 속일 수 있을지도 몰라. 하지만 뒤에 폭력단이 얽혀 있어서…… 뭐, 장사하는 입장에서 일일이 신경쓸 수는 없지만, 어쨌든 성가신 고객이긴 해. 그래서 거절했던 거야."

시마자키가 천천히 고개를 끄덕였다.

"그래서 그 아저씨는 바로 돌아갔어요?"

"조금 물고 늘어지긴 했어. 그래서 얼굴을 기억하는 거고."

안자이 교코 씨가 깊은 한숨을 몰아쉬었다. 우리에게 잘 들리도록 일부러 그러는 듯했다.

"우리도 골치 아팠어. 부모 말을 안 듣는 딸을 두었구나 했지. 하지만 대놓고 물어볼 순 없잖아? 그래서 우회공격 전술을 썼지—우회공격이라는 말 아니?"

"네, 알아요."

"똑똑하네." 안자이 씨가 살짝 웃었다. "내가 물어봤어. 이 전단지를 우리가 만드는 걸 어떻게 알았느냐고."

"그랬더니 뭐래요?"

안자이 씨가 목소리를 살짝 낮췄다. "아는 사람 딸이 속아서 여기 사진이 실렸다고 했어. 그래서 그애한테 들었다고."

나는 전단지 속에서 웃고 있는 구도의 눈을 바라보았다. 그애도 내게 웃어주었다.

이 전단지에는 세 명의 사진이 실려 있었다. 맨 오른쪽이 구도다. 언제 어디서 찍힌 사진인지는 모르지만, 지금과는 머리 모양이 조금 다르다. 훨씬 짧다. 목은 또렷하게 찍혔는데 옷깃은 보이지 않는다. 무슨 옷을 입고 있었을까?

배경도 흐릿했다. 화질 낮은 흑백사진이니 어쩔 수 없지만, 답답했다.

오른쪽에서 두번째는 구도보다 조금 나이가 많아 보이고, 긴 생머리에 폭이 넓은 헤어밴드를 하고 있었다. 목 언저리에 하얀 옷깃이 얼핏 보였다. 곱게 자란 부잣집 딸 같은 분위기였다.

세번째 아이는 생긋 웃는 표정이었다. 쇼트커트에 활발하고 귀여운 이미지, 나이는 구도 또래 같다. 그런데 귓불에 피어싱 같은 게 보였다.

세 명의 여자아이. 세 개의 웃는 얼굴.

안자이 씨의 얘기를 곧이 받아들인다면, 시라카와정원에서 본 중년 남자는 이 셋 중 누군가의 지인이며, '속아서' 사진이 실린 여자아이를 위해 노심초사한 셈이다.

아니—나는 속으로 정정했다.

세 사람 중 두 명이다. 구도는 관계가 없다. 그도 그럴 것이, 시라카와정원에서 그 남자와 우연히 마주쳤을 때 구도는 '모르는 사람'이라고 분명하게 말하지 않았던가.

모르는 사람이 그애를 위해 그렇게까지 애써줄 리 없다. 그 남자는 나머지 두 사람—부잣집 딸과 피어싱 소녀 둘 중 한 사람의 지인 혹은 가족일 것이다.

나는 다시 세 명의 사진을 찬찬히 살펴보았다. 보면 볼수록 그 애들의 환한 미소와 순수함이 안자이 씨의 말을 뒷받침해주는 기분이 들었다. 아니, 정확하게는 안자이 씨가 그 남자에게서 들은 말을.

속아서 사진이 실렸다—

그렇다. 세 아이는 '파라다이스'와 아무런 관련도 없다.

내 마음을 읽어낸 시마자키가 안자이 씨에게 물었다. "그 아저씨가 '속아서 실렸다'고 말했나요? '무단'이나 '멋대로'라고 표현하지 않고?"

안자이 씨가 "으음" 하는 소리를 냈다. "정확하게 뭐랬더라. '속아서'라고 하기는 했던 것 같은데, 방금 네가 말한 의미도 포함되어 있지 않을까?"

"그렇겠죠."

"듣고 보니 그 사진은 전단지에 실으려고 찍었다기보다는 그냥 학생증 사진 같잖아? 아니면 스냅사진 같은 데서 오려낸 것 같기도 하고. 그렇게 편집하는 걸 우리는 '얼굴 따기'라고 하는데, 얼굴만 클로즈업하면 어떤 사진에서든 가져와서 쓸 수 있어."

자세하게 설명해준 후 안자이 씨는 지금 하는 대화의 의미를 생각해본 듯했다. 잠깐 말을 끊었다가 변명조로 덧붙였다.

"우리는 전단지를 만들면서 거래처에서 넘겨준 자료를 사용할 뿐이고, 출처는 신경쓰지 않거든."

시마자키는 안자이 씨의 변명에는 개의치 않았다. 표정은 어쨌든 여전히 밝은 투로 "정말 놀랍네요" 하며 말을 이었다. "그런데 그런 사정이 있었으면, 그 아저씨가 자기 이름을 밝히진 않았겠네요?"

"응, 안타깝지만. 우리도 굳이 묻지 않았고."

"그게 언제쯤이었어요?"

"아저씨가 찾아온 날?"

"네. 최근이었나요?"

놀랍게도 안자이 씨는 이렇게 대답했다.

"그 사건 있잖아, 젊은 여자가 시라카와정원에서 살해당한 사건. 그후에 바로였어. 이삼일쯤 됐을까. 고객이 아니라서 따로 기록은 안 했지만, 그 사건으로 여기도 이래저래 시끄러울 때였으니 틀림없어."

시마자키와 나는 시선을 마주쳤다. 나는 아키코 씨 사건 얘기가 나와서 반사적으로 그런 거지만, 시마자키가 내 눈을 본 데는 다른 의미가 있었다.

그는 이렇게 물었다. "와, 그럼 안자이 씨는 살해당한 그 사람을 아세요?"

"응, 알지."

안자이 씨의 대답에 나는 눈을 휘둥그레 떴다. 그리고 내 머리를 냅다 걷어차버리고 싶었다.

안자이 씨가 어떤 식으로든 아키코 씨와 연관이 있을 거라는 생각은 처음부터 가지고 있었어야 했다. 그렇지 않은가. 그게 아니라면 안자이 씨가 최근 들어 시라카와정원 근처를 어슬렁거릴 이유가 없다.

그래서 시마자키가 내 눈을 보며 신호를 보냈던 것이다. 그런데 나란 녀석은 그쪽으로 전혀 머리가 돌아가지 않았다.

"꽤 잘 알아. 그 모리타라는 사람."

안자이 씨의 목소리가 낮아졌다. 고인 얘기를 할 때는 다들 그렇게 된다.

"그 아가씨, 우리 회사에 자주 왔었거든."

"왜요?"

"일하러. '파라다이스'의 직원이었으니까. 아까 말했지? 전단지 디자인까지 까다롭게 참견한다고. 그런 일은 다 그 아가씨가 했어. 텔레비전이나 주간지에서는 단순히 성매매 여성으로 고용된 것처럼 말하는데, 사실은 그 정도가 아니었어. 꼭 직원이라도 되는 것처럼 행동했거든."

말하고 난 후에야 안자이 씨는 우리가 그 살인사건과 아무런 연관도 없다는 사실—그녀는 그렇게 생각할 테니까—을 알아차린 듯했다.

"어머, 내가 지금 무슨 소릴 하는 거야. 너희랑은 아무 상관도 없는데."

시마자키는 빈틈이 없다. "우리 동네에서 엄청나게 충격적인 사건이라, 우리도 한동안 꽤 시끄러웠어요."

"그래…… 그랬겠지, 서민가 한복판에서 그런 사건이 벌어졌으니."

전화기 너머에서 딸깍하는 소리가 들렸다. 안자이 씨가 라이터로 담뱃불을 붙인 듯했다.

"살해당한 분과 아는 사이라서, 어제도 시라카와정원에 오셨던 건가요?" 시마자키가 물었다.

"그렇지." 연기를 내뿜는 기척과 함께 안자이 씨가 대답했다. "뭐, 어쨌든 함께 일한 적이 있는 사람이니까. 사실은 사건 직후에도 시라카와정원에 한 번 갔었어. 꽃을 들고. 아직 현장검증중이라 못 들어갔지만."

"그랬군요……"

"왠지 모르게 발길이 그쪽으로 향해. 여러 가지 생각이 들어서."

안자이 씨는 자기가 대화하는 상대가 중학생이라는 사실을 잊어버린 듯했다. 시마자키는 이런 능력이 탁월하다. 얼굴이 안 보이는 전화통화라면, 학생지도선생님이 자기 신변 이야기를 털어놓게 만들 수도 있을 것이다.

"한창 나이에 그렇게 죽었으니…… 가엾긴 하지만, 한편으로 그 아가씨는 왠지 그렇게 죽을 것 같은 예감도 들었어. 언젠가 남한테 살해당하거나 아니면 누군가를 죽이거나, 둘 중 하나는 벌어지겠다 싶었지."

시마자키는 입을 다물고 있었다. 안경테에 손을 얹고, 미간을 살짝 찡그렸다.

"무서운 사람이었거든." 안자이 씨가 말했다.

그 말을 듣고, 안자이 씨가 아키코 씨 얘기를 할 때 목소리가 낮아지는 것은 고인을 애도해서가 아닐지도 모른다는 생각이 들었다.

안자이 씨는 지금도 아키코 씨를 무서워하는 것이다. 그래서 아키코 씨가 죽고 없는 지금도 큰 소리로 험담할 수가 없다—

"그런 여자는 처음 봤어. 무슨 짓을 저지를지 알 수 없는 느낌이었지."

중얼거리듯 말한 안자이 씨가 갑자기 어른다운 분별력을 되찾았다. 서둘러 말했다. "이런 건 너희랑은 관계없지. 괜한 소리를 했네. 그건 그렇고, 저기, 나랑 약속해줄 수 있겠니?"

"뭘요?"

"아까 말한 대로 '파라다이스'는 무서운 곳이야. 신문 같은 데서 읽었지? 그 사람이 살해당한 것도 내부적인 문제 때문일 거라고."

"'회사'인가 뭔가 하는 조직 말인가요?"

"맞아. '회사'. '파라다이스'도 그런 '회사'에 속한 가게니까."

"무섭네요. 만약 주간지 같은 데 나온 기사가 사실이라면."

순진한 목소리를 내는 시마자키에게 안자이 씨가 딱 잘라 말했다.

"만약은 무슨. 거의 다 사실이야. 그러니까 너희도 친절한 은인이라는 그 아저씨를 더이상 찾지 마."

시마자키가 시치미떼며 거짓말을 했다. "왜요? 우리는 그 사건이랑 아무 관계도 없는데."

"관계가 있든 없든."

안자이 씨는 진지했다.

"너희가 시라카와정원에서 그 아저씨를 마주친 건 우연이겠지. 하지만 그 사람이 시라카와정원에 있었던 건 우연이 아니야. 분명히 살인사건에 얽혀 있을 거라고. 그 사람, 우리 회사에 찾아왔을 때는 몹시 심각했어. '파라다이스'랑—아니, '회사'랑 괜한 분쟁이나 안 일으키면 좋겠다 싶었지."

"아아, 그런 뜻이었군요……"

"그래. 태평한 소리 하고 있을 때가 아니야. 그래서 나도 너희한테 알려주려 한 거야. 친절한 아저씨를 찾으려다가 말도 안 되는 일에 휘말릴지 몰라. 내 말 알겠니?"

"우리까지 '회사'에 찍힐지 모른다는 건가요?"

"구체적인 건 모르겠지만…… 어쨌든 그 친절한 아저씨가 '회사'를 상대로 무슨 일을 벌일지 모르잖아."

"뭐, 그렇네요."

"뭐 그렇다니, 건방진 소리 할 때가 아니라니까."

안자이 씨는 이제 완전히 잔소리꾼 아주머니로 변해 있었다.

"알겠지? 아저씨는 그만 잊어버려. 그래도 꼭 찾아내서 인사하고 싶으면, 조금 기다렸다가 찾아."

"기다리라뇨?"

"가만있으면 조만간 경찰에서 '회사'를 어떻게 해줄 테니까."

하긴 신문이나 주간지에서는 경찰이 '회사' 적발에 적극적으로 나서고 있다고 했다.

"곳곳에 스파이가 숨어 있는 모양이니, 이제 곧 해결될 거야. 알겠지? 그런 의미에서는 시라카와정원 사건이 좋은 계기가 된 셈이지."

내 말 알아들었지, 부탁한다, 약속해줘—몇 번이고 그런 말을 되풀이한 후 안자이 교코 씨가 겨우 전화를 끊었다. 수화기를 내려놓은 시마자키는 양손으로 뒤통수를 받치고 몸을 젖힌 채 한동안 천장을 올려다봤다.

"친절한 아주머니네."

내가 떠보자 시마자키는 천장을 노려본 채 불쑥 말했다.

"친절한 사람은 많아."

"응."

"하지만 그 친절한 사람이, '파라다이스'의 전단지를 만들면서 생계를 꾸리고 있지."

"……응."

"그러면서 급기야 경찰이 나설 때까지 이렇다 하게 손쓰지 않고, '파라다이스'가—'회사'가 젊은 여자들을 착취하는 걸 방관해 왔어."

나는 머리를 굴리며 할말을 찾아보았다. 시마자키처럼 천장을 올려다보기도 했다.

그러나 대답은 쓰여 있지 않았다.

"다들 먹고사느라 힘들구나."

불경을 읽는 듯한 억양으로 시마자키가 나지막이 말했다.

"먹고살려면 여러 가지 일을 해야 하지."

"그렇지."

"우리 아빠 엄마는." 시마자키가 고개를 돌려 나를 바라보았다. "지금까지 남의 머리를 잘라 돈을 벌면서 살아왔어. 그리고 나도 키워주고."

"가게에 오늘도 손님 많았잖아."

"성실하고 열심히 일하니까. 그런데, 어쩌면 그건 운이 좋아서인지도 몰라."

"무슨 뜻이야?"

"운이 좋아서 남의 머리를 자르는 것처럼 정당한 일을 하며 살아갈 수 있다는 뜻이지. 하나라도 잘못돼서, 뭔가 하나 어긋나버렸으면, 우리 아빠 엄마도 간접적으로라도 '회사' 같은 곳의 일을 돕고, 그걸로 밥벌이를 해야 하는 처지가 됐을지도 모르잖아?"

나는 시마자키를 가만히 살펴보았다. 딱히 세상살이에 지친 표정은 아닌 것 같아 안심했다.

"그런 생각을 하면 스무 살도 되기 전에 머리가 하얘질 테니 그만두자."

"맞는 말이야." 시마자키가 고개를 끄덕였다. "우리 삼촌 중에 이따금 술 취하면 '출가하고 싶다'고 아우성치는 사람이 있어. 이제는 그 심정을 어렴풋이 알 것 같아."

"스님들도 돈 벌어. 우리 할머니 돌아가셨을 때 계명* 받으면서 엄청 바가지 썼다고."

시마자키가 헤헷 소리 내어 웃었다. "그래, 그런 거지. 하지만 모두 저마다의 주문을 읊는 거야. 뭔가 방관하거나 뒤가 켕기는 짓을 할 때마다."

"무슨 주문?"

"먹고살아야 한다, 먹고살아야 한다……"

또다시 불경을 읊듯이 말했다. 아까도 일부러 그랬던 것이다.

---

* 戒名, 승려가 죽은 사람에게 붙여주는 이름.

"이제 그만하자. 너무 깊이 생각하지 마. 안자이 씨는 친절한 분이었어. 그 아주머니 덕분에 새로운 사실을 알았잖아."

전단지를 뚫어져라 바라보며 시마자키가 말했다. "구도의 사진을 여기 실은 사람은 아키코겠지?"

시마자키가 처음으로 아키코 씨를 존칭 없이 불렀다.

"아마 그렇겠지. 직접적으로는 구도와 교유가 없었대도 어머니가 구도 집을 드나들었으니 사진 한 장 정도는 손에 넣을 기회가 있었을 거야."

"이 일은 구도한테 물어보자."

나는 깜짝 놀랐다. 시마자키가 재빨리 덧붙였다. "물론 티나지 않게. 전단지 얘기는 하지 말고. 안자이 씨 얘기는 우리 마음속에만 담아두자고."

"고마워."

말해버린 후에야 나는 얼굴이 붉어졌다. 내가 감사인사를 할 이유는 없는데.

"어쨌든 남자의 신원을 밝혀낼 만한 실마리는 못 찾았어. 안자이 씨가 말한 대로 잠시 지켜보자고. '회사' 가까이 있는 안자이 씨가 그렇게 말했으니, 경찰에서 생각보다 빨리 '회사'의 정체를 밝혀낼지도 몰라."

"나도 그렇게 생각해."

시마자키가 손을 뻗어 전단지를 집어들었다.

“만약 그렇게 되면, 다무라 경위님한테는 이 전단지에 얽힌 사정을 설명하는 게 좋겠어. 그분이면 분명 잘 처리해줄 테니까.”

마음 같아서는 경위님에게 이 전단지를 한 장도 남김없이 찾아내달라고 해서 내 손으로 모조리 불태워버리고 싶었다. 나아가 이걸 보고 더러운 생각을 한 놈들을 전부 색출해서 눈알을 뽑아버리고 싶었다—

그때 시마자키가 소파에서 벌떡 몸을 일으키더니, 깜짝 놀랄 만한 기세로 안경을 벗었다.

“왜 그래?”

물어봐도 대답이 없다. 전단지를 손에 쥐고 노려보기만 했다.

다시 한번 불렀다. 대답 없음. 다시 한번. 그제야 겨우 눈동자가 움직이며 나를 보았다.

“뭐?”

“뭐긴 뭐야. 왜 그러는데?”

나를 보는 시마자키의 눈동자가 갑자기 당구공처럼 딱딱해진 듯했다.

“아무것도 아니야.” 그가 말했다. 그러고는 다시 천천히 안경을 썼다.

“아무것도 아니긴, 이상한데.”

“전단지를 가만히 보고 있으니까, 사진 속 여자애가 나를 보고 웃는 것 같았어.”

"그럴 리가 있냐."
"빛 때문인가." 시마자키가 웃었다. "그나저나 오늘 새로운 사실을 발견했네."
"새로운 사실?"
"모리타 아키코 씨를 '무섭다'고 표현한 사람은 안자이 씨가 처음이야."
"입 밖으로 말한 사람은, 그렇지."
구도도 무서웠을 것이다. 그리고 반려견 시저도.
개는 인간의 본성을 꿰뚫어보는 생물이니까.

최근에 찍은 사진이 이모 집으로 전해졌을 가능성이 있는지 구도에게 확인하는 것은 의외로 간단했다. 시마자키가 워낙 노련하게 질문한 덕분이지만, 구도는 올해 설날 이모가 집에 왔을 때 같이 사진을 찍었고, 나중에 인화해서 이모 집으로 보내주었다고 바로 대답해주었다.
사진을 찍었을 때 구도는 목이 파인 스웨터를 입고 있었고, 지금보다 머리가 짧았다고 했다. 전단지의 사진과 정확하게 일치한다. 이로써 한 가지 문제가 풀렸다.
아키코 씨는 구도의 사진을 가져다 제멋대로 그 전단지에 실었다. 그녀가 일했던—안자이 씨 말에 따르면 직원 대접을 받았던 '파라다이스'에서는 어린 소녀라면 사족을 못 쓰는 손님들을 끌어들이기 위해 그런 도용을 마다하지 않았으리라.

아무리 그래도 아키코 씨가 굳이 구도의 사진을 썼다는 점에서 나는 섬뜩할 정도로 강렬한 악의를 느꼈다.

여중생의 사진쯤은 어디서든 구할 수 있을 것이다. 역시 말도 안 되는 짓이지만, 예를 들어 길에서 몰래 찍기라도 하면 간단하다. 그런데 굳이 사촌동생 사진을 도용하고, 여봐란듯이 '우리가 상대해드려요'라는 문구까지 달다니—

그런 소행은 구도가 얘기해준 아키코의 이미지와 불쾌할 정도로 딱 들어맞았다.

아키코 씨는 자신과 다르게 좋은 환경에서 자라는 구도가 얄미워 견딜 수가 없었다. 그래서 돈을 강요하기도 하고, 사진을 가져다 쓰기도 했다. 만약 지터린 진 콘서트에 같이 가자고 했을 때 구도가 선불리 따라나섰다면 무슨 일이 벌어졌을까? 아키코 씨는 무슨 꿍꿍이로, 얼마나 고약한 함정을 준비해뒀을까?

그런 상상을 하자 나는 잠도 제대로 잘 수 없었다. 나쁜 상상을 하려 들면 얼마든지 할 수 있다.

콘서트에 따라간 구도는 아키코 씨가 '동행'을 사칭한 그녀의 '손님'과 강제로 맞닥뜨렸을지도 모른다. 여중생을 몹시 좋아하는 그 '손님'은 실은 아키코 씨에게서 미리, 오늘 당신과 함께할 사람은 내가 아니라 곧 도착할 열세 살 사촌동생이라는 얘기를 들었을지도 모른다—

그런 나쁜 생각을 멈추려면 이따금 일부러 소리를 내면서 스스로를 달래야 했다.

"구도는 이제 괜찮아. 이젠 아무 걱정 없어. 그애를 함정에 빠뜨리려고 한 모든 악의 근원은 더이상 없어. 이미 죽었어."

내 안에서는 모리타 아키코를 죽여준 범인에게 감사하는 마음까지 생겨났다.

그러다 문득 생각했다.

역시 시라카와정원에서 마주쳤던 그 남자, 전단지를 몽땅 사들이려고 했던 그 남자가 아키코 씨를 죽인 게 아닐까. 시라카와정원에서 기도하는 것처럼 보였던 건 자기 손으로 죽인 피해자에게 고개 숙여 사죄하고 있었기 때문이 아닐까.

그 두 사람이 어디서 어떻게 이어졌는지, 그건 알 수 없다. 그러나 가능성은 있다. 심지어 농후하다.

그런 얘기를 시마자키에게 해보았다. 그는 아무 말도 하지 않았다. 다만 그 침묵에 긍정의 기미가 배어 있다고 나는 느꼈다.

일명 '회사'라는 대규모 미성년자 성매매 조직이 적발되고 관계자가 대거 체포됐음을 대대적으로 보도하는 기사를 우리가 조간신문 사회면에서 발견한 것은 다음주 일요일이었다.

14

신문을 읽고 다무라 경위님에게 몇 번이나 전화를 걸어봤지만 예상대로 지금은 도저히 우리와 대화할 수 있는 상황이 아니었다. 그래도 딱 한 번 패대구리 씨가 우리 전화를 받아주었다.

"이래저래 걱정이 많았을 텐데, 이제 괜찮아. 보름 정도만 기다려주겠니? 그러면 다무라 경위님이 너희한테 자세히 설명해주실 거야. 어때, 다들 잘 지내고?"

"잘 지내요. 그런데 공부 열심히 하느냐는 질문만은 참아주세요. 중간고사가 얼마 안 남았을 거라는 말도요."

패대구리 씨가 하하하 소리 내어 웃었다.

"잠깐 자랑 좀 해볼까. 난 말이야, 고등학생 때 물리 시험에서 3점을 받은 적이 있어. 화학은 4점을 받은 적도 있고. 물론 100점 만점에서. 엄청나지? 일부러 받으려고 해도 받기 힘든 점수잖아. 그런데 내가 어떻게 너희한테 공부 얘기를 할 수 있겠어."

전화를 끊은 후 나와 시마자키는, 물리에서 3점은 채점할 때 세모가 하나뿐이었다는 말일 테지만 화학에서 4점을 받았다는 건 대체 어떤 채점과 계산법으로 나온 점수일까 한참 떠들어댔다.

"상식적으로 생각하면 세모 3점 플러스 1점이라는 얘긴데, 무슨 가산점이었을까?" 시마자키는 흥미진진해 보였다.

경위님의 연락을 기다리는 동안 우리 네 사람은 '회사'에 관한 신문 기사와 텔레비전 뉴스, 시끌시끌한 와이드쇼에서는 일부러 눈을 돌리고 학교생활에 충실했다. 모리타 아키코 살인사건과 이번 '회사' 적발의 연관성을 암시하는 기사도 있어서 반 아이들 몇몇이 또다시 구도에게 눈빛 공격을 부활시켰지만, 그런 괴롭힘이나 소문에 대항하려면 구도가 사건을 철저하게 '무시'하는 편이 좋고, 우리가 힘을 보태려면 한데 뭉쳐 시치미뗀 얼굴을 고수하는 것이 가장 좋다고 생각했기 때문이다.

얼마 전에 나는 처음으로 홍백전을 경험했다. 1학년만으로 구성된 신생 팀이 2학년 정규 멤버와 경기를 한 것이다. 물론 실력 차이가 있었기 때문에 정규 팀은 포워드와 미드필더를 한 명씩 뺀, 말하자면 차 떼고 포 뗀 편성이었다. 처음부터 끝까지 힘차게 몰아붙였지만 결과는 4 대 0의 참패였다. 팀원 중 한 명은 이렇게 말했다.

"골키퍼도 빼줘야 게임이 되지."

참고로 내 포지션은 미드필더다. 후반전 중반에 힘이 빠져버려서 턱이 완전히 들리고 다리가 뒤엉키는 바람에 나중에 코치한테 엄청나게 깨졌다.

한편 시마자키는 기말시험 후로 예정되어 있는, 장기부의 연례 행사인 타교 교류전에 대비해 매일같이 장기판 앞에서 심사숙고를 거듭하는 나날이었다. 한번은 쉬는 날 집으로 놀러갔더니 텔레비전 토크쇼에 명인 하부 요시하루가 출연했느니 어쩌니 하며 녹화해둔 비디오를 열심히 보고 있었다. "장기에 아주 푹 빠지셨네" 하자 "올해 토너먼트에서는 꼭 이기고 싶어"라고 선뜻 대답했다. 말투는 평소와 다름없었지만, 시마자키가 승부에 집착하는 경우는 드물기에 조금 놀랐다.

"넌 승부 때문에 장기를 두는 건 아니라며?"

"뭐 그렇지. 그래도 가끔은 괜찮잖아."

다테는 변함없이 긴 다리로 농구코트를 뛰어다녔다. 방과후 목에 수건을 두르고 막 씻은 뺨을 반짝이는 그애가 미술실 앞에서 하시구치와 얘기하는 모습을 본 적이 있었다. 멀리서 보기에도 상당히 좋은 분위기라 나는 재빨리 복도에서 발길을 돌려주었다. 둘이 무슨 이야기를 나눴는지는 모른다. 그런데 다테의 해맑은 웃음소리가 계단을 내려가는 나를 쫓아왔다. 등을 간질이듯 기분좋은 소리였다.

당연한 말이지만, 구도가 제일 기운이 없었다. 아키코 씨의 과거가 드러나서 불쾌한 소동이 일어났던 때보다 훨씬 심하게 풀이 죽은 상태였다. 학교도 며칠 빠졌다. 그때마다 다테가 수업 내용을 필기한 공책을 들고 찾아갔다. 그리고 다음날 아침에는 다테의 얼굴에도 그늘이 드리워져 있었다.

"어제는 구짱을 못 만났어." 그렇게 말할 때도 있었다. "걔 엄마한테 공책을 전해드리고 왔어."

"구도는 뭐하고 있었을까?"

"그때는 자고 있었던 것 같아. 몸도 안 좋은 것 같고. 피곤해서 그런가."

다테가 약간 뾰로통한 표정을 지었다.

"구짱 엄마 말로는 요즘도 가끔 경찰이 찾아와서 뭘 물어본대. 왜, 구짱이 아키코 씨 전화를 받은 적이 있잖아? 아마 그 때문인가 본데. 너무 집요하지 않니?"

"그게 일이니까." 달래면서도 나 역시 내심 화가 났다. 열세 살 아이를 상대로 그렇게까지 할 필요는 없을 텐데.

구도가 학교에 나왔을 때는 나는 일부러 바보 같은 짓을 해서라도 그애를 웃기려고 노력했다. 구도는 배를 잡고 웃었고, 보통은 눈물까지 글썽였다. 나는 너무 웃어서 눈물이 나온 거라고 해석하기로 했다.

나와 대조적으로 시마자키는 구도와 거의 접촉하지 않으려는 것 같았다. 나는 그것을 나에 대한 배려라고 받아들였다. 이제는 사건과 관련해 대략적인 지식밖에 없는 반 아이들에게도 내가 구도에게 열을 올리고 있다는 사실이 알려졌고, 구도도 나랑 있을 때 즐거워 보이니, 시마자키 입장에선 "흠, 방해꾼은 사라져주지" 한 것이다.

깊은 밤에 천장을 올려다보며 나는 가끔 생각한다.

'믿기지 않는다'고.

시마자키가 구도를 좋아하고, 나도 구도를 좋아하는데, 구도는 나를 선택했다—적어도 현재는 그래 보인다.

이게 정말 가능한 일일까? 내가 시마자키를 이기다니.

너무 신기해서, 딱 한 번 점심시간에 다테와 얘기하다가 그애가 "조만간 구짱이랑 어디 놀러가는 건 어때? 이젠 데이트 신청해도 괜찮을 거 같은데" 하자 무심결에 본심이 튀어나오고 말았다.

"정말 나여도 괜찮을까?"

그러자 다테가 눈을 휘둥그레 떴다. 햇볕에 그은 얼굴 위의 맑은 흰자위가—이상한 데를 칭찬하는 것 같지만—한순간 가슴 덜컹할 정도로 청결해 보였다.

"왜 그런 생각을 해? 구짱은 너랑 같이 있으면 엄청 즐거워 보이던데."

"그건 그런데. 하지만 나 같은 게……"

"나 같은 거라니, 누구랑 비교하는 거야?" 다테가 시원스럽게 말했다. "시마자키랑?"

나는 입을 다물었다.

"진짜 이상하네. 그렇게 비교하는 건 구짱한테도 시마자키한테도 실례야."

그렇겠지. 다테 말이 맞겠지. 하지만 속으로는 '넌 어때? 만약 너랑 구도가 같은 남학생을 좋아하게 됐고, 그 남학생이 구도가 아니라 널 선택했다면, 너 역시 지금의 나와 같은 기분이지 않을까?' 라고 생각했다. 입 밖으로 내지는 않았지만.

대신 이렇게 말했다. “다테, 하시구치가 너한테 ‘너의 흰자위는 정말 아름답다’고 말한 적 없냐?”

다테가 칠판지우개를 집어던지기 전에 나는 잽싸게 달아났다.

중간고사가 끝나고 한숨 돌릴 즈음, 절묘한 타이밍에 다무라 경위님에게서 연락이 왔다. 아무래도 맛에 반해버렸는지 ‘밥 아저씨 가게’에서 만나자고 했다.

당연히 넷이서 가는 줄 알았는데, 구도에게는 미리 설명했으니 나와 시마자키와 다테 셋만 나오라고 했다.

“구도 학생이 그 얘기를 또 듣고 싶진 않을 테니까.”

그래서 토요일 오후, 우리는 밥 아저씨 가게에 모였다. 경위님과 패대구리 씨가 먼저 도착해서 빅버거를 먹고 있었다. 우리 얼굴을 본 패대구리 씨가 케첩 묻은 손을 흔들며 신호를 보냈다.

“피투성이 식탁이네.”

케첩 방울로 범벅이 된 테이블을 힐끗 보며 시마자키가 말했다.

“이거 안 흘리고 먹기가 힘들어.” 패대구리 씨가 받아쳤다.

“너희도 얼른 주문해.” 경위님이 말을 이었다. “먹으면서 들을 만큼 기분좋은 얘기는 아니야.”

우리가 햄버거를 덥석덥석 먹고 테이블 위가 깨끗해졌을 즈음, 경위님이 담뱃불을 붙이며 입을 열었다.

“내일 뉴스에 모리타 아키코 씨 살해 용의자의 이름이 공개될 거야. 추측대로 용의자는 '회사'의 조직원, 다시 말해 모리타 씨의 동료였던 남자다."

우리는 다 같이 경위님의 얼굴을 바라보았다.

"두 시간 전쯤 기자회견이 열렸어. 오늘 석간에 실리고, 조간에도 내일 나오겠지. 지금부터 할 얘기의 90퍼센트는 신문에 보도될 내용과 같아. 나머지 10퍼센트가 너희한테만 털어놓는 사적인 이야기지. 그 10퍼센트 때문에 여기로 나오라고 한 거야."

경위님은 먼저 90퍼센트 이야기부터 시작했다.

"문제의 미성년자 성매매 조직인 '회사'는 경시청에서 이 년 전쯤부터 존재를 파악하고 조사를 시작했어. 발단은 어느 살인사건이었고."

"살인?"

아키코 씨 말고도 '회사'와 얽혀 살해된 사람이 있었단 말인가.

"재작년 봄, 아키시마시의 한 아파트에서 스물일곱 살 남자 회사원이 머리에 권총을 맞고 살해됐어. 총격사건이라 당시에는 상당히 시끄러웠는데, 혹시 기억나니?"

기억에 없었다. 시마자키도 고개를 저었다.

"그런데 그게 참 묘한 살인이었어. 피해자는 자동차회사 영업사원이었는데, 영업 실적은 중간 정도고, 교유관계에 이렇다 할 특이점이 없고, 생활상도 지극히 평범하고 검소했거든. 예를 들어 타고 다니던 자동차는 회사를 통해 구입한 코롤라였고, 산 지도 이미 오

년이나 지났어. 요즘 세상에 자동차회사 다니면서 구형 코롤라를 몇 년씩 타고 다니는 젊은이가 다 있구나 싶었지. 실제로 회사 동료들 사이에서도 놀림감이 됐는지, 정 코롤라가 좋으면 어쩔 수 없지만 그래도 딜러인데 최소한 신형으로 바꾸라고 선배가 권유한 적이 있다더군."

경위님이 찬물을 한 모금 마신 후 한숨을 쉬었다.

"그런데 말이야, 이 젊은이가 급여계좌를 둔 지방 은행에서 대여금고를 하나 쓰고 있었거든. 열어보니 통장이 몇 개나 나왔어. 통장에 찍힌 정기예금의 총액은 무려 일억 엔 남짓이었고. 우리도 기겁했지."

"다른 수입원이 있었던 거네요." 시마자키가 말했다. "그게 살해의 원인이었나요?"

경위님이 고개를 끄덕였다. "그는 양손을 뒤로 묶이고 바닥에 무릎이 꿇린 채 머리에 총을 맞았어. 테러리스트나 일부 폭력단이 선호하는 처형법이지. 사용된 권총은 개조형 토카레프. 들어본 적 있니? 구소련제 권총인데, 일본에는 주로 중국 밀매 루트로 들어와. 폭력단 사이에서 많이 유통되는 모델이야."

말인즉슨, 하며 경위님이 말을 이었다.

"평범한 직장인처럼 보였던 이 피해자는 어떤 형태로든 폭력단과 연관이 있었고, 어떤 말썽 때문에 처형됐다는 결론이 나오지. 대여금고를 보면 조직 내에서 이른바 '회계사'였을지도 모른다고 추측할 수 있어. 그래서 처음에는 그 연장선상에서 수사를 진행했지. 그런데 아무리 파헤쳐도 연관성을 발견할 수 없는 거야. 경시청 수사4과가—통칭 '마루보'라고 하는 폭력단 대책 전문 부서인데—파악하고 있는, 현재 활동중인 어느 조직과도 관련이 없었어. 믿기 힘들지만, 폭력단과의 관계는 완전히 깨끗했어. 그래서 난 생각했지."

경위님의 큼지막한 콧방울이 벌름거렸다.

"어쩌면 이 피해자는 경찰이 아직 전혀 파악하지 못한 미지의 조직의 일원이고, 그곳의 '회계사'가 아니었을까. 조직과 기존 폭력단 사이에 이해관계가 충돌했고, 그 결과 처형된 게 아닐까."

시마자키가 안경을 밀어올리며 천천히 말했다. "그리고 그 미지의 조직이 '회사'였던 거네요?"

"그렇지." 경위님이 말했다.

"'회사'의 존재를 밝혀내기까지는 인내가 필요했어. 은폐 수법이 교묘했다기보다, 이 '회사'는 처음부터…… 뭐라고 해야 할까, 그래, 조충 같은 거였어."

다테가 메스꺼운 듯한 표정을 지었다. "뭐죠, 그게?"

"너희 세대는 잘 모르겠지만, 옛날에는 많았어. 기생충의 일종인데 동물의 장에 정착해서 숙주의 영양분을 가로채 성장하고 번식하지."

패대구리 씨가 가슴에 손을 얹고 "우웩" 하며 익살스러운 소리를 냈다. "그 정도면 됐어요, 경위님."

경위님이 코밑을 쓱쓱 문질렀다.

"즉 '회사'라는 조직은 기존 폭력단의 자금원이었던 성매매 조직이나 유흥업소에 몰래 숨어들고 고객 네트워크를 응용해서, 본래는 그곳에서 발생했어야 할 수익을 숙주가 알아채지 못하게 야금야금 빨아들인 거야. 하지만 그런 속임수는 오래갈 수 없지. 결국 꼬리가 잡혔고, '회사'의 주요 멤버 중 한 명이 살해당한 것이 아키시마시 총격사건의 전말이었던 거야."

"무모하지만, 속전속결로 돈을 벌 생각이었다면 상당히 좋은 수법이었을지도 모르겠네."

시마자키가 혼잣말처럼 중얼거리자 경위님이 날카롭게 노려보았다.

"흉내낼 생각 하지 마라."

"말도 안 돼요." 시마자키가 웃었다.

"아니, 실제로 '회사'를 만든 다섯 남자는 제법 유능한 청년이었고 나이대도 이십대 중반 정도로 비슷했어. 번듯한 회사에 근무했고 학력도 높았지. 서로 연락할 때는 컴퓨터통신을 이용했다고 하니, 기가 막힐 노릇이야."

패대구리 씨가 목소리를 낮췄다. "경위님은 아직도 워드프로세서를 못 다루고, 외선전화를 다른 부서로 돌릴 때도 늘 끊겨버려. 조작법을 못 익혀서."

"시끄러워." 경위님이 버럭했다. "나로서는 도저히 이해하기 힘들지만, 현재 체포 구속된 그들에게—한 명이 살해됐으니 네 명이지—얘기를 들어보면, 처음에는 정말로 장난삼아 시작했다더군. 멤버 중 한 사람이 전화방 애호가였고, 두 사람이 컴퓨터 마니아였어. 모두 젊고 유능하지만 수입은 적었기에 큰돈을 벌고 싶어했지. 그래서 처음에는 취미를 이용해 돈을 벌 수 있으면 그만이겠다는 가벼운 생각으로, 전화방에서 알게 된 여자들한테 말을 꺼내봤다고 해."

"난 모르겠어요." 다테가 불쑥 말했다.

"모르겠다니?"

"성매매하는 애들의 마음요."

"평생 몰라도 돼." 경위님의 말. "너하고는 상관없는 세계야."

다테가 입을 다물었다. 상관없는 세계라 해도 알거나 이해하지 않고는 못 배기는 우리 마음을 안타깝게도 경위님은 이해하지 못하는 것 같았다.

"이런 걸로 감탄하면 안 되지만." 경위님이 떨떠름한 표정으로 말을 이었다. "그렇게 소박한 발상으로 시작했기에 '회사'가 오히려 더 잘된 면도 있어. 그들은 스카우트한 여자들을 거의 동등한 동료로 대했고, 의견을 받아서 보다 높은 수익을 내고 보다 나은 시스템을 만드는 데 참고했다고 하더군. 실로 교묘한 수법이야. 방금 다테 학생이 이해할 수 없다고 한, 성매매로 빠지는 아이들은 대부분 가정이나 학교에서 소외당해 갈 곳이 없는 처지야. 그애들은 '회사'를 통해 비로소 자기들의 의견을 구하고, 존중해주고, 결과가 좋게 나오면 합당한 보수로 평가해주는 대상을 만난 거지. 그러면 그애들한테도, 이상한 표현이지만, '보람'이 생기는 거야. '회사'의 수익이 급속하게 상승한 것도 그럴 만하다 싶어."

끄응 하고 신음하는 듯한 소리를 냈다.

"그게 다른 일이었다면 좋았을 텐데…… 딱한 노릇이야. 너무 안타까워."

감상에 빠진 경위님은 아랑곳 않고 시마자키가 물었다. "그런데 '회사'의 경영 상태가 그 정도로 양호했다면, 왜 일원인 모리타 아키코 씨가 살해당한 거죠?"

"너무 앞서가지 마라. 얘기 아직 안 끝났어." 경위님이 씁쓸하게 웃었다. "그렇게 원활하게 굴러가던 '회사'의 상황이 변한 계기가 바로 조금 전 얘기한 아키시마시 살인사건이었어. 평화롭고 소박하게 일해오던 '회사'의 면면은 그런 사태를 겪고서, '회사'를 접고 다시 일반인으로 돌아가 도망칠지, 폭력단과 대항할 만한 힘을 기를지, 둘 중 하나를 선택해야 하는 기로에 놓였지."

그리고 그들은 후자를 선택했다.

"고수익을 두 눈 멀쩡히 뜨고 포기할 순 없었겠지. 여자애들과 맺은 공동체의식도 버리고 싶지 않았을 테고. 하지만 그게 결정적인 착오였어. 게다가 한술 더 떠 치명적인 실수를 범했지. 다른 폭력단의 공격으로부터 자신들을 보호하기 위해, 신주쿠를 근거지로 한 작은 조직과 손을 잡은 거야. 독으로 독을 다스리는 정도—좀더 구체적으로 표현하면 '회사'에서 경호원을 고용하는 정도로 생각했을 거야. 하지만 폭력단은 그리 만만하지 않아. 얼마 안 가서 행랑채를 빌려줬다 안방까지 빼앗기는 형국이 됐지. 그리고 이것을 계기로 '회사'의 상황이 급변했어. 여타 성매매 조직과 다를 바 없는, 위협과 강제성 가득한 착취 머신이 되어버렸지.

당연히 여자애들은 도망치려 했어. 그러나 그렇게 간단하지 않았지. 대다수는 '회사'에 발목이 잡혔고, 그전까지와 완전히 다른 환경에서 일하게 됐어. 그런데도 포기하지 않고 탈출을 시도한 사람도 있었지만, 결국 그들의 종말은—"

무심결에 내가 물었다. "살해당했나요?"

경위님이 무겁게 고개를 끄덕였다. "작년 여름, 기타구 아카바네의 패밀리레스토랑 주차장에서 열여섯 살 소녀가 주차된 차 안에서 불타 죽는 사건이 발생했어. 하마터면 미궁에 빠질 뻔한 사건이었는데, 이번 수사에서 '회사'가 여자애들의 도주를 저지하고 입막음하기 위해 벌인 짓이었다는 게 밝혀졌어."

그 밖에도 비슷한 유형으로 보이는 살인과 실종 사건이 여러 건 있어서 수사를 서두르고 있다고 했다.

"새롭게 '회사'를 좌지우지하게 된 무리는 '회사'를 철저하게 장악하는 한편, 창립 멤버의 수법을 어느 정도 받아들였어. 그것도 그들다운 방식이었지만."

경위님이 몸을 살짝 내밀고 눈썹을 치켜올리며 우리에게 물었다.

"너희, '루어'라는 말 아니?"

다테와 나는 얼굴을 마주보았다. 시마자키가 말했다. "루어낚시에 사용하는 거잖아요? 미끼를 본떠서 만든 낚싯바늘."

"그래, 말하자면 가짜 미끼지."

"그게 왜요?"

"신생 '회사'는 새로운 여자들을 스카우트하기 위해—혹은 끌어들이기 위해 이 '루어낚시' 작전을 쓴 거야."

우리는 숨을 삼켰다.

"원래부터 '회사'에 있었던 여자들 중 몇 명을 새로운 아이를 끌어오는 미끼로 삼은 거지. 그런 의미에서는 루어낚시보다 오히려 은어 꾐낚시와 비슷할지도 몰라. 재밌는 일을 하면서 편하게 돈을 벌 수 있다, 마음에 드는 상대랑 두세 시간 데이트해주면 끝이다—하는 식이지. 그런 루어를 전화방이나 유흥업소에 잠입시키고, 나아가 하라주쿠나 시부야 부근에서 밤늦게 거리를 방황하는 아이들한테 직접 말을 걸기도 했어."

"미안해." 패대구리 씨가 다테를 향해 말했다. "무섭고 섬뜩한 얘기만 해서."

"곧 끝나." 경위님이 말을 이었다. "루어가 된 아이들은 그렇지 않은 아이들보다 더 많은 돈을 받을 수 있었고, 나름대로의 대우도 받았어. 요컨대 직원처럼. 루어 아가씨들 중에는 효과적인 스카우트 방법을 제안하거나 실험해보는 경우도 있었다고 하니, 신생 '회사'에서는 그애들이 쏠쏠한 수입원이었을 거야."

"어떻게 그런…… 그런 끔찍한 짓을……"

다테의 중얼거림에 경위님이 말투를 약간 누그러뜨렸다. "그애들은 끔찍한 짓이라고 생각하지 않았을 거야. 그럴 만한 마음의 여유가 없었어. 어떤 식으로든 '회사'에서 자기 의견을 들어주고 존중해주는 즐거움, 기쁨을 알아버린 그애들은 그런 사회적인 피드백을 잃고 싶지 않았던 거야. 오로지 그 생각뿐이었겠지."

"너무 비뚤어지긴 했지만." 패대구리 씨가 말했다.

나는 '파라다이스'의 전단지를 인쇄한 안자이 씨의 말을 떠올렸다. 안자이 씨는 아키코 씨를 가리켜 '파라다이스의 직원이었다'고 했다—

"모리타 아키코 씨도 루어 역할이었던 거네요?"

시마자키의 질문에 경위님이 말없이 고개를 끄덕였다.

"그리고 그애가 스카우트 대상으로 선택한 사람이, 사촌동생이자 너희 친구인 구도였던 거야."

"하지만 구짱은 평범한 학생인걸요!"

깜짝 놀랄 만큼 큰 목소리로 다테가 소리쳤다.

"엄마 아빠한테 충분히 사랑받고, 친구도 많고, 그냥 평범한 중학생이라고요. 도대체 왜 그런 구짱을 스카우트하려 한 거죠?"

한동안 경위님도 패대구리 씨도 입을 다물었다. 이윽고 패대구리 씨가 다테의 손을 가볍게 어루만지며 말했다.

"질투였을 거야."

"질투……"

"행복한 구도가 부러워서 견딜 수가 없었겠지. 무슨 수를 써서든 자기와 비슷한 처지로 끌어내리고 싶었을 거야. 아무리 루어가 되어 직원 행세를 했어도, 자신의 처지가 행복과는 매우 거리가 멀다는 건 충분히 알고 있었을 테니까."

하지만 빠져나올 수가 없다, 왜 나만 이런 신세일까, 불공평하다. 아키코 씨는 그런 생각을 했을까?

패대구리 씨가 나지막하게 헛기침을 했다. 말하기 거북한 듯이 경위님을 힐끗 보고 우리 쪽으로 얼굴을 돌린 후 입을 열었다.

"구도를 나쁘게 생각하지 않았으면 하는데……"

"나쁘게요? 뭘요?"

"사실은 그애가 우리한테—말하자면, 음…… 거짓말을 했어."

다테가 몸을 쑥 내밀었다. "거짓말요?"

"전에 우리한테—너희도 있는 자리에서, 아키코한테서 두 번 전화가 왔다고 했지? 그런데 사실은 그쪽에서 훨씬 자주 접촉을 시도했다고 해. 그것도 돈을 빌려달라는 내용만이 아니고, 어디로 놀러가자거나 친구를 소개시켜주겠다는 등 여러 가지 방법으로."

나는 등줄기가 오싹해졌다. "진짜요?"

"응. 그때마다 무서워서 도망치기 바빴대. 그런데 딱 한 번, 마침 부모님이 집에 없을 때 아키코가 찾아와서는 같이 쇼핑 가자고 끈질기게 달라붙어서 신주쿠에 간 적이 있다고 해. 사실은 모리타 아키코의 신변을 조사하던 우리 형사가 탐문수사중에, 아키코가 예쁘장한 여자아이랑 같이 걸어갔다는 정보를 얻어왔어. 그래서 조사해봤더니, 그 아이의 인상이 구도 학생과 똑같더라고. 그래서 알았어."

그래서 아직까지 집에 경찰이 온다며 구도 어머니가 한탄했던 것이다.

그 이유를 우리에게—아니, 나에게 털어놓지 않고 혼자서 끙끙 앓다니.

조금 쓸쓸한 기분이 들었다. 틈새 바람이 휩쓸고 지나가듯이.

"우리에게 말하면 또 이것저것 조사받을까봐 무서워서, 지난번에 만났을 때는 말을 못했다고 했어. 미안하다면서."

"그럼 구도가 위험한 상황이었네요." 시마자키가 말했다. 그 말에 나는 혼자 젖어 있던 감상에서 깨어났다.

온몸의 뼈가 안쪽부터 바르르 떨리기 시작했다. 공포 때문에, 분노 때문에. 이 감정은 절대 몸 밖으로 빠져나가지 않을 것이다. 안쪽에 가둬 진정시킬 수는 있어도, 몸 밖으로 쫓아내기는 불가능할 것이다.

"'회사'와 연관된 '파라다이스'라는 전화방을 수색했을 때, 전단지가 여러 종류 나왔어. 그중 하나에 구도 학생의 사진이 실려 있었지. 물론 아키코가 멋대로 벌인 짓이야. 어디선가 사진을 빼돌려서."

이것은 나와 시마자키는 이미 알고 있는 정보다. '회사'가 적발되면 경위님에게 털어놓으려고 했는데, 아무래도 그럴 필요는 없을 것 같다. 나와 시마자키는 힐끗 시선을 주고받았다.

다테는 결국 울음을 터뜨리고 말았다.

"용서 못해, 절대, 절대로 용서 못해."

"이게 너희한테만 얘기할 수 있는 10퍼센트 부분이야." 경위님이 말했다. "구도 학생은 끔찍한 일을 겪었어. '회사'에 엮인 것도 그렇고, 우리 경찰의 수사에 시달린 것도 그렇고. 자칫하면 인간에게 불신감이 생길지도 몰라. 친구들인 너희가 단단한 버팀목이 돼줘야 해. 부탁한다."

경위님이 숱이 적은 머리를 깊이 숙였다.

"마지막으로, 모리타 아키코 살해 용의자의 이름은 하타야마 미노루, 스물한 살이야. 원래는 '파라다이스'에서 아르바이트를 했고, '회사'와는 아키코를 통해 연결된 것 같더군. 개인적으로도 가까운 사이였던 것 같고."

"그런데 왜 그 사람을?"

"자세한 건 아직 몰라. 일단 하타야마는 '회사'의 내막을 알게 되면서 두려움이 커지지 않았을까 싶어. '회사'에서 그와 친했다는 다른 직원의 증언에 따르면, 몰래 발을 빼려던 정황이 엿보여. 아키코도 같이 빠져나오길 바랐을지도 몰라. 그러다 말썽이 생겼겠지. 어쩌면 아키코가 그를 몰아세우며 탈주를 밀고하겠다고 협박했을지도 모르고."

나는 팔에 소름이 돋았다.

"하타야마는 '회사'에서 무슨 일을 했죠?" 시마자키가 물었다.

"그냥 말단이었어. 다만 아키코랑 친하니 루어낚시 일을 돕기도 한 모양이더군. 앞장서서 했는지 어떤지는 모르겠지만."

"그럼, 그날 하타야마는 모리타 아키코와 함께 시라카와정원에 있었고, 거기서 그 사람을 죽인 건가요?"

"그렇다고 볼 수 있지."

"거긴 뭐하러 갔을까요?"

"구도를 만나러 갔겠지. 그애가 가족과 등롱을 보러 온다는 걸 알고 있었을 테니까. 아키코로서는 우연을 가장해 구도한테 접근하려면 혼자인 것보다 남자친구랑 같이 있는 게 낫다고 판단하지 않았을까? 그렇게 해서 이모네 가족과 가까워지는 것도 좋은 작전이라고 생각했겠지."

"그러면 하타야마는 아키코한테서 벗어날 기회를 엿보고 있었다, 그리고 그날 밤이 좋은 기회라고 판단하고 찔러 죽였다—그렇게 생각해도 될까요?"

"그렇지. 하타야마의 가택수사에서는 흉기로 보이는 물건이 나오지 않았지만, 방안 가구에서 모리타 아키코의 지문이 다수 검출됐어. 이웃 사람들도 그녀를 자주 목격했고. 하타야마로서는 어디든 자기 집에서 멀리 떨어진, 자기와 관련이 없는 곳에서 아키코를 죽이고 도망가는 게 가장 안전하다고 여겼겠지."

어차피 잡히고 나면 자세한 내막이 밝혀질 거라고 경위님이 말했다.

"하타야마 미노루의 지명수배가 전국에 내려졌으니까. 체포는 시간문제야."

시마자키가 고개를 끄덕였다. 그러나 나는 한 가지 의문이 들었다.

"경위님, 아키코 씨는 아문이라는 뒷목의 급소를 찔려서 죽었잖아요? 아마추어도 그럴 수가 있나요?"

경위님은 침착했다. "아니, 힘들지, 그래서 그의 혐의가 더욱 짙어진 거야. 하타야마는 '파라다이스'에서 일하면서 침술학교에 다녔거든. 침술 하면 왠지 예스러운 느낌이지만, 스포츠 트레이너나 재활의학 같은 다양한 분야에서 새롭게 평가되는 기술이라고 해."

밥 아저씨 가게에서 나올 때, 패대구리 씨가 다테에게 살며시 말을 걸어 가게 옆으로 데리고 갔다. 이삼 분 지나 다테 혼자 돌아왔다.

"무슨 얘기 했어?"

묻는 나에게 다테가 빨개진 눈을 돌렸다.

"형사들이 구짱한테 아키코 씨에게 당한 일들을 왜 부모님한테 말하지 않았느냐고 물었더니, 그냥 말없이 울기만 했대."

"그래서?"

"친구로서 어떻게 생각하느냐고 물어서 내가 말했어. 구짱은 엄마랑 이모 사이가 껄끄러워질까봐 그런 얘기를 털어놓을 수 없었을 거라고. 엄마한테 이모는 하나뿐인 언니잖아. 걔는 그런 데까지 마음을 쓰는 애야."

나도 그 말이 맞는다고 생각한다.

사건은 끝났는데, 이젠 걱정할 게 없는데, 돌아오는 내내 우리는 힘없이 고개를 숙이고 걸었다. 모리타 아키코와 '회사'의 그림자가 마을 곳곳에 드리워진 기분이었다.

그날 밤 구도에게 전화를 걸어보았다. 처음에는 통화중이었다. 십 분 후 다시 걸자 연결되었다. 다테와 통화했다고 구도가 말했다.

"경위님한테 얘기 들었어." 내가 말했다. "우리한테 거짓말했다고 생각하지는 마. 사과할 것도 없고. 경찰에서 꼬치꼬치 조사받는 건 누구나 싫은 법이야."

구도는 말이 없었다. 잠시 후 꺼져들어갈 듯한 목소리로 말했다. "처음에는 전화 왔다는 말도 안 하려고 했어. 그런데 ……"

내가 웃었다. "그 경위님, 냄새는 기막히게 잘 맡지."

구도도 따라 웃었다. "다테도 똑같이 말했어."

미안, 구도가 말했다. 괜찮아, 내가 말했다. 우리는—친구니까.

15

다무라 경위님이 말한 대로 다음날 신문은 일제히 모리타 아키코 살인사건을 상세하게 보도했다. 기사에는 경위님 얘기에 덧붙일 수 있을 새로운 내용은 없었고, 그런 의미에서 우리는 외부인 중에서 가장 빨리 사건의 전모를 알게 된 셈이었다.

다만, 경위님 얘기에는 없었지만 신문과 주간지, 텔레비전 뉴스나 와이드쇼에 등장하는 요소가 두 가지 있었다. 그중 하나는 하타야마 미노루라는 용의자의 사진이었다.

신문에 실린 사진만 놓고 보면 뾰족한 턱과 푹 꺼진 눈이 음침한 인상이었다. 시마자키의 의견으로는 운전면허증 사진일 거라고 했다.

"그런 사진치고는 잘 나온 편 아냐? 틀림없이 실물은 좀더 호감형일 거야."

그런 추측이 맞는지 틀린지는 하타야마 미노루가 체포되지 않는 한 확인할 수 없다. 그러나 와이드쇼 프로그램에서 자주 사용한 고등학교 시절 사진은—교복 재킷을 입고 있었다—표정도 꽤 밝고 이목구비가 또렷해서 제법 잘생겨 보였다는 점을 덧붙여둔다. 최소한 일부러 예약녹화를 해뒀다가 볼 만한 가치는 있는 얼굴이었다.

경위님의 이야기만으로는 알 수 없었던 또 한 가지는 하타야마 미노루의 프로필—개인적인 생활상과 가정환경이었다. 잡지나 텔레비전에서 이런 쪽을 취재하는 능력은 없어서는 안 될 요소이기에, 우리는 텔레비전 앞에 자리잡고 앉아 하타야마 미노루라는 청년의 스물한 해 인생을 되짚어가볼 수 있었다.

하타야마 미노루는 도쿄 아사쿠사에서 태어났다. 아버지는 작은 가방가게를 운영했는데 지금으로부터 십 년 전, 미노루가 초등학교 5학년일 때 도산해서 가게는 물론 집과 땅까지 모조리 남의 손에 넘어가버렸고, 가족은 아사쿠사를 떠났다. 아사쿠사뷰호텔의 조명이 머리 위로 올려다보이는 하나야시키놀이공원 근처, 일찍이 하타야마 가방가게가 있었던 장소에는 현재 작은 상업빌딩이 서 있다. 건물의 세입자는 선술집과 노래방, 개점휴업 상태인 이발소 하나.

가업이 도산한 직접적인 원인은—물론 장사도 부진했을 테지만—미노루의 아버지인 하타야마 요시오가 지인의 빚보증을 잘못 서서라고 와이드쇼 리포터가 말했다. 보도에 따르면 그 지인은 처음부터 사기를 칠 속셈이었는지, 연대보증을 받아내자마자 빌린 돈을 모조리 빼돌려서 곧바로 야반도주를 결행했다.

그 결과 하타야마 요시오와 그의 가게는 약 오천만 엔에 달하는 억울한 부채를 떠안게 되었다. 작은 가방가게에서는 도저히 변제 불가능한 액수였다. 집과 땅은 이미 가게 영업자금을 대출받으며 담보로 잡혀 있었고, 어차피 빚을 더 얻는다 해도 도무지 변제할 가망이 없었다. 포기하고 손을 놔버린 것도 어쩔 수 없는 결과였다.

게다가 일련의 소동이 벌어지는 동안 또다른 액운이 끼었다. 요시오가 채권자 중 한 사람과—악질적인 민간금융회사의 추심원이었다고 한다—다투다가 주먹다짐으로 이어진 것이다. 불운은 겹쳐서 오는 법이라, 상대는 다음날 사망했다. 사인이 구타에 의한 뇌출혈로 밝혀져서 요시오는 상해치사죄로 체포, 기소되었다.

공판은 대략 반년 만에 끝났고, 하타야마 요시오는 징역 오 년 형을 선고받았다. 살인죄는 아니었고 먼저 폭력을 행사한 쪽이 피해자였다는 사실이 명백했으며 동정의 여지가 컸음에도 집행유예 선고는 없었다.

우리집에서 시마자키와 와이드쇼 녹화본을 보며 너무 비정한 판결이라는 말을 나누고 있는데, 뒤이은 리포터의 말에 그 이유가 곧 밝혀졌다. 하타야마 요시오는 그전에도 또 한 건 폭행상해 전과가 있었던 것이다.

"아버지가 싸움꾼이었네." 시마자키가 말했다.

하타야마 요시오가 스물한 살 때 술집에서 취중에 벌인 싸움이었다—리포터가 설명을 덧붙였을 때, 나는 왠지 등줄기가 싸늘해지는 기분이 들었다.

아버지도 스물한 살에 사건을 일으켰고, 아들도 지금 스물한 살의 젊은 나이로 전국 지명수배 용의자로 쫓기고 있다—

"환경이 범죄자를 만든다고 생각해?" 시마자키가 놀리듯이 물었다.

나는 고개를 저었다.

"그렇게 어려운 생각은 아니고. 그냥 불운이나 운명의 장난 같다는 생각은 드네."

가게가 도산하고 요시오가 수감되자 얼마 지나지 않아 미노루의 어머니는 이혼을 결심했다.

"막 중학교 1학년이 된 미노루를 데리고 어머니가 집을 나온 것입니다. 이렇게 모자 단둘의 빈곤한 생활이 시작되었죠."

리포터가 감정을 가득 담아 설명하며 손으로 가리킨 것은, 이혼 직후 하타야마 모자가 살았다는 아다치구의 한 다세대주택 창문이었다.

미노루는 공립고등학교를 졸업할 때까지 그곳에 살았다. 성적은 중간 정도였지만 농구부 에이스라 친구들에게 인기가 있었다고 한다. 어머니는 근처에 있는 가사도우미협회에 등록해서 종종 입주 형태로 일했기 때문에 미노루는 대부분의 일상생활을 스스로 해결했다.

이혼 후 요시오는 전혀 연락하지 않았고, 모자 쪽에서도 아버지와는 인연을 끊을 작정이었던 것 같다. 요시오는 수감된 지 만 삼 년 만에 가석방되었지만 그후로 완전히 소식이 끊겼었고, 현재도 어디서 뭘 하는지 알 수 없다.

고등학교를 졸업한 미노루는 도쿄에 있는 오프셋인쇄회사에 취직했다. 그러나 도무지 적성에 맞지 않았는지 일 년 정도 일하고 그만둔다. 그후 아르바이트로 생계를 꾸렸고, 신주쿠구에 있는, 그 분야에서는 일류인 침술학교에 다니기 시작한 것은 성인식 직후였다고 한다. 원래 운동을 열심히 하는 편이었고, 고등학교 시절 담임선생님에게는 만약 집에 경제적인 여유가 있으면 대학에 가서 스포츠의학을 공부하고 싶다고 말했다 하니, 그로서는 형태가 좀 다르긴 해도 본래 가고자 했던 진로에 먼길을 돌아서나마 다다른 셈이었으리라.

인간은 모두 '운명'이라는 걸 짊어지고 태어난다고 가정한다면, 하타야마 미노루의 등에 얹혀 있던 것은 아마 '고독'이라는 이름의 운명이었을 것이다. 그가 침술학교에 다니기 시작한 해 봄에 어머니가 뇌졸중으로 급사한다. 말 그대로 천애고아 신세가 된 그는 아다치구의 집을 떠나 자전거로 통학 가능한 거리의 JR오쿠보역 근처 원룸으로 이사한다.

화면이 바뀌고 다른 리포터가 등장했다. 그는 오른손을 들어서 녹슨 철제 계단이 옆구리에 달린, 꾀죄죄한 2층짜리 모르타르 건

물을 가리켰다.

"2층의 저 창문이 하타야마 미노루의 집이었습니다."

카메라가 클로즈업한 창밖에는 빨랫줄이 힘없이 축 늘어져 있었다. 눈부신 저녁 햇살이 내리쬐어 유리창에 반사되었다.

그곳이 현재 쫓기는 신세가 된 그를 기다리는, 유일무이한 '집'인 것이다.

하타야마 미노루의 그곳 생활은 처음에는 분명 조금이나마 꿈이 있는, 즐거운 삶이었을 거라는 생각이 들었다. 독신생활이 외로울 때도 있겠지만 부모 때문에 적잖은 고생을 한 입장에서는 어찌 보면 홀가분한 면도 있었으리라.

그리고 그에게는 하고 싶은 일이 있었다. 침술학교를 같이 다녔다는 남자가 리포터의 질문에 "제일 열심히 하는 학생이었어요"라고 대답하는 것을 듣고, 안타까운 마음이 들었다.

하타야마 미노루의 실수—혹은 불운이라면 침술 공부에 할애할 시간을 늘리기 위해 시급이 높고 시간은 짧은 아르바이트를 찾았고, 그 결과 '파라다이스'를 선택했다는 것이다. 그 한 가지뿐이었다.

고학생 중에는 미노루와 같은 이유로 유흥업에 발을 들이는 사람이 많다. 외국에서 오는 유학생들은 음식점이나 술집 등에서 일하면서, 생활비를 버는 시간과 공부에 필요한 시간과의 갈등을 조금이라도 줄이려 한다. 그리고 대부분은 초심을 잃지 않고, 그런

세계에 물들지 않고 언젠가는 빠져나온다.

그런데 하타야마 미노루는 그곳에 발목을 잡히고 말았다. '파라다이스'라는 '장소'도 만만치 않았고, 그가 친해진 모리타 아키코라는 상대도 그랬다—

"하타야마 미노루는 붙잡힐 때까지 계속 도망다닐까? 아니면 어느 선에서 포기하고 출두할까?"

내 질문에 시마자키는 대답하지 않았다. 시선은 텔레비전을 향하고 있지만 안경은 흘러내려와 있고, 전혀 집중하는 것 같지 않았다. 머릿속 생각을 좇느라 주변은 안중에도 없는 것 같았다.

와이드쇼가 다음 화제로 옮겨간 김에 나는 일어섰다.

"뭐 좀 먹을래? 컵라면 있는데."

시마자키는 "응" 하고 건성으로 대답했다. 나는 부엌에서 물을 끓이며 마음속으로 한 가지 계획을 세우기 시작했다.

하타야마 미노루의 빈집—오쿠보의 다세대주택을 찾아가보자.

물론 나 혼자서.

16

나는 워낙 급한 성격이라 그주 토요일 오후에 바로 노란색 소부선 전철에 몸을 실었다. 축구부 연습을 빼먹고, 시마자키와 다테에게, 그리고 구도에게도 아무 말 하지 않은 단독행동이었다.

왜 또 이런 행동을 하는지, 이상하게 보이시는지? 왜 하타야마 미노루가 살았던 흔적을 보러 가는 걸까. 그게 무슨 소용이 있을까.

사실대로 말하면, 내 마음속에 키워가는 또하나의 빅 이벤트가 있었다. 구도에게 데이트를 신청하는 일대 계획이다.

갑자기 단둘이 영화를 보러 가는 건 좀 성급한가? 하라주쿠를 거닐거나, 우에노동물원에 가거나, 아니면 린카이공원의 수족관도 좋다. 나에게는 추억이 깃든 장소다.

이런저런 상상을 하면 즐겁고 가슴 설렜다. 망상에 가까운 혼자만의 두근거림이 아니라는 것이 "이제 슬슬 구짱한테 데이트 신청하면 어때?"라고 슬쩍 떠보던 다테의 말로 확인됐으니, 더더욱 그렇다.

하지만—그런 계획을 세우다보면 언제나 중간에 멈춰버리는 내 모습도 알아차렸다.

구도가 하루라도 빨리 사건을 잊길 바랐다. 나쁜 기억으로 묻어버리길 바랐다. 정말로 진심으로 그렇게 바랐다.

그러나 다른 한편, 그애가 그리 쉽게 잊지는 못하리라는 걸 나는 알고 있었다. 구도의 얼굴을 보면 알 수 있다.

이번 사건으로 우리는 모리타 아키코라는 사람의 진실된 얼굴을 단편적으로나마 알게 되었다. 그 사람이 무슨 생각을 했고, 사촌동생인 구도에게 무슨 짓을 하려고 했는지 알게 되었다. 그리고 그것은 아마도 구도의 마음속에서 평생 사라지지 않을 것이다. 지울 수 없는 기억으로 남아버릴 것이다. 게다가 이건 '하마터면 피해자가 될 뻔했다'는 정도의 낙관적인 기억이 아니다.

'아키코 언니가 그렇게 생각할 만한 행동을 내가 했던 걸까?'라거나, '아키코 언니는 그토록 날 미워했을까?'라거나, '아키코 언니와 똑같은 피가 나에게도 흐르고 있다'는, 골치 아플 정도로 내향적이고 자책하는 쪽의 기억이다.

구도는…… 내가 좋아하는 구도는 그런 아이이다.

앞으로 구도와 가깝게 지내려면, 데이트를 신청할 계획이라면, 나 나름대로 그애의 그런 심리에 대응하는 사고방식을 갖춰야 한다. 물론 앞으로는 나와 구도 사이에서 그 사건이 화제에 오르는 기회가 차츰 줄어들 것이다. 우리 중 누구도 그에 관해 얘기하려 들지 않을 것이다. 그러니 구도와 나는 즐겁게 만날 수 있다—틀림없이 그렇게 될 거라 생각한다.

하지만 그렇더라도 나는 마음속에서 한 가지 결론을 내야만 한다. 구도에게 그런 생각이 남아 있다는 걸 안 이상, 아무런 결론을 내지 못하고 그애와 사귀는 건 너무나 무책임한 일이다. 왜냐하면 나는 동시진행형으로 모든 걸 지켜봐온 사람이니까.

모리타 아키코라는 개인에 관해서는 자세히 조사하고 살펴봐왔다. 우리 나름대로 그 사람을 이해하려 노력해왔다. 그러나 그 사람을 죽인 하타야마 미노루라는 남자에 관해서는 아직 아무것도 모른다. 하타야마 미노루는 모리타 아키코라는 사람과 사적으로 깊은 관계를 맺고 있었고, 그래서 그녀에게 손을 댈 수 있었다. 그에 대해 알지 못하면, 나는 이 사건에 공평한 시각을 가질 수 없다. 그를 알아야만 비로소 그가 죽일 수밖에 없었던 모리타 아키코가 보일 것이다. 그래야 마침내 모리타 아키코라는 그림에 빠져 있던 퍼즐 조각을 찾아낼 수 있다. 아니, 찾아내야만 한다. 시마자키와 다테와는 다른 의미에서 구도와의 거리를 좁히고자 하는 내가 반드시 넘어야 할 허들인 셈이다.

하타야마 미노루는 거주지가 불명확한 사람이 아니기 때문에 신문 기사에도 정확한 주소가 실려 있었다. 그러나 건물 이름까지는 모른다. 와이드쇼 화면에 나온 것은 오쿠보역 고가도로 옆, 차 두 대가 간신히 지날 만한 도로에 면한 낡은 모르타르 다세대주택이었다. 주변 풍경도 여기가 정말 신주쿠 번화가까지 걸어갈 수 있는 위치인가 싶을 정도로 썰렁했다. 그래서 일단 오쿠보역에 내린 후 번화가 반대편 개찰구로 나가보았다.

고가도로가 올려다보이는 좁은 길을 나카노 방향으로 걸어가니 얼마 지나지 않아 텔레비전에서 본 풍경이 나타났다. 나의 감각이 특별히 예리했던 건 아니다. 워낙 알아보기 쉬운 장소였다.

사람이 사는지 어떤지도 확실치 않은 그 건물은, 깨진 유리창이 그대로 방치된 가게와 셔터를 내린 채 삐딱한 네온 간판을 비바람에 고스란히 드러낸 술집 사이에 끼여 있었다. 리포터가 가리켰던

녹슨 바깥계단 위쪽에 '다이니코쇼'라는 나무 간판이 걸려 있었다.

다세대주택 입구는 외짝 여닫이문이었는데, 언제였는지 몰라도 꽤 오래전에 경첩이 어긋나버렸는지 문이 열린 채 콘크리트 벽돌 같은 것으로 받쳐둔 상태였다. 안쪽을 들여다보니 어스름한 복도가 이어지고, 콘크리트가 그대로 노출된 바닥에는 물이 샌 얼룩이 몇 개나 보였다.

나는 구름 낀 하늘 아래, 2층 끝에 난 창문을 올려다봤다. 축 처진 빨랫줄이 걸려 있는 그 창문. 아직 저녁 햇살이 비치지 않아서 창 안쪽은 그저 새카맣게 가라앉아 보였다.

주변에 인기척은 없다. 정말이지 번화가 근처 동네라고는 여겨지지 않는 풍경이다. 그러나 하타야마 미노루에게는 분명 나름대로 안락한 동네였을 것이다.

그의 집을 드나든 모리타 아키코에게는 어땠을까? 다무라 경위님은 하타야마의 집에서 아키코의 지문이 다수 발견됐다고 했다. 이웃 사람들도 여기서 그녀의 모습을 자주 목격했다. 어쩌면 그녀는 하타야마의 집에서 빨래를 하고, 저 빨랫줄에 양말이나 손수건 같은 걸 널었을지도 모른다. 둘이서 위태로운 바깥계단을 오르내렸을지도 모른다. 걸어서 신주쿠로 쇼핑을 가거나 영화를 보러 갔을지도 모른다.

하타야마는 저 집에서 아키코 씨에 대한 호의를—최종적으로는 살의를—키워온 것이다.

살인이 시라카와정원에서 일어난 것은 사실이고, 그 배경에 경위님이 설명해준 전후 사정이 존재했을 것이다. 그렇다면 그날 시라카와정원에 갈 계획을 세운 사람은 아키코 씨였을 테고, 그녀가 꾀하는 일에, '파라다이스'에, '회사'에 진력이 나서 도망칠 생각만 머릿속에 가득했던 하타야마에게는 시라카와정원에 가는 것이 그저 역겹고 싫었을 게 틀림없다.

그래서 그는 시라카와정원에서 아키코를 죽였다. 그녀에게서 벗어나려면 그 방법뿐이라고 생각해서. 그리고 내 멋대로 덧붙인 해석일지 모르지만, 하타야마는 이 집에서 아키코 씨를 죽이고 싶지는 않았을 것이다. 이곳에서는 좋은 기억도 많았으니까. 즐거운 추억도 많았을 테니까. 그렇기 때문에 그는 자기와 아무 관계 없는 도쿄의 동쪽 끝자락, 별로 유명하지도 않은 작은 공원으로 향할 때, 바로 그때를 선택한 것이다.

밖에서만 봐도 다세대주택의 내부 모습이 어떨지 대충 짐작이 갔다. 욕실은 없을지도 모른다. 화장실도 공용일지 모른다. 순간온수기 같은 최신 시설은 없을 테니 구식 급탕기를 쓰지 않았을까. 에어컨도 있을 턱이 없으니, 한여름에는 미지근한 선풍기 바람만 불었을 것이다.

그래도 둘이 함께 있으면 즐거울 때가 많았을 것이다.

하타야마 미노루를 만나보고 싶은 마음이 간절해졌다. 아키코 씨를 어떻게 생각했는지. 그 사람의 어떤 점에 끌렸는지. 어떻게 웃었는지. 어떤 텔레비전 프로그램을 재미있어했는지. 어떤 것을 갖고 싶어했는지. 어떤 옷을 좋아했는지. 직접 요리를 했는지. 아니면 그가 만들어준 음식을 기쁘게 먹었는지. 물어보고 싶다. 그에게 듣고 싶다.

아키코 씨는 당신에게 어떤 사람이었나. 그녀가 어린 사촌동생에게 악의에 가까운 질투심을 품고 있다는 걸 알았을 때, 당신은 무슨 생각이 들었나. 하타야마 미노루에게 물어보고 싶다.

당신과 아키코 씨는 서로 닮은 사람들이었다. 외톨이 운명을 타고난 동지였다. 당신이 본 아키코 씨는 외로움을 잘 타는 사람이었나? 아니면 화를 잘 내는 기분파였나?

쏟아지는 햇살에 실눈을 뜨고 종잡을 수 없는 생각에 빠져 우두커니 서 있었다. 그때 뒤에서 누가 말을 걸었다.

"야, 거기서 뭐하냐?"

화들짝 놀라 돌아보니, 커다란 자전거를 기울여 땅에 한쪽 발을 짚고 수상하다는 듯이 얼굴을 찡그린 나이 지긋한 아저씨와 똑바로 눈이 마주치고 말았다. 나는 너무 놀라 입만 뻐끔거렸다.

"어린애가 이런 데서 어슬렁거리면 안 돼." 아저씨가 말을 이었다. "설마 저 집에 볼일이 있는 건 아니겠지? 살인사건인지 뭔지 몰라도, 그 남자는 이제 여기 없어."

진절머리가 난다는 말투였다. 하긴 그럴 만도 하다. 나 말고도 괜한 호기심에 이 근처를 어슬렁거린 구경꾼이 많았겠지.

그렇다면 오히려 얘기하기 쉽다. 정신을 차린 나는 거짓말을 했다. "저는 하타야마 미노루와 아는 사이예요."

"다들 그렇게 말하지." 아저씨가 냉담하게 받아쳤다.

"진짜예요."

적어도 일부 관계자와 연관이 있으니까. 그런 자신감이 얼굴에 드러났는지, 아저씨는 다시 한번 나를 찬찬히 살펴보았다. 게다가 나는 범죄 현장 구경꾼치고는 너무 어렸으리라.

아저씨의 표정이 조금 부드러워졌다.

"어떻게 아는 사이냐?"

"그 사람이 우리집에서 아르바이트한 적이 있어요. 세탁소를 하거든요."

와이드쇼에서 하타야마 미노루가 고등학교 시절 생활비에 보태기 위해 여러 가지 아르바이트를 했다고 보도한 것을 기억하고 있었다. 그중 세탁소 배달도 있었다.

"흐음……"

아저씨가 자전거에서 내려왔다. 찬찬히 보니 안장 쪽에 하얀 페인트로 '갓 구운 빵 기무라'라고 쓰여 있었다.

"아저씨, 이 동네에 사세요?"

아저씨가 턱짓으로 오쿠보거리 방향을 가리켰다.

"저쪽에서 빵집을 해."

"하타야마 씨를 아세요?"

아저씨는 다시 한번 나를 뚫어져라 보았다. 정보를 던져주는 보상으로 이 아이가 뭘 해줄까 가늠해보는 분위기였다. 원래 계산적인 사람이라면 또 모르지만, 요 며칠간 매스컴의 열띤 취재 경쟁을 겪으며 생겨버린 습관이라면 조금 서글픈 일이다.

"우리 가게에 가끔 빵을 사러 왔지."

아저씨가 선뜻 대답했다. 보상이 없더라도, 어린애니 어쩔 수 없다고 포기하는 대신 정보를 던져줌으로써 우월감을 맛보기로 결정했나보다. 으스대는 듯한 말투였다.

"둘이서요?"

"그럴 때도 있었지."

"사이가 좋아 보였어요?"

"모르겠네. 하지만 그 남자가 여자를 죽였으니, 사이가 좋지는 않았겠지."

세상이 그렇게 단순하다면 살인사건 같은 건 일어나지 않는다. 그런 생각이 들었지만 말해봐야 의미 없었다.

아저씨는 몸을 살짝 굽히더니 중요한 정보인 양 주위를 경계하며 목소리를 낮췄다.

"그놈이 혹시 돌아올지 몰라서 형사들이 잠복하는 중이야."

그럴 수 있겠다는 생각은 했다.

"아저씨 가게에 있어요?"

"우리 가게에는 없지만." 몹시 아쉬워하는 눈치였다. "이 주변 어디 빈집에 숨어 있다고 해."

"하타야마 씨가 돌아오진 않을 것 같은데요."

"그야 모르지, 그런 놈이 무슨 생각을 하는지."

나는 다시 한번 계단을, 창문을 올려다봤다. 그리고 시선을 돌려 그곳을 감시하기 좋아 보이는 장소를 찾아봤다. 바로 근처에 낡은 아파트가 있었다. 북쪽 집이면 다이니코쇼를 바로 내려다볼 수 있다. 옆에 있는 공장 같은 건물도 괜찮을지 모른다. 지금 이 순간에도 창문 어딘가에서 형사가 망원경이나 쌍안경, 아니면 좀더 성능 좋은 스코프 같은 것을 이용해, 다이니코쇼 앞에서 대화를 나누는 자전거 탄 남자와 중학생을 자세히 관찰하고 있을지도 모른다.

"야키소바빵을 사러 자주 왔었어."

갑자기 아저씨가 말했다.

"우리 가게 야키소바빵이 맛있거든."

그것은 나에게 보석처럼 귀중한 정보였다. 아하, 야키소바빵이란 말이지.

"저도 돌아가는 길에 사보고 싶네요."

그러자 아저씨가 다시 오쿠보거리 쪽으로 턱짓을 했다. "그럼, 같이 갈래?"

아저씨가 자전거를 밀고, 나는 그 옆에서 나란히 걸었다.

"늘 오후 느지막이 왔어." 아저씨가 말을 이었다. "여자는 항상 옷차림이 화려했어. 속이 훤히 비치는 셔츠나 팬티가 보일 것 같은 짧은 치마를 입고 말이야. 손톱은 새빨갛고. 술집 여자라는 걸 한 눈에 알아봤지. 하지만 설마하니 스무 살일 줄은 꿈에도 몰랐어. 그 하타야마라는 남자보다 나이가 많아 보였으니까."

"보통 둘이 같이 왔나요?"

"혼자일 때도 있었지." 대답하고 나서 아저씨가 흥 하고 콧방귀를 뀌었다. "혼자 올 때마다 꼭 우리 아들한테 추파를 던졌어."

나는 잠자코 있었다. 그런 나의 반응이 불만스러웠는지 아저씨는 "툭하면 남자한테 추파를 던지는 여자였단 소리야" 하고 덧붙였다.

오쿠보거리로 나오자 지금까지의 빈약한 공기는 거짓말처럼 사라지고 순식간에 시끌벅적한 소음에 휩싸였다. 기무라 빵집은 큰길을 오른쪽으로 돌아 한 블록 안으로 들어간 곳에 있었다. 새로 지은 빌딩 1층. 케이크와 쿠키도 팔고, 위층은 카페로 꾸며놓았다.

바로 옆은 비디오와 CD 대여점이었다. 많은 손님들로 북적거렸다. 가게 앞에 자전거가 잔뜩 세워져 있었다.

"그러고 보니, 그 여자가 이곳 봉지를 들고 온 적이 있었어."

기무라 빵집 옆에 자전거를 세운 후 아저씨가 대여점 쪽을 가리키며 말했다.

"비디오 같은 걸 빌리면 비닐봉지에 넣어주잖아? 그걸 들고 우리 가게에 빵을 사러 왔지."

그렇다면 하타야마 미노루의 집에는 비디오플레이어가 있었을 것이다. CD플레이어도. 둘이 빵을 먹으며 비디오를 보고 음악도 듣고—

그때 문득 떠올랐다. 아키코 씨가 구도에게 콘서트에 같이 가자고 권했던 것을. 지터린 진의 콘서트였다.

그렇다—그들의 히트곡 중 〈프레젠트〉라는 노래가 있다. 구도도 그 노래를 좋아한다고 했다.

'당신이 내게 준 건—'

그런 가사로 시작하는 곡이다. 빠르게 읊조리는 독특한 창법으로, 쇼트커트 머리의 귀여운 보컬이 연인에게 받은 선물들을 하나하나 나열한다—

그리고 마지막은 이렇게 끝난다.

'정말 좋아했지만, 마지막 프레젠트.'

모리타 아키코는 이 노래를 좋아했을까. 그래서 비록 목적은 따로 있었어도 구도를 유인해내는 방법으로 지터린 진의 콘서트를 선택한 걸까.

정말 좋아했지만, 마지막 프레젠트. 그렇다, 하타야마 미노루가 그녀에게 마지막으로 선물한 것은 '죽음'이었다.

"야키소바빵 하나면 되니?"

아저씨의 말에 나는 서둘러 빵집 안으로 들어갔다. 그때 알아챘는데, 가게 이름은 '블랑슈 기무라'였다.

"두 개 주세요."

아마 이 아저씨가 사장일 때는 '기무라 빵집'이라는 이름에 어울리는 동네 빵집이었으리라. 그런데 대를 이어 아들이 가게를 물려받은 순간 블랑슈 기무라가 되었다. 옛 모습을 간직하고 있는 것은 자전거 안장에 적힌 글자와, 세련된 진열대에 안 어울리는 야키소바빵뿐이었다.

아저씨가 야키소바빵을 포장하는 동안, 나는 계산대 뒤쪽 유리창 너머로 보이는 주방으로 시선을 던졌다. 흰색 앞치마를 두른 서른 중반의 건장한 남자가 도넛에 설탕 옷을 입히고 있다. 저 사람이 아저씨의 아들이겠지. 아키코 씨가 그에게 추파를 던졌는지 어떤지는 알 수 없지만, 어쨌든 그녀도 빵을 포장하는 동안 이렇게 주방의 광경을 바라봤을 것이다.

"이백사십 엔이다."

봉지를 내밀며 아저씨가 말했다. 그리고 내 어깨 너머, 등뒤를 향해 "어서 오세요"라고 인사했다.

새 손님이 온 것이다. 나는 자리를 내주려고 한 걸음 옆으로 비켜서며 뒤로 돌았고—

그곳에서 시라카와정원의 중년 남자, 하시구치가 그려준 몽타주의 주인공을 발견했다.

17

인간의 기억이란 정말이지 믿을 게 못 된다. 뒤로 돌아 그 남자와 얼굴을 마주한 순간에는 상대가 누구인지 알아채지 못했다. 다만 왠지 어디서 본 적 있다고 느꼈을 뿐이다.

그것은 상대도 마찬가지였던 것 같다. 남자가 나를 찬찬히 쳐다보았다. 그러나 그것도 내가 빤히 쳐다보니까 '뭐야' 하는 심정으로 마주본 것뿐인지도 모른다.

기억이 떠오른 것은 그 남자가 움직인 순간이었다. 내 옆을 지나 빵 진열대 쪽으로 걸음을 내디뎠을 때, 나는 시라카와정원에서 뛰어서 도망가던 그 남자의, 몸 상태가 정상은 아닌 듯한, 약간 휘청거리는 걸음걸이를 발견한 것이다.

내가 "앗" 소리를 냈다. 상대가 깜짝 놀라며 나를 돌아보았다. 그리고 다시 한번, 이번에는 눈을 휘둥그레 뜨고 내 얼굴을 바라보았다. 한순간 암호를 풀어낸 해독자 같은 표정이 스쳤다. 그도 내가 누구인지 알아챈 것이다.

내가 다가가기도 전에 남자는 부리나케 내 옆으로 달려나갔다. 쟁반을 쌓아둔 선반에 무릎이 부딪혀서 걸려 있던 집게들이 잘그락거렸다. 그대로 곧장 쏜살같이 밖으로 튀어나갔다.

"뭐야, 왜 그래?"

블랑슈 기무라 아저씨의 목소리를 등뒤로 들으며 나도 거리로 뛰어나갔다. 운동화 한쪽이 벗겨지려고 해서 순간 앞으로 고꾸라질 뻔했다.

시내 한복판, 게다가 오가는 사람들이 적지 않은 오쿠보거리라는 장소가 이번에는 나에게 행운으로 작용했다. 남자는 밖으로 튀어나가자마자 왼쪽 방향으로 뛰었고, 마침 그 자리에 있던 커플과 부딪칠 뻔하면서 잠시 주춤거렸다. 내 손이 금방이라도 그의 등에 닿을락 말락 했다. 그는 몸을 비틀어 커플을 피하더니 다시 달리기 시작했다. 곧 역으로 이어지는 길모퉁이에 다다랐다. 어떻게 하는지 지켜보니, 잠시 망설이듯 주춤거리다가 신호 대기중이던 흰색 밴의 차체에 손을 짚고 왼쪽으로 방향을 틀어서 역 방향으로, 내가 빵집 아저씨와 걸어온 길 쪽으로 달리기 시작했다.

그곳은 외길이다. 전철 고가도로 아래의 콘크리트 벽을 왼쪽에 두고 오타키바시거리가 나올 때까지 일직선으로 이어진다. 그리고 이렇게 되면 어쨌든 내가 더 빠르다. 점점 간격을 좁혀서, 다이니코쇼의 철계단 바로 앞에서 남자의 오른쪽 소맷자락을 움켜쥐었다.

"아저씨, 아저씨, 잠깐만요!"

소리지르며 소매를 잡아당겼지만, 상대는 마구잡이로 팔을 휘두르며 나를 떨쳐내려 했다. 나는 실랑이하면서 목소리를 낮추고 말을 건네는 곡예를 펼쳤다.

"저기요, 여기서 소란을 피우면 경찰이 볼지도 몰라요. 그 집 바로 앞이잖아요."

그러자 상대는 정말로 경찰이 달려오는 모습을 발견하기라도 한 것처럼, 버둥거리던 동작을 뚝 멈췄다. 너무 갑작스러워서 나도 모르게 소맷자락을 놓고 말았다. 그러나 도망치려는 기색은 더 이상 보이지 않았다. 어깨를 들썩이며 거친 숨을 몰아쉬고, 허리를 약간 굽히고 양손을 무릎에 얹은 채 바닥을 보며 헐떡거렸다.

"어디 안 좋으세요?"

나는 이미 정상적인 호흡을 되찾았다. 이 정도 전력질주로 기진맥진해진다면 축구부에서 벌써 쫓겨났을 것이다.

그는 여전히 헉헉대며 내 질문에 대답하기 위해—아마 그랬을 것이다, 입술을 달싹거렸으니까—숨을 골랐다. 마침내 "무릎이 좀" 하고 가까스로 말했다. "류머티즘이야."

"시라카와정원에서 봤을 때도 아저씨 뛰는 자세가 이상했어요."

"그랬나."

발음이 불분명한, 독특한 목소리였다. 어쩌면 틀니를 끼었는지도 모른다. 외할아버지가 올해 고질적인 잇몸병 때문에 전체 틀니를 끼어야 하는 신세가 되었다. 본인은 새하얀 이를 훤히 드러내며 기뻐했지만, 그후로 전화 목소리를 알아듣기 힘들어져서 곤란했다. 그런 외할아버지와 말투가 비슷했다.

"아저씨도 저를 기억하세요?"

겨우 숨을 가라앉히고, 여전히 허리를 굽힌 채로 남자가 고개를 끄덕였다. 눈을 들어 내 얼굴을 바라보았다.

"바로 알아보진 못했어. 네가 깜짝 놀란 표정을 지었을 때, 기억났지."

"저도 처음에는 몰랐어요. 걸음걸이를 보고 알았어요."

우리는 얼굴을 마주보았다. 누가 먼저랄 것 없이—아니, 아저씨가 1.5초 정도 빨랐을지도 모른다—미소를 주고받았다.

"가실까요?" 내가 상대의 소매를 잡았다. 도망치지 못하도록 그런 게 아니라 부축하기 위해서였다. "정말로 경찰이 잠복하고 있을지도 모르니까요."

말하고 나서야 조금 전의 경고도, 지금 이 말도 어쩌면 완전히 잘못 짚은 소리인지 모른다는 생각이 들었다. 이 사람이 사건 관계자라고 단정 지을 수는 없다. 실제로 우리는 최근까지도, 시라카와 정원에서 우연히 마주친 이 사람은 아키코 씨의 '단골손님'이고, 전화방에서 일하는 여자들에게 동정적인 외부인이라고 생각했으니까.

"역 쪽에 벤치가 있어." 아저씨가 말했다. "거기서 잠깐 쉬어도 될까?"

"네." 나는 고개를 끄덕이고 함께 걸어갔다. 나란히 걷다보니 이 사람의 지병이 류머티즘만이 아니라는 걸 알아챘다. 여전히 호흡이 이상했다. 안 좋은 곳이 폐일까, 심장일까.

우리는 오쿠보역 개찰구 앞까지 갔다. 육교 아래, 쇠파이프에 나무판만 달랑 붙여둔 초라한 벤치가 하나 있었다. 나란히 앉자 수상한 아저씨가 휴우 하고 긴 숨을 몰아쉬었다. 오른손으로 무릎을 문지르기 시작했다.

개찰구에는 역무원 한 명만 있었다. 젊은 사람인데, 우리 쪽을 힐끗 보기만 하고는 개찰구 옆 사무실에 있는 동료와 즐겁게 대화를 나눴다. 우리를 부자지간 정도로 생각했는지도 모른다.

때마침 전철이 들어왔다. 소리만 들렸다. "오쿠보, 오쿠보" 하는 안내방송 후, 이윽고 전철이 떠났다. 승객이 두세 명 내려와 개찰구를 빠져나갔다. 모두 우리 쪽을 힐끗 쳐다보았다.

사람들이 사라진 후 아저씨가 옆에서 중얼거렸다.

"술래잡기는 힘에 부치는구나."

옆얼굴이 지쳐 있었다. 사람이 표정을 꾸며낼 수 있는 것은 정면뿐이다. 옆얼굴은 정직하다. 그리고 약간 꺼진 듯한 그 눈을 가까이에서 본 순간, 나는 이 사람이 누구인지 알 것 같았다. 어쩌면 그 생각은 오래도록 내 마음속, 피부 한 겹 아래에 줄곧 웅크리고 있다가 이 순간 비로소 드러난 것인지도 모른다.

훨씬 전에 알아차릴 수도 있었는데. 무심코 무릎 위의 빵 봉투를 꽉 움켜쥐었다.

"아저씨." 내가 불러도 상대는 축 늘어져 발밑만 보고 있었다. "아저씨는 하타야마 미노루 씨의 아버님이시죠?"

상대는 천천히 눈을 깜박였다. 그리고 내 얼굴을 바라보았다.

"하타야마 요시오 씨죠?"

아저씨가 천천히 눈을 깜박이고, 눈꺼풀의 움직임에 맞춰 고개를 끄덕였다.

"역시 그랬구나……"

"어떻게 알았니?"

"조금 닮았어요. 눈가가."

아아, 아저씨가 감탄하듯이 입을 살짝 벌리고 웃었다. 소리는 내지 않고.

"그래, 맞아. 그냥 아저씨라고 불러도 돼."

"저는 오가타 마사오라고 해요. 중학교 1학년이고요. 그냥 꼬마라고 해도 돼요."

아저씨는 내 뺨과 이마 언저리를 힐끗 보았다. "아직 수염도 여드름도 없구나."

"여자친구는 있어요." 내가 말했다. "그런데 그애가, 살해당한 모리타 아키코 씨의 사촌동생이에요."

아저씨는 무릎을 문지르던 동작을 멈추고, 양손을 두 다리 사이로 축 늘어뜨리며 고개를 숙였다. 개찰구의 역무원이 우리 쪽으로 다시 시선을 던졌다. 수상쩍어하는 것 같지는 않지만, 그 시선이 비껴갈 때까지 나는 입을 다물고 있었다.

"미노루가 몹쓸 짓을 했지." 하타야마 요시오가 중얼거렸다. "내가 시라카와정원이었나, 그 공원에 간 이유도 아들이 씻을 수 없는 죄를 저질렀다고 생각했기 때문이야."

그때 남자가 '기도하는 것처럼 보였다'던 시마자키의 직감이 맞아떨어진 셈이다.

"그럼, 아저씨는 그때 이미 아키코 씨를 죽인 사람이 아들이란 걸 알고 계셨나요?"

하타야마 미노루의 아버지가 고개를 끄덕였다. "아들한테 같이 사는 여자의 이름을 들어서 알고 있었어. 여자를 죽이는 건 대체로 그 여자와 엮여 있던 남자니까. 바로 감이 왔지."

말을 끊고 목이 잠긴 듯이 기침했다.

"그래서 뉴스를 보고 바로 집으로 가봤지. 미노루는 이미 없었어. 도망쳤구나 했지."

"그런데 경찰에는 알리지 않았다?"

아저씨는 말이 없었다.

"그래서 우리랑 시라카와정원에서 마주쳤을 때 도망치셨군요."

아저씨가 손을 들어 뒷목을 문질렀다.

"너희가 그 아키코라는 아가씨와 아는 사이라고 생각했어. 그렇지 않고서야 꽃을 들고 찾아올 리가 없잖아."

"그렇죠."

"사촌동생일 줄은 몰랐고. 그 아가씨한테 여동생이 있었나 했지. 그때 여자애가 둘이었지? 키 큰 애랑 작은 애."

정확히 기억하고 있다. "맞아요. 작은 애가 아키코 씨 사촌동생이고, 제 여자친구예요."

응, 하고 아저씨가 고개를 끄덕였다. "큰 아이는 발이 빨라서 애를 먹었지."

다테 얘기다. "농구부 에이스거든요."

우리는 잠시 침묵했다. 숨을 한 번 들이마시고 내가 물었다.

"아드님이 지금 어디 있는지 아세요?"

뻔뻔하고도 대담한 질문이었다. 하타야마 미노루는 전국 지명수배가 내려진 몸이고, 거처를 알아내려고 기를 쓰는 경찰이 한둘이 아니다. 지금 내가 있는 이 자리에 앉을 수 있다면, 다무라 경위님은 그 대가로 얼마 안 남은 머리카락까지 내놓을지 모른다.

그런데 아저씨는 고개를 저었다. "지금은 몰라. 예전에는 알았지만. 그 집 말이다."

"언제쯤부터 연락하셨어요?"

출소하고 나서―라는 말은 생략하고 그렇게 물었다. 그런데 아저씨는 그 부분을 보충해서 대답했다.

"출소한 후로 계속 연락 두절이었어. 미노루도 내가 어디 있는지 몰랐을 테고. 처음으로 연락한 건―"

잠시 침묵한 후 아저씨가 말했다.

"연락했다고 하면 안 되겠지. 옛날에 살던 곳에 갔더니 이웃 사람이 알려줬어. 아내가―헤어진 아내가 죽어서 장례식에 다녀왔다고. 그리고 그 무렵 미노루가 살고 있던 곳을 알려줬지. 일 년이 좀 넘은 얘기야."

"아저씨는 아사쿠사에서 가방가게를 하셨죠?"

하타야마의 아버지가 놀라는 표정을 지었다. "허어, 알고 있었니?"

"주간지에 나왔어요. 지금은 작은 빌딩이 들어섰고, 노래방 같은 가게가 있어요."

"노래방? 내가 갔을 때는 고깃집 간판이 걸려 있었는데."

어스름한 육교 밑으로 서늘한 바람이 스쳐지나갔다. 자전거 뒤에 유치원 원복을 입은 아이를 태운 아주머니가 아이와 신나게 얘기하며 우리 앞을 가로질러갔다.

하타야마의 아버지는 잠시 그 엄마와 아이를 눈으로 좇았다. 엄마가 자전거 뒷바퀴를 힘껏 들어서 반대편 도로로 나가자, 자전거 위의 아이가 까르르까르르 웃어댔다. 유치원 가방에 달아놓은 듯한 방울 소리가 들렸다.

엄마와 아이가 시야에서 사라지자 하타야마의 아버지가 불쑥 입을 열었다. "주간지를 읽었으면, 내가 전과자라는 것도 알겠구나?"

"네."

"무섭지 않니?"

대답하기 곤란했다. 기분이 상할까봐 그런 게 아니라, 스스로도 설명하기 어려웠기 때문이다.

"방금까지는 잊고 있었어요. 몰입하다보니까."

"그렇구나."

"하지만 지금 듣고 나니, 조금 무서운 것 같기도 하고."

하타야마의 아버지는 말이 없었다. 다시 전철이 들어왔다. 이번에는 젊은이 무리가 내려왔다. 그들이 사라지고 나서 내가 덧붙였다.

"전과자라서 무서운 게 아니고, 아저씨 성격이 급할 것 같아서 무서워요. 예전 사건도 그래서 일어난 거잖아요."

"그런 것까지 주간지에 나왔니?"

"자세하게 나왔어요, 은근히."

멍하니 개찰구 쪽에 시선을 고정한 채 하타야마의 아버지가 말했다. "나도 취하지 않았을 땐 성격이 급하지 않아."

그러고는 '정말이야' 하듯이 고개를 돌려 내 얼굴을 보았다.

"그런 것 같네요." 내가 말했다.

하타야마의 아버지는 말이 빨랐다. 말끝도 분명했다. 그런데 '나' 발음이 '나'와 '놔'의 중간쯤 되었다. '는'도 'ㄴ'까지만 들리게 발음했다. 그렇게 말하는 어른을 나는 처음 만났다.

"여기 온 건 오늘이 두번째야." 하타야마의 아버지가 말했다. "두 번 다 미노루가 사라지고 나서지만. 전에 왔을 땐 여자랑 같이 사니까 오지 말라고 했지."

"오늘은 아들이 혹시 돌아왔나 해서 와보신 건가요?"

아저씨는 고개를 저었다. "꼬마도 그렇진 않잖아? 넌 뭐하러 왔어?"

"저도 잘 모르겠어요. 설명하자면 길고."

"여자친구랑 관계있어?"

"조금요."

"예쁘니?"

"예쁘죠."

"그렇구나." 아저씨가 미소 지었다. "예쁘면 좋지."

"모리타 아키코 씨도 예뻤죠?" 내가 말했다. 아저씨가 고개를 숙였다. 그 옆얼굴에서 그녀를 어떻게 생각했는지 읽어낼 수는 없었다.

"나는 만난 적이 없어서 몰라." 나지막이 말했다.

그럴 리 없다고 나는 속으로 중얼거렸다. 그 사람에 관해서는 아저씨도 잘 알고 있을 것이다. 아들에게 얘기를 들었을 거잖아? 그렇지 않다면—아키코 씨와 그 사람이 하는 일, '회사'를 몰랐다면, 왜 안자이 정보서비스까지 찾아가서 전단지를 없애달라고 부탁했을까?

그런데도 말은 나오지 않았다. 상대가 화를 낼까 두려웠기 때문인지도 모른다. 형사 흉내를 내기에는 너무 겁쟁이일지도 모른다. 그런 주제에 또 대담한 질문을 했다.

"아들한테서는 연락이 없나요?"

아저씨는 다시 고개를 가로저었다.

"도망친 후로는 없어."

"그럼, 어디 있는지 전혀 짐작도 못하겠네요."

"나 같은 사람한테 기대봤자 소용없다는 건 그 녀석이 가장 잘 알 테니까."

"그래도 부모 자식이잖아요. 무슨 말이라도 하러 오지 않을까요."

집요한 나에게 아저씨가 갑자기 물었다.

"꼬마야, 뭐 좀 마실래?"

벤치 옆에 음료 자동판매기가 있었다. 그쪽을 손으로 가리켰다.

"그럴까요……" 목이 말랐다.

내가 대답하기 전에 하타야마의 아버지가 윗옷 안주머니를 뒤적거려 동전을 꺼냈다.

"저 자판기에서 먹고 싶은 걸로 사라."

건네받은 동전은 살짝 따뜻했다. 체온 때문이다. 지갑 없이 주머니에 바로 넣어둔 모양이다.

"가는 김에 내 것도 사오고. 뭐든 상관없어, 너랑 같은 걸로."

귀찮아서가 아니고, 일단 자리를 잡고 앉으면 일어서기 힘든 듯했다.

"네, 잘 마실게요."

나는 벤치에서 일어나 자동판매기 쪽으로 갔다. 포카리스웨트를 살까 했지만 하타야마의 아버지가 좋아할지 알 수 없었다. 그래서 캔커피를 선택했다. 커피를 건네자 아저씨가 "고맙다"고 말했다.

캔커피는 아주 시원했다. 아저씨는 절반가량을 맛있게 단숨에 마셨다. 나는 문득 생각나서 빵집 봉투를 내밀었다. "이거 하나씩 먹을까요?"

개찰구 역무원이 이번에는 빤히 쳐다봤다. 좀 신경이 쓰였지만, 둘이 먹으면 괜찮을 것 같았다.

"그 가게 야키소바빵이에요. 두 개 샀어요."

봉투를 열고 한 개를 꺼내 아저씨에게 건넸다. 아저씨는 잠깐 뜸들이다 받아들고 "잘 먹으마" 했다.

"그 빵집에서, 아드님이랑 아키코 씨가 자주 이 야키소바빵을 샀대요."

그렇게 말한 후 나는 한입 덥석 베어물었다. 아저씨는 빵을 입가로 가져가다 그대로 멈췄다.

"그 말을 듣고 사보고 싶었어요. 아저씨는 그 빵집에 왜 오신 거예요?"

잠시 침묵이 흘렀다. 그동안 전철이 왔다. 이번에는 한 사람만 내려왔다. 젊고 아름다운 여자였다. 육교 밑에서 빵을 먹는 우리에게 대놓고 얼굴을 찌푸리며 지나갔다.

"우연히 간 거야." 하타야마의 아버지가 대답했다.

거짓말이라고 생각했다. 우연치고는 너무 절묘하다. 그러나 더 이상 캐묻고 싶은 마음은 없었다. 그 방법을 몰랐다. 다무라 경위님이라면 가능하겠지만, 나는 불가능하다.

"맛있네요." 내가 말했다. "식었는데도 맛있어요."

야키소바가 듬뿍 들어 있었다. 초생강 맛이 잘 어우러졌다. 과연 빵집 아저씨가 자랑할 만한 맛이었다.

하타야마의 아버지는 한입 굼뜨게 베어물었다. 야키소바 끄트머리가 입가로 비어져나왔다.

"한참 전에." 입을 우물거리며 말했다. "온 적이 있어. 딱 한 번. 미노루 집에."

"아키코 씨랑 같이 살 때요?"

아저씨는 고개를 끄덕였다. 역시 조금 전 이야기는 거짓이었던 것이다. 그러나 나는 아무 말도 하지 않았다.

"반년 전쯤이야. 마침 그 아가씨는 집에 없었지. 미노루는 나를 집안으로 들이지는 않았어. 잡아끌고 그 빵집으로 데려갔지. 거기서 이 빵을 사더니, 가지고 돌아가라더군. 자기도 돈이 없으니 아버지한테 빌려줄 수 없다면서. 그 무렵 나는 일자리가 없었지. 딱 보기에도 행색이 말이 아니었어. 돈 때문에 간 건 아니었는데 말이야."

과연 어땠을까, 하고 나는 생각했다. 거짓말은 아니겠지만 적당히 걸러낸 이야기일지도 모른다. 돈이 없으면 마음이 불안해진다. 가족에게 기대고 싶어진다.

아들을 보고 싶은 마음은 늘 있었을 것이다. 그리고 돈이 스스로에게 일종의 핑곗거리가 되어주었으리라. 만나러 가는 게 아니다, 돈을 빌리러 가는 것이다, 라고. 그런데 막상 얼굴을 마주하니 돈 얘기를 꺼낼 수 없었다. 그렇다기보다 돈 따위는 아예 잊어버렸다. 그런데 아들 쪽에서는 곧바로 돈 문제일 거라고 생각했다—

빵을 사서 아버지 손에 쥐여주고, 이걸 들고 얼른 돌아가라고 했다.

하타야마의 아버지가 무지막지한 기세로 빵을 입안에 욱여넣었다. 콧김이 거칠었다. 그렇게 허겁지겁 먹을 필요는 없는데—라고 생각하다 알아차렸다.

아저씨는 울고 있었다.

입안 가득 빵을 욱여넣고, 흐윽 하는 소리를 애써 삼키며 눈물을 흘리고 있었다. 몸을 앞으로 구부리고, 얼굴을 숙였다. 급기야 빵을 씹는 동작을 멈췄다. 아저씨가 눈을 감자 육교 밑 아스팔트로 눈물이 뚝뚝 떨어졌다.

나는 말없이 계속 빵만 먹었다. 아저씨가 다시 입을 움직여 빵을 씹기 시작할 때까지 얼굴을 딴 데 돌리고 모른 척했다.

전철이 오고 다시 떠나갔다. 이번에 내려온 승객들은 개찰구 밖의 우리를 보고도 못 본 척했다. 역무원도 마찬가지였다.

이윽고 아저씨가 천천히 빵을 삼켰다. 꽉 쥐고 있던 마지막 한 조각을 먹고, 캔커피를 마셨다. 이제 눈물은 보이지 않았다. 눈가가 젖어 있을 뿐이다.

"꼬마 넌 어떻게 돌아가니?"라고 갑자기 물었다. 이야기는 이제 끝났다.

"이 역에서요. 이다바시에서 도자이선으로 갈아타요. 집이 시라카와정원 근처거든요."

"무슨 역인데?"

"기바역요. 아저씨는요?"

커피 캔을 벤치 옆 쓰레기통으로 던지고 "다카하시야"라고 대답했다.

"모리시타초 쪽이요? 그럼 우리집이랑 가깝네요."

같이 가겠느냐고 묻기도 전에 하타야마의 아버지가 힘겹게 일어섰다.

"난 신주쿠에서 돌아가마. 여기로 곧장 가면 역이니까" 하며 우리가 걸어온 길을 가리켰다.

"무릎은 괜찮으세요? 여기서 타도 되는데. 도에이신주쿠선이잖아요?"

그러자 아저씨가 살짝 웃었다.

"꼬마는 나 같은 사람이랑 같이 전철 타면 안 돼."

맛있었다, 잘 먹었어, 라고 말하고 몸을 돌렸다.

"안녕히 가세요, 저도 잘 먹었습니다." 인사하자 돌아보지도 않고 손만 흔들어 보였다.

육교 밑을 벗어났다. 잠시 후 나는 마법이 풀린 것처럼 발을 움직여 하타야마의 아버지 뒤를 쫓았다. 외길 저편으로 멀어져가는 뒷모습이 보였다. 느릿느릿 힘겹게 걸어갔다. 무릎이 저런 상태면 오늘의 추격전도, 시라카와정원에서의 도주극도 상당히 버거웠으리라.

아저씨가 보이지 않을 때까지 나는 그 뒷모습을 지켜보았다. 그리고 다카하시에 옛날 날품팔이들이 묵었던 여인숙이 모여 있다는 걸 떠올렸다. 지금도 아담한 비즈니스호텔로 모습을 바꿔 근근이 명맥을 잇고 있다. 하룻밤에 몇백 엔이면 잘 수 있는 간이 숙박업소도 있다. 일용직 노동자들이 모이는 곳이다. 최근 들어 불경기로 일이 없는 사람들이 낮부터 길가에 앉아 멍하니 담배를 피우는 모습을 본 적도 있다. 하타야마의 아버지도 그런 데 사는 걸까.

오쿠보역에서 표를 사서 개찰구를 통과하는데 역무원이 내 얼굴을 빤히 쳐다봤다. 우리가 어떻게 보였을까, 하는 생각이 다시 들었다.

흔들리는 전철에 몸을 싣고, 결국 나는 아무것도 알아내지 못했구나 생각했다. 아들한테서 연락이 없다, 지금 어디 있는지도 모른다, 그게 전부다. 아저씨의 정확한 거주지를 알아내서 몰래 다무라 경위님께 전해줄 수조차 없다.

그러고 싶은 마음이 들지 않았다. 허술하다. 탐정 실격. 하지만 그게 사실이었다.

입안에 소스 맛이 남아 있었다. 앞으로 당분간 야키소바빵은 먹지 말자.

그날 밤, 거의 충동적으로 구도에게 전화를 걸었다. 그애의 목소리는 비교적 밝았다. 그 사실에 힘을 얻어 다시 충동적으로, 내일 어디 가지 않을래? 하고 물어보았다.

그애는 놀란 것 같았다. 아주 잠깐 침묵했다. 그런데 곧이어 들려온 목소리는 방과후 열심히 스윙 연습을 하는 소프트테니스 공만큼이나 통통 튀었다.

"정말 고마워." 구도가 말했다. "그런데 나 내일은 할아버지 할머니한테 가야 해. 아쉽네."

"그렇구나……"

구도의 목소리는 여전히 밝았다. "다음주 일요일은 안 돼?"

내 마음이 두둥실 떠올랐다. 아빠나 엄마가 옆에 있었으면 등뼈가 흐물흐물 녹아드는 걸 꿰뚫어봤을 것이다.

"물론 되지. 어디 갈까?"

"시라카와정원만 가면 재미없겠지." 구도가 웃었다. 그 말에 나는 또다시 기뻐졌다.

"바다 보고 싶지 않니?" 내가 물었다.

"바다? 하루미 갈 거야? 배 과학관 같은 데?"

"그래, 거기도 좋겠다. 린카이공원이 어떨까 했는데."

"어, 나 아직 거기 못 가봤어."

구도가 혀 짧은 귀여운 목소리로 말했다! 난 이제 손발까지 흐물흐물해졌다.

"린카이공원, 예뻐?"

"예쁘기도 하고 기분도 좋아져. 인공 모래사장이 있어서 내려갈 수도 있고."

"그럼 거기로 하자. 자전거로 갈 거야?"

"그게 빠를 거야."

"내가 도시락 싸갈게. 샌드위치 괜찮아?"

나는 완전히 녹아서 액체 인간이 되어버렸다.

"좋지. 난 마실 거 준비할게."

"그럼 가기 전에 다시 의논하자. 전화로 얘기해도 되지?"

학교에서 대놓고 의논할 얘기는 아니니까.

"좋아. 내가 전화할게. 이 정도 시간이면 괜찮아?"

"응. 괜찮아. 아빠한테 자전거 타이어에 바람 넣어달라고 해야겠다."

오랜만에 구도—구짱이 즐거워하며 킥킥 웃는 소리를 들었다.

나중에 보자며 전화를 끊은 후에도 나는 한참 동안 꿈속을 헤맸다. 다시 굳어서 인간으로 되돌아올 때까지 달콤한 시럽이 되어 마루 위로 흥건히 퍼져갔다.

"마사오, 목욕해라."

엄마가 부르는 소리가 들렸다.

"네~에."

깡충거리며 복도를 지나갔다. 서스펜스 드라마를 보던 엄마가 텔레비전에서 눈길을 돌려 나를 쳐다봤다.

"왜 그렇게 실실 웃니?"

"아무것도 아냐."

욕실 안에서도 나는 여전히 실실 웃어댔다.

밤이 깊어 나는 다시 전화 한 통을 걸었다.

이 전화번호는 내 수첩에 빨간색으로 표시해둔 번호였다. 적어 넣은 시기는 올여름의 끝자락. 그후로 한 번도 전화를 건 적은 없다. 오늘이 처음이었다.

가게 전화번호이니 밤에는 안 받을지도 모른다. 그래도 상관없다. 무작정 걸어보고 싶었다.

신호음이 울렸다. 내 심장도 덩달아 높이 뛰었다. 세번째 신호가 가고, 뒤이어 찰칵하는 연결음이 들렸다.

잔잔한 클래식음악이 흘러나왔다. 관현악이다. 이어서 들려오는 여자 목소리.

"주얼리 사와무라입니다. 전화 주셔서 감사합니다. 지금은 영업시간이 아닙니다. 용건 있으신 분은 신호음이 울린 후, 메시지를 남겨주세요."

오호…… 마담 아쿠아리움의 가게 이름이 주얼리 사와무라였구나. 역시.

마담 아쿠아리움. 그녀와 나와 시마자키는 올여름 처음 만났다. 무척 아름다운 마담. 조금은 쓸쓸해 보이는 마담. 그리고 내가 언젠가 '이 사람이다' 싶은 여자가 생겼을 때 만나러 가겠다고 약속한 마담.

아직은 너무 빠른지도 모른다. 그렇지만 마담에게 말하고 싶었다. 음성 메시지로 연결된 것이 다행이었다.

삐— 소리가 난 후, 나는 두근거리는 가슴을 안고 말했다.

"저 수족관에서 만났던 오가타 마사오입니다. 기억나시나요? 다시 전화할게요."

수화기를 내려놓을 때, 마담의 향수냄새를 맡은 듯한 기분이 들었다.

다음주는 흐린 잿빛 하늘을 머리에 이고 시작했다. 그런데 나에게는 그 구름도 장밋빛으로 보였다.

구도와 교실 곳곳에서 이따금 시선이 마주쳤다. 그때마다 둘 다 눈으로만 웃었다. 전화로도 얘기했다. 월요일에도, 화요일에도, 수요일에도.

목요일에는 내가 달걀샌드위치를 좋아한다는 얘기를 했다. 구도가 넉넉히 만들어 가겠다고 했다. 삼십 분 정도 통화하고 수화기를 내려놓은 후 방에 있는 텔레비전을 켜자 마침 뉴스를 하고 있었다. 주말 일기예보가 나오지 않을까 계속 지켜보는데 앵커가 "방금 들어온 뉴스입니다" 하며 조급한 목소리로 말했다.

"올 9월 말 도쿄 고토구 시라카와정원에서 발생한 살인사건과 관련해 관할 후카가와 경찰서에서 조금 전 기자회견을 열고, 오늘 저녁 여덟시경 이번 사건의 용의자인 하타야마 미노루로 보이는 남성의 사체를 도쿄만 하루미 제3부두 수중에서 인양했다고 발표했습니다. 사인을 비롯한 자세한 내용은 아직 밝혀지지 않았지만, 신체적 특징이나 소지품으로 보아 하타야마 미노루가 거의 틀림없다고 합니다. 다시 한번 말씀드리겠습니다. 방금 들어온 뉴스입니다—"

18

"살해당한 것 같아." 패대구리 씨가 속삭이듯이 말했다.

우리는 밥 아저씨 가게에 있었다. 펩시가 담긴 기다란 종이컵이 놓여 있을 뿐 햄버거는 없다. 토요일 오후, 동아리 활동에서 열심히 뛰고 온 내 몸에서는 약간 땀냄새가 풍겼을 것이다.

"진짜요? 뉴스에서는 다르게 말하던데."

"언론 쪽에는 아직 안 알렸거든."

나는 미간을 찡그리고 고개를 끄덕이는 패대구리 씨의 얼굴을 바라보며, 의지가 강해 보이는 턱선을 눈으로 따라갔다. 역시 형사가 될 사람의 얼굴이구나……라고 생각했다. 방금 들은 사실을 생각하기 싫어서였다.

하타야마 미노루가 죽었다—목요일 밤에 충격적인 뉴스를 접한 후 가장 먼저 구도에게 전화를 걸었고, 그뒤로도 속보가 나올 때마다 얘기를 나눴다. 구도는 예상보다 침착했고, 어쨌든 이렇게 마무리가 될 것인지를 가장 신경쓰는 것 같았다.

텔레비전 뉴스에서 하타야마의 죽음이 자살일 가능성이 높다고 말한 것은 어젯밤, 그러니까 금요일 밤 열시가 지나서였다. 도저히 가만있을 수가 없어서 자전거에 올라타 구도네 집으로 달려갔다. 달려가긴 했지만 그 시간에 불쑥 집안으로 들어갈 수는 없는 노릇이라, 결국 대각선 맞은편에 있는 편의점 앞 공중전화로 전화를 걸었다.

"자수하기 전에 죽은 거네." 구도가 작은 목소리로 말했다.

뉴스에서는 하타야마 미노루가 사망 당시 만취 상태였다고 했다. 그렇지만 그의 상황을 생각해보면 태평하게 술에 취해 실족했다기보다는 술김에—혹은 취한 끝에 자포자기 심정으로—바다로 뛰어들었다고 보는 편이 타당하다고 했다.

"어쩌면 이게 가장 좋은 결과 같기도 해."

내가 말하자 구도는 "응" 하고 대답했다. 그애 머릿속에는 살해당한 아키코 씨의 어두운 과거들이 떠올랐을 테고, 내 머릿속에는 오쿠보역 벤치에 나란히 앉았던 하타야마 요시오 씨의 얼굴이 떠올랐다.

그 아저씨에게는 이것이 좋은 결과일 리가 없다. 그러나 피할 수 없었던 결과 같기도 했다. 그리고 다른 누구보다 아저씨가 그 사실을 제일 잘 알고 있었을 거란 생각이 들었다. 그래서 그때, 아주 짧은 시간이었지만, 내 앞에서 오열을 토해낼 수밖에 없었으리라.

"사람들 소리가 들리는데, 오가타, 집에 있는 게 아니야?"

수화기 너머에서 구도가 말했다. 나는 내가 어디 있는지 알려주었다. 그애가 깜짝 놀라며 말했다.

"내 방에서 편의점 보이는데."

곧이어 구도네 집 2층 오른쪽 창문 커튼이 흔들렸고, 그뒤에서 여자아이의 실루엣이 나타나 창문을 열었다. 나는 한 손에 수화기를 쥔 채로 반대편 손을 크게 흔들었다. 구도가 창밖으로 몸을 내밀고 손을 흔들어주었다. 위험해, 하고 소리칠 뻔했다.

전화를 끊었을 때는 새로 산 전화카드 잔액이 거의 바닥나 있었다. 구도네 집을 자꾸 돌아보며 자리를 뜨는 나와 엇갈리듯, 오토바이를 타고 온 청재킷 차림의 고등학생이 주머니에서 카드를 꺼내며 공중전화로 다가갔다. 수화기를 들고는 아예 긴 통화를 할 자세로 편의점 벽에 기댔다. 늦은 밤, 이렇게 밖에서 긴 통화를 하는 젊은이를 보면—특히 한겨울이나 한여름에는—별난 사람도 다 있다 했는데, 앞으로는 생각을 바꿔야 할 것 같다. 요즘은 회사원의 손에는 휴대전화가 있고, 젊은이의 마음속에는—아니, 자기 전용전화를 놓을 만한 돈이 없는 젊은이의 마음속에는 공중전화가 있는 시대다.

집에 도착해서 시마자키에게 전화를 걸었다. 나의 행동 패턴에 나타난 첫번째 변화였다. 평소 같았다면, 예전 같으면 이런 때 누구보다 먼저 시마자키와 얘기하고 싶었을 텐데.

그는 전화를 받지 않았다.

"씻는 중이야." 아주머니가 말했다. "나오면 너한테 전화하라고 할게."

그러나 시마자키는 전화하지 않았다. 정작 나는 씻지도 않고 기다리는데, 한 시간이 지나도 전화가 오지 않았다. 기다리다 지쳐서 다시 한번 걸었다. 이번에는 아저씨가 받았다. 늦은 시간에 죄송하다, 기다려도 전화가 안 와서 걸었다고 하자 "그거 미안하게 됐구나" 하고 아저씨가 사과했다. "도시히코 녀석이 요즘 나사가 빠져 있어서—"

아저씨가 히죽 웃는 듯한 소리를 냈다. "요즘에 좀 이상하단 말이야."

"이상하다뇨?"

"여자애한테서 전화가 와."

나는 잠깐 침묵했다. 구도인가? 다테?

"반 친구예요?"

"글쎄다. 학교 친구냐고 물었더니 비슷하다고 대답하긴 하던데. 아니겠지. 어라? 그런데 그 녀석이 너한테도 얘길 안 했니? 매정하네."

아저씨가 쿡쿡거리며 웃었다.

"너니까 솔직히 하는 얘기다만, 녀석이 그 여자애한테 전화만 오면 안절부절못해. 믿기니?"

믿기지 않는다. 그나저나 대체 누구지?

"뉴스는 봤어."

전화를 받자마자 시마자키가 무뚝뚝하게 말했다.

"나도 봤어. 그래서 전화한 거잖아."

"이걸로 사건은 마무리된 거나 다름없어."

어휴, 겨우 끝났네, 했다. 그런데 왠지 모르게 꾸며낸 말투 같았다. 그애답지 않았다. 평소의 시마자키라면 이런 표현을 쓰지 않는다—다른 사람들은 모르겠지만, 나는 안다. 설탕과 인공감미료의 맛을 구별할 수 있듯이.

"정말 그렇게 생각해?"

내가 묻자 시마자키가 살짝 웃었다. "달리 생각할 여지가 있나? 조만간 좀 한가해지면 다무라 경위님이 자세히 얘기해주시겠지. 하지만 큰 줄거리는 뉴스에 나온 것과 다르지 않을 테고, 사건은 이로써 해결된 셈이야."

잠깐 뜸을 들인 후 나는 화살촉의 방향을 돌렸다.

"너, 여자친구 생겼다며?"

갑자기 전화선이 끊긴 것처럼 침묵이 내려앉았다. 나는 가슴이 두근거렸다. 시마자키와 나 사이를 이런 무언의 순간이 가로막은 적은 지금껏 한 번도 없었기 때문이다.

잠시 후 시마자키가 쓴웃음을 지으며—아마 그럴 것이다. 화를 억누르는 게 아니라—말했다. "아버지한테 들었냐?"

"응."

"쳇, 이발사 아버지는 수다스러워서 골치 아프다니까."

"그럼, 아저씨 말이 맞아?"

"그렇다고 해야지."

시마자키의 말투는 밝았다. 싹싹하다고 해도 좋을 정도였다. 그게 마음에 걸렸다. 지금 이애가 하는 말은 전부 인공감미료다. 한 방울만 넣어도 설탕보다 열 배는 달지만, 그래도 설탕은 아니다. 진짜가 아니다.

내가 알고 있는 시마자키가 아니다. 뭔가를 숨기고 있다.

"진짜야?"

정공법으로 바보처럼 묻자, 시마자키가 소리 내어 웃었다.

"내가 그렇게 신뢰가 없었나. 완전 인기 없을 줄 알았나보네?"

"우리 학교 애야?"

"음, 아니야." 되받아치듯 재빨리 대답했다. "다른 데서 알게 됐어. 조만간 얘기할게. 당분간은 그냥 놔둬."

달리 뭐라 할 말이 없었고, 정신 차려보니 나는 엉겁결에 입을 놀리고 있었다. "나도 이번 일요일에 구도랑 데이트해."

다시 침묵이 찾아왔다. 이번에는 수화기 너머에서 시마자키가 모습을 감춰버린 것 같은 침묵이었다. 잡음이 들리는데, 시마자키는 없다.

나는 수화기를 움켜쥐고 가만있었다. 절대 먼저 입을 열진 않겠다고 마음먹었다. 이쪽에서 무슨 말을 꺼내면, 시마자키의 진짜 반응을 알아낼 기회가 사라진다—얼버무릴 여유를 줘버릴 것 같았다.

이윽고 조금 전처럼 명랑한 말투로 그가 말했다. "오래도 걸렸네. 다테도 무지 재촉했잖아. 너도 참 순진하구나."

나는 침을 꿀꺽 삼켰다. 시마자키가 받은 충격의 크기를 마침내 알아냈다. 시마자키가 새삼스럽게 나한테 순진하다고 할 이유가 없다. 지금 이애는 스스로도 자기가 무슨 말을 하는지 모르고 있는 것이다.

역시 너도 구도를 좋아하나? 그런 거지?

목구멍까지 그런 말이 솟구쳐올랐다. 그러나 입 밖으로 내지는 않았다.

끝내 말하지 않다니 비겁하다고, 전화를 끊은 후에야 생각했다. 입 밖에 냈으면 시마자키가 그걸 부정하게 할 수 있다. 그게 나로서는 훨씬 편하겠지. 가짜 의식儀式처럼, 둘 다 거짓말이라는 걸 훤히 아는 대화일지라도 말이다.

'너, 엄청 충격받은 거 아냐? 왠지 미안한데.'

'터무니없는 소리일세.'

'무슨 말이야, 난 널 경쟁자라고 믿어 의심치 않았어.'

'오랫동안 알고 지냈다고 생각했는데, 넌 날 전혀 모르는구나.'

그런 식의 대화를 나눴다면, 거짓말일지언정 어쨌든 우리 사이에 길을 남겨둘 수 있었다.

그런데 나는 말하지 않았다. 말하지 않고, 시마자키와 나 사이에 벽을 세웠다. 그것을 후회하면서도 마음 한구석에서는 처음으로 시마자키를 넘어선 것이 기뻐서, 두 가지 기분 사이를 둥둥 떠다녔다—

그리고 하룻밤 지나고 나니 이 상황이다. 패대구리 씨가 느닷없이 찾아왔다. 교문 옆에 차를 대고 기다리고 있었던 것이다.

"시마자키는? 같이 안 가니?"

"그 녀석은 오늘 먼저 갔어요."

낮 동안 우리는 거의 대화를 하지 않았다. 시마자키는 나와 시선을 마주치지 않았고, 수업도 건성으로 듣는 눈치였다.

패대구리 씨가 한숨을 내쉬며 말했다.

"아무튼 너라도 만났으니 다행이야. 잠깐 시간 좀 내줘. 미리 해둘 얘기가 있어."

이렇게 해서 둘이 밥 아저씨 가게에 오게 된 것이다.

나는 패대구리 씨의 턱선에서 눈길을 거두고 펩시를 한 모금 마셨다. 얼음이 다 녹아서 시큼한 맛이 혀에 남았다.

"살인이 틀림없나요?"

"그게 좀 미묘해. 그래서 덮어둔 거야."

"신문을 나름 꼼꼼히 읽어봤는데, 외상 같은 건 없었다고—"

"그럴 거야. 부검에서는 정말로 수상한 점이 발견되지 않았거든. 그런데 그 외에 좀더 고려해야 할 부분이 있어."

"어떤 건데요?"

패대구리 씨가 미소 지었다. "안 알려주면 직성이 안 풀리겠니? 시마자키는 그렇다 치고, 너까지 이렇게 파고들 줄은 몰랐는데."

별로 달갑지 않은 비교였다.

"알았어, 말해줄게."

패대구리 씨가 주위를 힐끗 둘러보고, 밥 아저씨 햄버거가 왜 맛있는지 설명하는 포스터에 시선을 멈추더니 잠깐 생각에 잠겼다. 그러고 나서 다시 나를 보며 말했다.

"하타야마의 사인은 익사야. 이건 신문에도 나왔지? 다시 말해 취해서 인사불성 상태로 빠져 죽었다는 뜻이지. 그런 경우는 사고인지 자살인지 살인인지 쉽게 판단할 수가 없어. 누군가가 강제로 하타야마에게 술을 먹여 취하게 만들고, 바다로 냅다 던져버렸을지도 모르잖아?"

"그건 그렇네요."

"하타야마의 시체는 사후 바닷속에 그리 오래 있었다고 볼 수 없는 상태야. 검시관 의견으로는 기껏해야 열두 시간에서 스무 시간 정도일 거래. 시체가 인양된 게 목요일 오후 여덟시니까, 바다에 빠진 시각은 같은 날 오전 영시에서 여덟시 사이—라는 말이지."

손목시계를 내려다본 후 내가 고개를 끄덕였다. "그렇겠네요."

"그럼, 그 시각에 하타야마는 어떻게 하루미 제3부두까지 갔을까? '왜 그런 곳에, 뭘 하러 갔을까?'라는 의문은 제쳐둔다 해도, 그곳까지 가려면 뭐든 교통기관을 이용했어야 할 테니까."

"질문이 하나 있어요."

"뭔데?"

"하타야마는 계속 하루미 쪽 호텔 같은 데 숨어 지내지 않았을까요? 그러다 그런 생활에 지쳐서 자살했다……"

패대구리 씨가 씩 웃었다. "안타깝네. 분명 그럴 가능성은 있지만, 그 주변 숙박시설을 샅샅이 조사해도 하타야마로 보이는 손님이 묵었다는 곳은 찾을 수 없었어."

"노숙은요?"

패대구리 씨가 거드름을 피우며 손가락을 흔들었다.

"노, 노. 그 세계에도 나름의 룰이 있어. 신참이 들어오면 바로 정보가 퍼지지. 그런데 아니야, 하루미 쪽 노숙자들은 최근 들어 그런 남자가 어슬렁거리는 모습을 본 기억이 없대."

패대구리 씨와 대화하다보니 기분이 조금 좋아졌다. 평소 같으면 이건 시마자키의 역할이다. 나는 옆에 앉아서 듣기만 할 뿐이다. 그런데 오늘은 다르다. 주역인 것이다.

"그래서 하타야마가 하루미 제3부두에 어떻게 갔는지가 문제가 됐지."

"그때까지 가까운 곳에 숨어 있다가 하루미까지 걸어갔을지도 모르죠."

"가능하긴 해. 하지만 아무리 심야나 이른 새벽이라 해도 그곳은 항구야. 경비원이 지키는 창고도 있고, 삼교대로 일하는 물류회사 사무실도 있어. 조금 전에 말했던 노숙자들도 있고. 만약 하타야마가 걸어서 하루미까지 갔다면 도중에 누군가가 목격하지 않았을까?"

흐음, 그런가.

"그럼 전철이나 버스를 타고 갔다는 얘긴데."

"자정이면 버스는 이미 끊겼어. 첫차는 새벽 다섯시대부터 운행하는데, 운전기사들은 하타야마를 본 기억이 없대. 아까 사망시각이 목요일 아침 여덟시까지라고 했지? 그날 제3부두에서는 새벽 여섯시부터 한 해운회사 사람들이 와서 일하기 시작했어. 그러니 실제로는 목요일 자정부터 새벽 여섯시까지 사이라고 보는 게 좋아. 그렇다면 미심쩍은 부분은 새벽 다섯시대에 운행하는 버스인데, 그 시간대에는 손님이 적으니까 운전기사의 기억이 확실하지."

"그럼, 남은 건 택시군요."

"그런데 이쪽도 해당되는 차가 나오지 않았어." 패대구리 씨가 왠지 신난 듯이 말했다. "긴자나 신주쿠, 롯폰기 같은 데가 아니라 하루미 부두란 말이지. 밤에 손님을 태우고 오는 택시 대수는 뻔해. 현재까지는 '네, 그 사람은 내가 태운 손님 같습니다'라는 반응이 없어. 뭐, 앞으로 나올 가능성이 전혀 없다고도 할 수 없지만, 이런 수사는 우리 전문이거든. 수사 과정에서 빠뜨린 건 없었을 거야."

나는 어깨를 으쓱했다. 시마자키가 그러는 것처럼.

"그럼, 관점을 바꿔서 시체가 다른 데서 흘러왔을 가능성은 없나요?"

패대구리 씨가 고개를 저었다.

"부두 안이야. 하룻밤새 그리 멀리 이동하진 않아. 물론 떨어졌느냐 떠밀렸느냐에 따라 조금은 흘러갔을 수 있지. 그렇더라도 오차 범위 내라고 생각해."

펩시를 크게 한 모금 마신 후 물었다.

"이해됐니?"

"이해를 당한 것 같은데요."

"그렇지? 아무튼 우리는 살인일 가능성도 배제할 수 없어. 누군가가 하타야마 미노루에게 억지로 술을 먹이고, 자동차로 하루미 부두까지 데려갔고, 인사불성 상태인 그를 바닷속으로 풍덩……"

어쩌면 편안한 죽음이었을지 모르지만, 탐탁지 않다.

"계속 살인, 살인 하시는데, 대체 하타야마를 죽일 만한 사람이 누구죠?"

패대구리 씨가 턱을 내밀고 목소리를 낮췄다.

"'회사'의 잔당이지."

그 말에 나도 따라 몸을 내밀고 말았다.

"아직도 있어요?"

"응. 일망타진된 건 아니야. 수사 과정에서 '회사' 멤버들의 진술을 통해 그 사실이 밝혀졌어."

맙소사.

"그런데 그들이 왜 하타야마를 노린 거죠? '회사'에서 벗어나려고 했던 건 분명하지만, 밀고자는 아니잖아요. 하타야마 미노루가 저지른 짓은 모리타 아키코 살해뿐인데요."

패대구리 씨가 주위를 살폈다. 가게는 한가했다. 두리번거리는 바람에 오히려 더 주인의 시선을 끌고 말았다. 토마토를 자르던 주인이 고개를 갸웃하며 이쪽을 쳐다봤다. 이상한 일행이다 싶을 것이다.

난처해진 패대구리 씨가 소리 높여 불렀다. "죄송한데, 빅버거 두 개 부탁드려요."

주인이 "네, 감사합니다"라고 대답했다.

"그리고 프렌치프라이도요. 라지로."

추가 주문을 한 패대구리 씨가 나를 바라보았다.

"이건 우리끼리만 하는 얘기야. 비밀 지켜야 해."

"물론이죠."

"하타야마가 말이지." 패대구리 씨가 거드름을 피우듯 천천히 말했다. "'회사'에서 뭔가를 빼낸 것 같아."

"뭔가라뇨? 유출되면 '회사'가 곤란해지는 건가요?"

고개를 끄덕이는 패대구리 씨. "고객 명단."

나는 몸을 뒤로 빼며 패대구리 씨를 뚫어져라 보았다. 그때 처음 알아챘는데, 형사님은 아이라인 그리는 솜씨가 무척 서투르다.

패대구리 씨가 분하다는 듯이 입술을 일그러뜨렸다.

"'회사'에는 극히 한정된 주요 고객만 추려놓은 명단이 존재했어. 간부급만 볼 수 있었지. 컴퓨터로 관리해서, 비밀번호를 모르면 볼 수 없게 해놨대."

"그럼, 하타야마가 그 데이터를?"

"응. 플로피디스크나 다른 뭔가로 빼냈겠지. 어떻게 가능했는지는 알 수 없지만 말이야. 컴퓨터를 잘 다뤘을지도 모르고."

"경찰은 그 명단을 압수하지 못했나요?"

패대구리 씨가 주먹으로 테이블을 쾅 내리쳤다. "간발의 차이로, 우리가 들이닥쳤을 때는 이미 소거해버린 후였어. 매스컴에는 비밀이지만 말이야. 엄청난 실책이니까. 컴퓨터는 이런 점이 곤란해. 앞으로는 가택수색을 할 때는 맨 먼저 전원부터 차단해야겠어."

정말로 분한 듯했다. 이 가는 소리가 들릴 것 같다.

"그런 사정이 있었으니 우리도 하타야마의 체포를 서둘렀던 건데."

그야 그럴 테지. 하지만—

"하타야마는 그걸 훔쳐서 어쩔 작정이었을까요?"

얼핏 '협박'이라는 단어가 머릿속을 스쳤다. 그러나 모리타 아키코에게 눌려 살았던 하타야마에게 그런 배짱이 있었을 리 없다.

"그 이유를 본인에게 물어보고 싶었지." 패대구리 씨가 중얼거렸다.

"그는 '회사'를 벗어나고 싶어했어. 일이 지겨워지고, 얼마간 양심이 찔리기도 했겠지. 어쩌면 고객 명단을 가로채서 우리를 찾아올 생각이었을지도 몰라."

주문한 햄버거를 굽는 소리가 들리고 맛있는 냄새가 풍겨왔다.

"잘 알겠어요. 그런데 왜 이렇게 중요한 걸 저한테 알려주시는 거죠?"

"우리가 덮어두고 있지만, 매스컴이 만만치 않게 예리하거든. 하타야마가 정말 자살한 게 맞는지 여기저기 캐고 다니는 기자들이 있어."

당연하다.

"어쩌면 그 사람들이 너희 친구 구도한테도 접촉을 시도할지 몰라. 가능성이 없다고 장담할 순 없어. 그러니 그애한테 신경을 써줬으면 해. 또다시 안 좋은 일을 겪을지 모르니까."

그렇단 말인가. 당연히 대대적으로 받아들여야 마땅하다.

"믿고 맡겨주세요."

"시마자키랑 다테한테도 전해주고."

마음속에서 따뜻한 물 같은 것이 솟구쳐올랐다. 나도 모르게 말이 나와버렸다.

"형사님, 걔한테 마음을 써줘서 고마워요."

패대구리 씨가 눈을 깜박거렸다. 그리고 빙그레 웃었다.

"당연한 일이야. 게다가……" 잠깐 눈을 내리깔고 표현을 찾다가 덧붙였다. "그애, 구도 말이야. 좀 예민하고, 별로 강하지 않아 보였어. 내 눈에는 그랬다는 말이야."

"실제로도 그래요."

"그래서 걱정스러워."

"그애한테는 이 얘길—"

"다무라 경위님이 가서 설명할 거야. 그애뿐 아니라 가족한테도. 물론 모리타 씨 쪽에도."

고개를 끄덕이던 나는 문득 안 좋은 예감이 들었다.

"그 고객 명단은 아직 못 찾았죠?"

"우리는 못 찾았어. 하타야마를 죽인 놈들이 이미 회수했을지도 모르지. 그건 왜?"

입에 담기도 불길하지만, 큰맘 먹고 해보았다. "'회사'의 잔당이 명단을 되찾으려고 이 사건의 관계자들한테 접근하지 않을까 해서요."

"모리타 씨의 유족 말이니?"

내가 고개를 끄덕였다. 하지만 머릿속에는 다른 사람의 얼굴과 이름이 떠올랐다. 당연히 하타야마 요시오였다.

"그건 괜찮을 거야" 하는 패대구리 씨. "하타야마가 그 명단을 모리타 씨 유족에게 맡길 이유가 없으니까."

그러나 하타야마 요시오라면 이유가 있다. 아버지니까. 그 말을 할까 말까 망설이고 있는데, 주인이 햄버거를 내왔다.

"맛있겠다."

패대구리 씨가 웃는 표정으로 변했다.

"펩시도 더 시킬까?"

패대구리 씨의 부탁을 그날 바로 다테와 시마자키에게 보고했다. 둘 다 흔쾌히, 그리고 믿음직스럽게 받아들여주었다.

시마자키와의 대화는 이번에도 어색했다. 아무렇지 않은 말투지만, 시마자키에게서는 여전히 인공감미료 맛이 났다.

구도와는 그 얘기를 나누지 않았다. 구도가 말을 꺼내지 않는 한 내가 먼저 화제로 삼지는 않겠다고 결심했기 때문이다. 오직 내일 있을 데이트, 텔레비전 드라마, 반 친구들 소문 같은 얘기를 하며 즐겁게 지냈다. 구도에게는 무엇보다 즐거운 시간이 필요하다고 나는 생각했다.

시마자키와 나 사이에 1미터 정도 높이의 벽이 생겨버린 상태인데도, 그날 밤 나의 기분은 장밋빛이었다.

쾌청한 하늘 아래 린카이공원.

구도가 정말로 달걀샌드위치를—정말로 맛있는 달걀샌드위치를 만들어 와서, 한차례 구경을 마치고 인공해변 벤치에 나란히 앉아서 먹었다.

데이트하는 동안에도 사건 얘기는 둘 다 입 밖에 내지 않았다. 실제로 나는 잊어버렸을 정도다. 시라카와정원에서 발생한 사건은 이미 먼 과거로 지워져버렸다.

그것은 구도도 마찬가지인 것 같았다. 휙휙 바뀌는, 만화경처럼 풍부한 표정이 되살아났다. 바닷바람이 너무 차서 데이트 장소를 잘못 골랐나 하는 생각에 구도에게 계속 미안하다고 했다. 그애는 웃었고, 그래도 상쾌하지 않냐고 말했다. 결국 샌드위치를 다 먹고 서둘러 수족관 안으로 피신했는데, 해변을 등지고 계단을 올라갈 때 어깨 너머로 반짝이는 바다를 돌아본 구도가 먼바다를 응시한 채 말했다.

"내년 여름에 또 오자."

'또 오고 싶어'도 아니고, '또 오면 좋겠다'도 아니었다. 그것은 약속이었다. 나 자신에게 기쁜 약속인 동시에 구도가 오랜만에, 시라카와정원 사건 후로 정말 오랜만에 미래를 생각할 수 있게 된 증거이기도 했다.

수족관 안에 있는 카페에서 뜨거운 커피를 마셨다. 주위에는 커플 손님이 많았다. 나도 그들 중 하나가 되었다는 사실에, 나와 함께 있는 애가 주위 커플의 누구보다 훨씬 귀엽고 예쁘다는 사실에 남몰래 콧방울을 벌름거리며 속웃음을 지었다.

그런데 내 자긍심의 근원인 구도가 작은 목소리로 말을 꺼냈다.

"오가타, 요즘에 시마자키랑 좀 이상하던데?"

불시에 허를 찔려 매우 한심스럽게 대꾸했다. "어?"

"요즘은 예전처럼 사이가 좋진 않지?"

끝이 처진 눈썹이 더 아래로 내려갔다.

"아닌데. 왜 그런 생각을 했어?"

"내 생각이 지나쳤나……"

"그럼." 정말 거짓말이 서투르다는 생각을 하며 딱 잘라 말했다.

"그리고 원래부터 나랑 시마자키는 딱 붙어다니는 사이가 아니었어. 그렇잖아, 동아리도 다르고, 취미 같은 것도 완전 다른데."

구도의 시선이 나를 비껴갔다. 손에 든 커피잔을 내려다보면서, 망설이듯 두세 번 입술을 깨문 후 나지막이 말했다.

"사실은 나 올봄에—연휴 때, 아주 잠깐이지만, 시마자키랑 사귄 적이 있어."

19

전혀 예상 못했던 얘기는 아니었다. 그뿐인가, 어렴풋하게나마 줄곧 두려워하던 한마디였다.

그런데도 나는 역시 혼란스러웠다. 발아래 펼쳐진, 끝이 보이지 않는 절벽 밑으로 소리도 없이 훅 떨어져내리는 느낌이었다. 떨어지면서 셔츠 소맷자락이 바람에 펄럭이는 것까지 느낄 수 있었다.

그런데 정신을 차리고 보니 내 셔츠의—오늘 데이트를 위해 새로 산 플란넬 재질의 밝은 체크무늬—소맷자락은 전혀 펄럭이지 않았고, 절벽 끝에 서 있지도 않았으며, 바로 옆에는 심각한 표정을 지은 구도가 앉아서, 기분 탓인지 모르지만 걱정스럽게 나를 바라보고 있었다.

"시마자키랑 사귄 적이 있어. 아주 잠깐이지만."

그애가 같은 말을 반복했다. 다만, 아까와는 어순이 반대였다. 단 일 초일지라도 나중에 한 말이 더 가슴에 남는다. 아주 잠깐이지만. 그 말이 나를 위로해주었다.

"그럴지도 모른다고 생각해본 적은 있어."

어떻게 그럴 수 있었는지 모르겠지만, 나는 더없이 태연한 투로 그렇게 말했다.

"정말?" 구도가 눈을 깜박거렸다. "눈치챘어?"

"눈치채고 말고 할 수준은 아니고. 왠지 모르게 느낀 정도야."

구도의 시선이 내 얼굴에서 비껴나 대학생쯤 되어 보이는 옆 테이블 커플 쪽으로 향했다. 그들은 손을 맞잡고, 테이블 위에서 얼굴을 맞대듯이 바짝 붙이고 대화하고 있었다.

"1학기 때, 내 자리가 시마자키랑 가까웠잖아."

구도가 시선을 그대로 두고 꼭 노래하는 듯한 투로 말했다.

"응, 기억나. 그래서 시마자키가 부러웠어."

우리 반은 남학생보다 여학생 수가 더 많다. 그래서 1학기 때 이름순으로 자리를 배정했을 때, '가' 행인 구도 옆에 '사' 행인 시마자키가 앉았던 것이다. '아' 행인 나는 구도보다 세 줄이나 앞이라 얼굴을 보려면 늘 몸을 크게 돌려야 했다.*

"시마자키랑은 처음부터 얘기를 많이 한 편이야. 무슨 특별한 얘기는 아니고, 오늘은 좀 춥다거나 선생님이 늦는다거나—"

가까이 있으면 좋은 점이 바로 그렇게 사소한 대화를 할 기회가 생긴다는 것이다.

"그러다가 점점 요즘 읽는 책이나 동아리 활동이나, 이런저런 얘기를 하게 됐고……"

구도는 여전히 대학생 커플을 바라보고 있었다. 내 얼굴을 보지 않은 채 망설이듯 입술을 축이더니 말했다.

"시마자키랑 얘기하면 항상 참 즐거웠어."

* 일본어 가나의 자음은 '아' '가' '사' 순이다.

나는 또다시 발밑의 절벽에서 얼어붙을 듯한 바람이 솟구쳐오르는 것을 느꼈다. 무심코 커피잔을 꽉 쥐었다.

"시마자키는 똑똑한 애를 좋아해."

내가 말하자 구도는 그제야 고개를 돌리며 나를 보았다. 하지만 이번에는 내가 시선을 떨어뜨렸다.

"그 녀석, 여자 얘기는 거의 안 하는 편이야. 어떤 타입이 좋다는 얘기도 안 해. 그런데 딱 한 번 이런 말을 한 적이 있어. '난 똑똑한 애를 좋아하나봐. 영리한 애가 아니라 똑똑한 애'라고."

구도가 후훗 웃었다. 웃어준 덕분에 간신히 그애의 눈을 쳐다볼 수 있었다.

"난 시마자키처럼 성적이 좋진 않아."

"그런 의미로 똑똑하다는 게 아냐. 나도 표현은 잘 못하겠어. 느낌으로는 알 것 같은데. 똑똑해도 성적은 안 좋은 애도 있어. 영리하지만—총명하지 않을 수도 있고."

시마자키가 말했을 때는 나도 그 의미를 충분히 이해했다. 그런데 막상 내 입으로 말해보니 그저 그런 말장난처럼 들리고 말았다. 그게 너무 한심스러웠다.

"어쨌든 시마자키는 네가 똑똑하다는 걸 안 거야. 그러니 걔도 너랑 얘기하는 게 즐거웠겠지."

거슬러올라가 그 무렵의 나는 어땠을까 떠올려봤다. 구도를 의식하긴 했다. 당연히! 매일 신경을 썼다. 1학기가 끝나고, 1학년

생활이 자리잡은 후, 그래, 여름방학이 가까워지면 말을 걸어보자는 생각도 했다. 그때까지 시마자키가 구도랑 너무 친해지면 곤란하겠다는 생각도 했다.

반면 마음속으로 막연하게, 아무런 근거 없이, 나보다 먼저 시마자키에게 여자친구가 생길 리는 없다는 생각도 했다. 나는 축구부고 그애는 장기부다. 다른 건 몰라도 여자애들에게는 상당히 중요한 요소다. 현실을 직시한다면, 50미터 달리기 기록에서나 멀리뛰기에서나 체육시간에 내가 시마자키를 이긴 적은 한 번도 없었다. 그런데도 여자애들한테는 그런 '진실'보다는 운동부냐 문화부냐 하는 '사실'이 더 크게 어필할 거라고 생각했다.

그리고 무엇보다 당시에는, 시마자키와 내가 공교롭게 같은 사람을 좋아하게 되는 사태를 전혀 예상도 못했다.

그런데 현실은 어떤가? 장마가 끝나기도 전에 나는 개인적인 사건에 휘말려 한때는 학교에 가기도 힘들었고, 여름방학에도 사건 해결에 매달리느라, 구도를 향한 감정을 마음속 코인로커에 맡겨둔 상태로 2학기를 맞았다—

그리고 지금 여기 앉아 있다.

"시마자키랑 사귄 게 5월 연휴 무렵이었다고 했지?"

"응." 구도가 고개를 끄덕이고, 또다시 후훗 웃었다. "시마자키가 말했어. '신문 영업사원이 무료 영화표를 줬어. 두 장인데, 어떡할까?'라고."

가족끼리 보기 좋은 코미디영화였다고 한다. 황금연휴를 겨냥해 내놓은 영화다. 제목을 들으니 생각났다. 최근에 그 영화가 비디오로 출시돼서 대여점에 들어왔을 때 일이.

나와 시마자키는 가끔 돈을 모아 대여점에 가서 비디오를 빌리고 둘 중 하나의 집에서 보곤 한다. 대개는 극장에서 보지 못한 신작을 빌린다. 그래서 그때 나는 신작 매대에서 그 비디오를 골랐다. 그러자 시마자키가 말했다.

"그건 재미없을 것 같은데 보지 말자."

재미있고 없고가 문제가 아니라. 이미 봐서 그런 거잖아.

"그래서 같이 영화 보러 갔구나."

"응." 구도가 고개를 숙였다. "그러고 나서 역 앞에 있는 맥도날드에서 점심 먹었어."

시마자키 녀석, 그때는 나한테 한마디도 안 했는데.

"그래서 그때 맥도날드에서 다음 약속을 했거든. 왜, 장기부에 교류 토너먼트가 있잖아?"

우리 학교에는 해마다 두 번, 같은 지역에 있는 다른 학교와 동아리 활동을 통해 교류한다는 목적으로, 운동부인 경우는 연습 경기를, 문화부인 경우는 합동 작품전이나 콘서트 등을 여는 관습이 있다. 황금연휴 직후와(그렇게 하면 연휴를 준비 기간으로 활용할 수 있으니까) 2학기 기말고사 이후, 토요일 방과후에 행사를 연다. 짝수 해에는 우리 학교, 홀수 해에는 상대 학교가 주최한다. 올해는 우리 학교가 주최측이 되는 해였다.

장기부에서는 이 행사를 다른 유파와 겨뤄보는 둘도 없는 기회로 오랜 세월 이용해왔다. 승부의 세계가 다 그럴 테지만 절대 우물 안 개구리가 되어선 안 되고, 바깥세상에 얼마만한 강자가 있는지 진검승부를 통해 실감해볼 필요가 있다는 게 장기부 선생님의 방침인 듯했다. 그런 까닭에 이 교류 토너먼트의 긴장도와 박력은 실제 명인전에 뒤지지 않을 정도다.

"시마자키가 그 토너먼트를 구경하러 오라고 초대했어. 난 장기는 전혀 모르지만……"

시마자키가 출전하잖아, 보러 갔겠지, 나는 속으로 중얼거렸다.

"그 녀석, 세지?"

봄에 열린 교류 토너먼트에서 시마자키는 줄줄이 늘어선 선배들을 제치고 당당히 우승했다. 게다가 시마자키의 승부욕에 감탄한 상대 학교 선생님이 특별 공개 대국을 열어 시마자키와 장기판을 마주하기까지 했다. 덧붙여 맞장기 승부—장기 말을 접어주지 않고 대등하게 두는 시합인데—였던 이 대국에서도 아슬아슬하긴 했지만 시마자키가 이겼다. 상대 학교 선생님은 아마추어 5단의 실력자라는 소문이 나중에 들려왔다.

그렇다, 나는 이 승부를 직접 보지는 못했다. 마침 그 시간에 축구부도 교류전을 했기 때문이다. 그런데 구도가 소속된 테니스부는 그 다음주 토요일에 교류전이 잡혀 있었다. 운동장이 좁다보니 운동부는 한 번에 모든 경기를 할 수 없다. 어쩔 수 없이 날짜가 엇갈렸다.

"그럼, 만약 내가 그때 장기부 토너먼트를 보러 갔으면 널 만났겠네."

그리고 구도가 왜 왔을까 생각하다 시마자키와 그애가 가까운 사이라고 추측할 수 있었겠지. 아무리 무뎌도 그 정도는 안다.

구도가 플라스틱컵에 든 물을 한 모금 마셨다.

"그런데 그게 마지막이야. 데이트는 두 번뿐이었어."

"진짜?"

반사적으로 한 말이지만, 구도에게 상처를 준 것 같았다.

"이런 걸로 거짓말은 안 해."

"응."

나는 바보처럼 고개를 끄덕이고, 구도를 따라 물을 마셨다. 카페에서 물이 나오는 이유를 드디어 알았다. 커피잔이 비었지만 추가 주문을 할 생각은 없고, 그런데도 왠지 허전하고 손 둘 곳이 없을 때를 위한 것이다. 만약 물컵의 존재가 없었다면, 수많은 '안 해도 좋았을 한마디'가 이 세상 카페에 넘쳐흘렀으리라.

"왜냐고 안 물어봐?"

갑자기 딱딱해진 말투로 구도가 물었다. 시선은 다시 옆자리 커플을 향했다.

"왜냐니?"

"교류 토너먼트가 왜 마지막 데이트가 됐는지, 안 물어봐?"

나는 가만있었다. 가혹한 질문이라고 생각했다. 하지만 그 가혹한 질문을 끌어낸 것이 나라는 생각도 들었다.

"차였어." 구도가 불쑥 말했다. "난 그렇게 생각해. 시마자키한테 차였다고. 그후로는 영화 보러 가자는 말도 안 했고, 교실에서도 예전처럼 대화하지 않게 됐거든. 변하지 않은 척했지만, 그래도 시마자키의 태도가 조금씩 변해갔다는 걸 알 수 있었어."

여자애들은 스스로를 일인칭으로 부르며 혀 짧은 소리를 낼 때의 눈빛이 다르다. 어느 쪽 눈빛이 남자에게 긍정적인지 알 수 있을 즈음에는 나는 이미 완전히 아저씨가 되어 있을 테고, 그 눈빛을 읽어낼 필요도 없을 것이다. 연습에 연습을 거듭해서 이제 예선 통과 기준을 넘어서는 기량을 익혔다 싶은데, 나이와 체중이 참가 규정을 벗어나버린 셈이다. 그러면 코치 말고는 다른 길이 없고, 그래서 아저씨들이란 예외 없이 설교를 좋아하는 것이다.

"너무 실망했어." 구도가 말했다. "나의 어떤 점이 잘못일까 고민했지."

"네가 장기를 몰라서일 거야, 틀림없이." 내가 말했다.

"내가 똑똑하지 못해서 시마자키를 실망시켰나 생각했어."

"네가 장기를 몰라서일 거야, 틀림없이."

"나보다 더 예쁜 애가 있어서 그런가 생각했어."

"네가 장기를 몰라서일 거야, 틀림없이."

"내 다리가 굵어서 그런가."

"네가 장기를 몰라서일 거야, 틀림없이."

"그때 뺨에 여드름이 나서인가."

"네가 장기를 몰라서일 거야, 틀림없이."

"내가—"

"네가—"

우리는 동시에 말을 끊고, 얼굴을 마주하며 웃음을 터뜨렸다.

"이젠 신경 안 써." 그애가 말했다.

"아무 생각도 안 들어. 여름방학 동안 다 잊어버렸어. 게다가 지금 생각해보면, 역시 시마자키는 나한테 너무 과분해."

"과분해?"

"응. 여러 의미에서. 머리도 너무 좋고."

나는 별로 안 좋으니까…… 그 생각을 하는데, 구도가 소리 내어 웃었다.

"좀전에 네가 한 말이 맞네. 똑똑하다는 데는 여러 의미가 있지."

하늘로 날아오르듯 내 기분이 좋아졌다. 이제 절벽은 더이상 보이지 않았다.

"매점 가볼까? 고래 엽서 사고 싶다고 했지?"

내가 말하자 구도가 "응" 하며 가볍게 일어섰다. 손을 내밀자, 받아주었다. 우리는 손을 잡았다.

테이블을 떠나는데 뒤에서 옆자리 커플이 우리를 보며 피식 웃었다. 애들 주제에 어쩌고저쩌고하는 말이 귀에 들어왔다.

히힛, 피차 마찬가지죠, 대학생 커플.

그날은 구도를 일찍 집에 바래다주고 현관 앞에서 헤어졌다. 차디찬 바람 속을 자전거로 내달리며 돌아왔다. 집에 들어가자 아빠 혼자 텔레비전을 보고 있고 마침 뉴스가 나오고 있었다. 하타야마 사건, '회사' 사건의 속보는 없었다.

조용한 밤이었다. 저녁식사 후에 게임을 시작했지만 금세 집중력이 바닥나버려서, 침대에 드러누워 멍하니 천장만 올려다보았다.

20

다음날 시작된 새로운 한 주는 그야말로 내 인생의 새로운 페이지나 다름없었다. 요란 떨긴! 하며 웃는 사람은 그 옛날 처음으로 '내 여자친구'나 '내 남자친구'가 생겼을 때의 기쁨을 싹 잊어버린 불행한 사람이다.

나는 내 좌표가 정해진 기분이었다. 더이상 점 하나가 아닌 것 같았다. 나에게서 시작해 하나의 선을 그을 수 있는 상대가 있다는 생각이 들었다.

시마자키는 평소와 다름없이 등교했고, 평소와 다름없이 따분한 표정으로 수업을 듣고, 그러면서도 척척 이해하고, 점심시간에는 낮잠까지 잤다.

그러나 역시 이상한 점이 있었다. 수업이 끝나면 장기부 부실에도 들르지 않고 가방을 챙겨서 쏜살같이 돌아가버렸다. 만약 운동부였다면 선배들한테 불려가 엄청 깨질 만한 무법 행동이었다.

나는 시마자키 아버지의 말을 떠올렸다. 여자애한테 전화가 온다는 말. 그러면 시마자키가 안절부절못한다는 말. 시마자키가 한 말도 떠올렸다. 조만간 얘기해줄 테니 당분간은 그냥 놔두라는 말.

구도의 말대로라면 시마자키가 구도한테 차인 건 아니다. 무난한 방식이긴 했지만, 시마자키가 그애를 찬 것이다. 그렇다면 지금 내가 구도랑 사귄다고 시마자키가 상처받는 건 이상하다.

나와 시마자키 사이에는 여전히 보이지 않는 벽이 있다. 그런데 그 벽은 내가 걱정하는 재질이 아닐지도 모른다. 정말로 시마자키도 나랑 같은 시기에 '사랑'에 빠졌고, 속내를 아는 동성친구는 당분간 방치해도 되겠다는 심경으로—그런 단순한 이유로 약간 멀어졌을 뿐인지도 모른다. 이러쿵저러쿵 마음 졸이는 건 이상하다, 나 혼자 너무 예민한 건 아닐까—그런 생각이 들기 시작했다.

그주 중간쯤 점심시간에 구도가 다테를 데리고 내 자리로 왔다.

"저기, 다음에 넷이서 타임존에 놀러갈까?"

'타임존'은 최근 역 앞에 생긴 게임센터다. 시간 여행을 테마로

한 가상체험 게임기가 있다고 해서 우리 사이에서 상당히 화제가 된 곳이었다.

"오후에는 붐빌 테니까 오전중에 일찍."

"좋아. 그런데 넷이라면……"

다테가 수줍어하며 말했다. "하시구치랑."

구도가 생글생글 웃었다. "밥 아저씨 가게에서 점심 먹고, 하시구치 집에 놀러갈 거야. 하시구치네 아버지가 컴퓨터를 일요일 오후에 빌려주신대."

"CD롬 게임이나 통신도 할 수 있대." 다테가 덧붙였다.

참으로 건전한 더블데이트군.

그 자리에서 날짜와 시간까지 결정이 났다. 다음주 일요일 오전 열시 집합. 수업이 끝나고 동아리 활동 가려고 복도를 걷다가 선 채로 얘기를 나누는 구도와 다테 옆을 지나는데, 둘은 그날 입을 옷을 사러 쇼핑몰에 갈 계획을 세우고 있었다.

그날 밤, 구도에게 전화하면서 놀리자 그애는 크게 웃으며 말했다.

"여자들 대화 엿들으면 미움받아."

나나 구도는 혼자 쓰는 전용 전화 같은 건 없었다. 그래도 각자의 방에 무선전화기가 있어서, 미리 시간을 정해두면 몇 분 정도는 안심하고 서로의 목소리를 들을 수 있었다.

매일 밤 잠깐이라도 구도와 통화하는 게 습관이 되어버린 나는 축구부 합숙 때는 어쩌나 생각하며 수화기를 내려놓았다.

그러다 곧바로 다시 수화기를 들었다. 오랜만에 시마자키에게 전화를 걸어보자.

이번에는 바로 연결되었다. 신호가 채 한 번도 가기 전에 녀석이 전화를 받았다. 마치 전화기 옆에서 기다린 것 같았다.

"계속 행방불명이던데." 내가 말하자 시마자키가 웃었다.

"학교에서 만났잖아."

"그런 뜻이 아니야."

나는 짧게 다음주 일요일 계획을 얘기했다. 물론 시마자키에게 같이 가자고 하지는 않았다. 말해도 올 리 없다는 건 알고 있었다. 하지만 아무 말 없이 더블데이트를 하기는 싫었다.

"오……" 시마자키가 반가운 듯이 말했다. "그렇구나, 다테랑 하시구치가 잘 풀리는 거네."

"몰랐어?"

"알긴 했지. 하시구치가 다테한테 편지를 썼다는 말은 들었어."

나는 그건 몰랐다.

"다테는 좋은 애잖아. 잘됐네."

그러고 보니 시마자키는 다테와도 친하다. 생각해보면 이상한 녀석이다. 여자애들이랑 상당히 잘 어울린다.

그렇다면, 구도와의 관계도 시마자키 쪽에서는 찼느니 차였느니 하는 차원으로 여기지 않았을지도 모른다.

그러고 보니 다테도 말하지 않았던가. '그렇게 비교하는 건 구짱한테도 시마자키한테도 실례야.'

그런 생각에 입이 가벼워졌다.

"넌 여자친구랑 잘되고 있냐?"

시마자키가 잠깐 말문이 막혔다. 순간 가슴이 덜컥했다. 그런데 곧바로 활기찬 목소리가 들렸다.

"난 너만큼 푹 빠지진 않았으니까."

그러더니 갑자기 연극 대사 읊조리듯 목소리를 낮췄다.

"낙양성의 화려한 꽃, 등지고 돌아가누나."*

뭔 말인지 전혀 모르겠다.

"너란 놈은 정말 징그러워."

시마자키가 하하하 웃으며 전화를 끊었다. 밝다. 역시 정말로 여자친구가 생긴 것이다—아마도, 틀림없이.

약간의 의문은 남았지만 행복한 기분에 젖어 있는데, 다음날 어처구니없는 뉴스가 들어왔다.

"이모 집에 도둑이 들었대."

구도가 숨을 헐떡이며 그 소식을 알려준 것은 아직 1교시도 시작하기 전이었다.

* 일본 전국시대의 무장 나오에 가네쓰구가 쓴 한시의 한 구절.

"도둑이라니?"

"어젯밤에 모두 자고 있는데. 이모부가 깨서 불을 켰더니 허둥지둥 도망쳤대."

"다친 사람은 없고?"

"응. 그런데 이상해. 뒤진 곳이 아키코 언니가 쓰던 방—아니, 아키코 언니의 짐을 모아둔 방뿐이었다는 거야."

느낌이 왔다. '회사'의 잔당이다. 문제의 고객 명단을 찾는 것이다.

패대구리 씨가 엄중하게 오프더레코드로 알려준 이 극비사항을 언론과 대중은 아직 모른다. 그래서 구도와 나의 대화도 훨씬 비밀스러워졌다.

"그걸 찾았던 거지?"

"아마도. 다무라 경위님이 바로 달려와서 경비를 강화하겠다고 약속했대."

"너희 집에도 왔어?"

"경위님? 아니, 안 왔어. 우리집은 '회사'에 알려지진 않았으니 괜찮을 거래. 그래도 문단속은 철저히 해."

"그래야지. 아무튼 불안하겠네. 경찰이 빨리 대처해줘야 할 텐데."

"무서워."

교단 쪽에서 "구도, 자리에 앉아" 하는 목소리가 들렸다. 1교시

영어선생님이 들어와 있었다. 구도는 혀를 쏙 내밀고 서둘러 자리에 앉았다. 영어선생님이 놀란 눈으로 그 모습을 지켜보았다.

지금까지 단 한 번도 선생님에게 주의를 받아본 적이 없는 구도다. 군자표변, 소녀도 마찬가지다.

그날 학교에서는 비밀리에 얘기하기 힘들어서 밤에 시마자키에게 전화를 걸었다. 사건은 끝났지만, '회사'는 아직 살아 있다. 내가 걱정하는 건 하타야마 요시오였다. 그 사람은 안전할까? 다무라 경위님에게 얘기하는 게 좋을까? 고민에 고민을 거듭하다 역시 시마자키와 상의해야겠다 싶어진 것이다.

그런데 시마자키는 집에 없었다. 방에 있는 줄 알았는데 없다고 했다. 자전거도 없다고 했다.

"그 녀석, 또 지붕을 타고 몰래 나갔네." 아주머니가 화를 냈다.

어라. 나는 생각했다. 지붕을 타고 몰래 나가서 여자친구를 만나려는 걸까?

"혹시 비디오대여점에 갔나? 오늘밤 저도 간다고 했거든요" 하는 말로 아주머니를 진정시키고 뒤이어 물어보았다.

"시마자키가 지난주 일요일에도 외출했나요?"

"요즘은 일요일에 집에 있는 꼴을 못 봤다."

다시 한번 어라, 싶었다. 아주머니에게 말했다.

"그럼, 보나마나 데이트예요."

"데이트?" 아주머니의 목소리가 뒤집혔다.

아주머니에게는 미안하지만, 나는 기분이 좋아졌다. 나도 갑자기 여자친구 목소리가 듣고 싶어졌다. 그래서 구도에게 전화를 걸었는데, 목소리만으로는 부족해서 "오 분만 기다려" 해놓고 집에서 튀어나와 자전거에 올라탔다. 어디 가느냐 묻는 엄마에게는 "편의점!"이라고 대답했다. 거짓말은 아니다. 구도네 집 앞 편의점에서 전화를 걸 테니까.

칠 분 후, 나는 공중전화 수화기를 들고 창가를 올려다보고 있었다. 추울 텐데도 그애는 창문을 열고 나에게 얼굴을 보여주었다.

집으로 돌아가는 길, 어차피 나온 김에—사실 그런 의식조차 없이 내 자전거는 시마자키 집 쪽으로 향했다. 어쩌면 들어왔을지도 모른다. 창문 너머로 아주머니의 분노의 폭탄을 피해 달아나는 시마자키가 보일지도 모른다고 생각했다.

모퉁이를 한 번 돌아 전봇대를 두 개 셌다. 다음 모퉁이, 주민자치회 게시판 앞에서 꺾으면 시마자키 이발소 앞이다—

그때 문득 기척을 느끼고 자전거를 멈췄다. 속도를 내지 않았던 게 다행이었다.

시마자키 이발소 앞에 사람이 서 있었다. 말소리가 들린다. 가로등 불빛 아래 드리워진 긴 그림자 두 개.

"최대한 조심하고……"

작은 목소리로 말하고 있는 사람은 시마자키였다.

나는 자전거를 게시판 옆에 세우고, 발소리를 죽이고 숨까지 멈추고, 모퉁이로 슬며시 고개를 내밀어보았다.

시마자키 이발소 앞에 시마자키와 늘씬한 여자아이 하나가 서 있었다. 겨자색 재킷에 청바지. 가슴까지 내려오는 머리를 깔끔하게 땋았다. 제법 예뻤다—

게다가 어디선가 본 적 있는 얼굴이었다.

21

두 사람은 아주 가깝게, 거의 딱 붙어 있었다. 구도랑 나도 저렇게 근접 조우하게 된 건 극히 최근인데, 하는 생각이 들었다.

저 아이가 시마자키의 여자친구인가. 시마자키 녀석, 저렇게 예쁜 애를 잡다니. 그건 그렇고 저애 얼굴이 낯설지 않은 까닭은 뭘까? 어디서 만난 적이 있나?

두 사람은 얼굴을 가까이 붙이고, 무슨 얘기를 나누고 있었다. 나는 숨을 죽이고 다시 한 발짝 나아갔다. 가로등 아래 심각한 표정을 짓고 있는 시마자키의 얼굴이 보였다. 반짝반짝 빛나는 여자아이의 눈동자도 보였다.

"아무래도 무서워서 잠을 잘 못 자." 여자아이가 말했다.

"당연해." 시마자키가 말을 받았다. 한 번도 들어본 적 없는 다정한 말투였다. 구도를 위로할 때조차 이렇게 말한 적은 없었다.

"하지만 걱정할 거 없어. 너에 관해서는 아무도 모르고, 나머지는 우리한테 맡겨두면 돼."

나는 움찔했다.

우리? 우리라는 게 대체 누구지?

적어도 그 '우리'에 나는 포함되지 않는다. 들어 있지 않다. 왜냐하면 난 아무것도 모르니까. 알려주지 않았으니까.

갑자기 발밑이 휘청거리는 기분이 들었다. 내가 모르는 곳에서 시마자키가 뭔가를 하고 있다—그리고 의도적으로 나에게 뭔가를 숨기고 있다. 내가 시마자키만큼 예리하지 못해서 못 보는 게 아니라, 명백하게 배제되었다.

여자애가 다시 말을 이었다. "다음주 일요일 밤이라고 했지?"

잠깐 망설인 시마자키가 고개를 끄덕였다. "응."

"정말 괜찮아?"

여자애의 말끝이 떨렸다. 시마자키가 다독이듯 미소 지었다.

"괜찮아. 걱정하지 마."

야, 대체 무슨 얘길 하는 거야?

다음주 일요일이라면 우리의 더블데이트 날이다. 그런데 이 두 사람은 그 얘기를 하는 것 같지는 않다.

나는 전혀 알 수 없었다. 이런 적은 지금껏 한 번도 없었다. 어떻게 이럴 수가 있지?

내가 머릿속 소용돌이에 휘말려 있는 동안, 두 사람의 얘기가 끝났다. 여자애가 자전거에 올라탔다. 나는 흠칫 놀라 다시 귀기울였다.

"잘 자. 조심해서 가고." 시마자키가 말했다.

"잘 자." 여자애가 인사를 건넸다. 페달을 밟으려다 문득 발을 멈추고, 한쪽 발을 땅에 짚고 자전거를 지탱한 채 시마자키를 돌아보았다.

"시마자키."

"응?"

"여러 가지로 고마워."

그러고는 재빨리 페달을 힘껏 밟으며 달리기 시작했다. 좌르륵 소리를 내며 바큇살이 돌았다. 자전거가 내가 숨어 있는 모퉁이 쪽으로 다가왔다. 나는 허둥지둥 내 자전거로 돌아가 타이어 옆에 쪼그려 앉아서, 펑크난 곳을 수리하는 척 서툰 연기를 했다.

내가 타이어 옆에 무릎을 꿇은 직후에 여자아이의 자전거가 바람처럼 옆을 스쳐지나갔다. 나는 고개를 들고 그 모습을 배웅했다. 날 알아챘는지 어쨌는지, 그애는 앞을 똑바로 본 채 밤바람에 앞머리를 휘날리며 달려갔다.

스쳐가는 순간, 머리 바로 위에 있는 가로등 불빛을 받고 그애 귓가에서 뭔가가 반짝였다. 아주 작은 빛이었다. 귀가 아니라 눈 쪽이었다면 눈물이라고 여겼을 정도다.

다시 한번 조심스럽게 상황을 살피고, 아무 소리 없는 것을 확인한 후 모퉁이 쪽으로 돌아갔다. 시마자키는 아직 그 자리에 있었다. 아까와 똑같은 자세로 여자아이가 달려간 방향을 보며 우두커니 서 있었다.

푸르께한 가로등 불빛에 비친 그 얼굴에는 엄숙하다고 해도 좋을 만큼 냉엄한 표정이 어려 있었다. 방금까지 예쁜 여자애와 단둘이 얘기를 나눴다고 볼 수 없을 정도로 어두웠다. 조금 전 나눈 대화가 자신이 원치 않는 갑작스러운 이별 이야기였대도, 그렇다고 쳐도 그 얼굴은 너무나 어두웠다. 누군가에게 웃음을 도둑맞아버린 것처럼. 마음이 산산이 부서져버린 것처럼. 세상에서 단 한 사람, 이 밤이 절대 아침을 맞을 수 없다는 걸 알고 있는 현자처럼.

그 얼굴을 보지 않았다면 나는 말을 걸었을 것이다. 야, 방금 저 애가 네 여자친구지? 무슨 얘기를 했어? 하고 물었을 것이다.

하지만 그럴 수 없었다. 다리가 움직이지 않았고, 목소리도 나오지 않았다.

이윽고 시마자키는 몸을 빙글 돌려 집안으로 들어갔다. 그의 모습이 사라진 후 현관 앞까지 가보았다. 분명히 낯익은, 수없이 아래를 지나쳤을 '시마자키 이발소'라는 간판조차 서먹서먹하게 느껴졌다.

그 여자아이는 누굴까?

그애와 시마자키는 무슨 얘기를 나눴을까?

'우리'라는 말에는 누가 포함되어 있을까?

시마자키는 왜 그토록 험악한 표정을 지었을까?

다음주 일요일 밤에 무슨 일이 있는 걸까?

이런 의문들과 관련해 확실한 사실은 딱 하나다. 내가 시마자키에게 질문해도 절대로 대답해주지 않으리라는 것. 내 힘으로 파헤치는 것 말고는 다른 방법이 없다.

그날 밤, 나는 침대에 누워 머리를 싸매고 고민했다. 이 일에 관해서는 다른 누구에게도 말하고 싶지 않았고, 끌어들이고 싶지 않았다. 여자아이의 말투로 보아, 앞으로 닥쳐올 상황에서 위험한 냄새가 풍겼기 때문이다.

이 얘기를 구도나 다테에게 알려서 괜한 걱정을 끼치고 싶지는 않다. 특히 구도가 시마자키 일로 깊이 생각하는 건 싫다. 나 혼자 모든 걸 처리해야 한다.

다음주 일요일 밤. 문제는 그것이다. 시마자키는 어디서 뭘 할 생각일까?

그나마 다행인 것이 하나 있다. '밤'이라는 시간대가 확실하다는 점이다. 낮에는 구도와 아이들과 놀고, 저녁에 일단 집으로 갔다가 시마자키 집에서 공부한다며 다시 나오면 된다. 그리고 이발소가 보이는 곳에서 잠복했다가 미행하는 것이다. 시마자키라면 이번에도 어머니 눈을 피해 빨래건조대를 타고 밖으로 빠져나올

게 틀림없다. 잠복할 위치를 정하는 것은 식은 죽 먹기다.

나에게 유리한 점은 내가 알고 있다는 사실을 시마자키가 모른다는 것이다. 절대로 내 계획을 들키지 않도록 신중하게 행동해야 한다.

학교에서 시마자키의 모습은 평소와 다를 것 없었다. 수수께끼의 여자아이와 헤어진 후에 지었던, 세상의 종말을 카운트다운하고 있는 듯한 비참한 표정은 어디에 감춰놓은 걸까. 수업중에 제멋대로 유유자적하는 모습도 변함이 없고, 그러면서 시험 점수가 좋은 것도 분하지만 평소와 똑같았다. 장기부에서는 코앞으로 다가온 교류 토너먼트를 앞두고 열띤 대국을 펼치는 듯한데, 한번은 쉬는 시간에 매우 심각한 표정으로 팔짱을 끼고 있어서 뒤에서 슬쩍 들여다보니 녀석은 요네나가 명인의 책을 읽는 중이었다.

"시마자키 머릿속은 온통 장기뿐인 것 같아." 다테가 말했다. 요즘 들어 시마자키와 어울리는 시간이 줄어든 상황을 그런 식으로 해석했나보다.

"만약 시마자키가 작정하고 장기에 몰두하면 하부 명인처럼 되지 않을까." 그애가 말했다. "그럼 우리도 나중에 토크쇼 같은 데 초대받을지 몰라."

다테의 말에 웃으면서도 마음속으로는, 그것도 이번주 일요일 밤의 결과에 달렸어, 내 경우는…… 하고 중얼거렸다.

저녁에 집에 들어오니 패대구리 씨에게 전화가 왔다.

"안부전화야. 다들 잘 지내니?"

패대구리 씨의 시원시원한 목소리를 듣자마자, 시마자키가 숨기고 있는 일에 경찰도—요컨대 다무라 경위님과 패대구리 씨 라인도 얽혀 있지 않을까 하는 의문이 고개를 들었다. 좋아, 내가 먼저 상황을 떠보겠어.

"잘 지내요. 기말고사랑 교류 토너먼트가 코앞이라 바빠요."

"교류 토너먼트라는 게 뭐야?"

패대구리 씨에게 설명하는 동안 어떻게 찔러볼까 머리를 굴렸다.

"어머, 그거 좋네. 재밌어 보인다."

"뭐, 그렇죠. 그나저나 사건 쪽은 어때요? 그 고객 명단은 찾아냈어요? 언론에는 아직 안 새어나간 것 같던데."

신문도 텔레비전도 이제 '회사'와 모리타 아키코 살인사건을 전혀 다루지 않았다. 둘 다 그들에게는 이미 끝난 사건이리라.

"농담 아니고, 이게 외부로 새어나가면 진짜 큰일나." 패대구리 씨가 꽤나 진지한 말투로 말했다. "너한테서 비밀이 누설되지 않게 조심해."

"알고 있어요. 믿으세요."

"그럼 다행이고."

나는 구도에게 들었던 모리타 씨네 도둑 소동을 떠올렸다. 그 얘기를 꺼내자 패대구리 씨가 미안한 듯이 목소리를 낮추었다.

"한심한 얘기지. 피해가 없고 다친 사람도 없어서 다행이야. 우리도 감시는 했지만 설마 정말로 모리타 씨 집을 노릴 줄은 상상도 못했거든."

"'회사' 잔당이 궁지에 몰렸다고 할까, 무슨 수를 써서든 명단을 되찾고 싶은 거겠죠."

머릿속에 하타야마 요시오의 얼굴이 떠올랐다. 야키소바빵을 입안 가득 욱여넣고 울먹거리던 얼굴. 역 앞에서 헤어질 때의 뒷모습. 그는 괜찮을까? '회사'의 잔당이 그의 소재를 캐내려고 혈안이 되지 않았을까?

"하타야마 미노루한테는 아버지가 있었죠?"

나는 못 말리게 솔직한 인간이라 무심결에 입 밖에 내고 말았다.

"하타야마 미노루가 아키코 씨를 살해한 후—죽이기 전이라도 상관없고—명단을 아버지에게 건네줬을 가능성은 없을까요?"

"이상할 건 없지. 보관해달라고 했을지도." 패대구리 씨가 말했다. "그런데 두 사람이 연락을 주고받은—하타야마가 아버지의 거처를 알고 있었던 흔적은 현재까지는 밝혀지지 않았어. 가택수색에서도 그럴 만한 낌새가 없었고."

오쿠보역 근처에서 마주쳤을 때, 하타야마 요시오는 '미노루는 나를 집안에 들이지는 않았다'고 했다……

"그리고 하타야마의 아버지가 명단을 갖고 있다 해도, 안타깝지만 우리가 현재 그의 소재를 파악하지 못했거든."

"주소 불명 무직자라는 건가요?"

"그럴지도 모르고 그렇지 않을지도 몰라. 이름을 바꿨을지도 모르고."

그렇다면 내가 우연히 하타야마 요시오와 마주친 건 엄청난 행운이었다—

그런 생각이 든 순간, 시마자키의 비밀에 하타야마의 아버지가 얽혀 있지 않을까 하는 생각이 아무 맥락도 없이 떠올랐다. 그러나 거의 억측에 가까운 의심이라 바로 생각을 고쳤다. 내가 하타야마 요시오와 우연히 마주친 것은 온전히 행운이다. 똑같은 행운이 시마자키에게도 찾아가지 않는 한, 불가능하다. 그런 우연이 쉽게 찾아올 리 없다.

"패대구리 씨, 최근에 제 친구들 중 누구랑 만난 적 있어요?"

능수능란하게 속을 떠보는 방법에 대한 지침서가 있다면 무슨 수를 써서든 손에 넣고 싶다. 나에게는 뻔하디뻔한 질문밖에 방법이 없었다.

"아무도 안 만났어. 그러니까 이렇게 전화하지. 무슨 일 있니?"

패대구리 씨가 약간 의아해하는 목소리로 물었다. 오히려 내가 탐문을 받는 꼴이다.

"아뇨. 그냥 아까 말했듯이 요즘은 각자 바빠서 여유 있게 얼굴을 볼 시간이 거의 없거든요."

"가끔은 그런 시간을 가져도 좋잖니?" 패대구리 씨가 웃었다.

"그렇죠…… 그리고 하나만 더요."

막 떠오른 듯한 질문, 조금 전의 질문을 빨리 잊어버리게 하기 위한 연막작전인 셈이다.

"생각해보면 좀 이상해서요. '회사'의 잔당은 왜 이제 와서 그렇게 필사적으로 고객 명단을 찾으려는 걸까요? 되찾아봤자 조직은 이제 원래로 돌아갈 수 없잖아요?"

뜻밖에도 이것은 패대구리 씨에게 매우 뼈아픈 질문이었던 것 같다.

"으음" 하며 대수롭지 않게 생각에 잠기는 척했지만, 나는 알 수 있었다. 패대구리 씨는 반응 속도가 매우 빠르다. '모른다'거나 '아직 파악하지 못했다'는 대답이라도 마치 테니스선수가 리턴샷을 날리듯이 한다. 대답이 늦어지는 것은 대답할 수 있지만 대답하고 싶지 않은 질문이 날아왔을 때뿐이다.

가슴이 두근거렸다. 나는 무엇을 끄집어내려는 것일까?

"상상에 맡기겠다는 말밖에 할 수 없겠네." 결국 그렇게 말했다. 별로 유쾌하진 않은 말투였다. "그렇게 어려운 수수께끼는 아니야. 추잡스럽지만 드문 얘기는 아니지, 요즘 같은 때, 특히 이런 종류의 범죄에서는."

"아하, 그렇군요."

알 듯 모를 듯 애매하게 전화를 끊은 나는 한동안 생각에 잠겼다. 저녁을 먹는 동안에도 줄곧 생각했다. 씻고 나와서 "숙제해야돼" 하며 내 방으로 들어온 후에도 계속해서 머리를 굴려보았다.

그리고 결국 전화기로 손을 뻗었다. 시마자키의 의견을 들어보기로 한 것이다.

이런 화제는 문제없을 것 같았다. 패대구리 씨에게 안부전화가 왔었다는 내용뿐이다. 게다가 패대구리 씨가 '어렵지는 않다'고 표현한 수수께끼를 풀지 못한 상태에서는 책상에 앉을 수도, 잠을 이룰 수도 없을 것 같았다.

또하나, 머리 한구석에서는 마지막 기회를 잡고 싶었던 것이다. 통화하는 동안 시마자키 쪽에서 먼저 "사실은 어쩌다보니 얘기할 기회를 놓쳤는데, 내가 요즘에—" 하며 숨기고 있던 비밀을 털어놔주지 않을까 하는 기대가 있었다. 내가 굳이 캐내려 들지 않아도 시마자키와 나의 연결고리에 피가 돌면서 저절로 움직여주지 않을까 하는 기대 말이다.

패대구리 씨가 남긴 수수께끼에 대해 시마자키는 더없이 간단하게 이렇게 말했다.

"고객 명단에 마음만 먹으면 '회사' 관련 수사에 영향을 줄 만한 이름이 있는 거겠지."

"뭐? 그게 무슨 뜻이야?"

"정계나 재계, 최악의 경우 경찰 간부의 이름이 '회사'의 고객 명단에 실려 있을 거라는 말이야. '회사' 쪽에서는 영업 당시 이것만 자기들이 확실하게 쥐고 있으면 유사시에 외부 수사 등에 압력을 행사할 수 있다—뭐 그런 환상을 품고 있었던 거 아닐까? 그러니까 현장 단속 때 제일 먼저 명단을 없애버렸을 테고, 지금도 잔당들은 그 환상을 지키기 위해 날뛰는 거지."

"그건…… 엄청난 일 아닌가?"

미성년자 성매매 사건이다. '회사'의 생각대로 심각한 스캔들이며, 압력을 행사할 만한 충분한 자료가 된다.

그런데도 시마자키는 태평하게 웃었다.

"십 년 전쯤이면 그랬겠지. 하지만 지금은 달라. 정계, 재계, 예를 들면 경찰 같은 조직 내부에도 어처구니없을 정도로 부정부패가 만연하다는 걸 우리는 이미 잘 알고 있어. 새로운 사건 하나가 터졌다고 해서 그렇게 놀라진 않아. 잠깐 시끄럽긴 하겠지만, 위신이 흔들릴 정도는 아니야. 이젠 그런 시대가 아니니까."

"그런가……"

"패대구리 씨도 '추잡스럽지만 요즘엔 드문 얘기도 아니다'라고 했다며? 만약 체포된 '회사' 일당이 조사실 형사한테 '우리 고객 중에 정부 고위 공직자가 있다, 공개되면 곤란할 것이다'라고 말했다고 치자. 경찰은 오히려 크게 기뻐할걸. 그게 경찰 간부의 이름이라도 굳이 감추려 들진 않을 것 같은데. 끝까지 감출 수 없다는 것도 다들 잘 알고 있을 테고."

"하지만 드라마 같은 데서는 비밀을 쥔 사람을 입막음하려고 죽이기도 하잖아."

"그건 드라마니까. 요즘 세상에는 한 사람 죽인다고 완벽하게 묻을 수 있는 수수께끼 같은 건 존재하지 않아. 그만큼 사회가 복잡해졌어. 예를 들어 말인데, 만약 문제의 그 명단에 경시총감의 이름이 있다고 치자."

식은땀이 솟았다. "경시총감은 너무 심하지. 다무라 경위님 정도로 타협하자."

시마자키가 크게 웃어젖혔다. "그러면 너무 시시하잖아. 그냥 총감으로 가자. 어쨌든 '회사' 일당이 담당 형사한테 그 사실을 밝히면서 '우리를 잘못 다뤘다간 이러니저러니' 협박하겠지. '증거 명단은 체포를 피해 몸을 숨기고 있는 우리 동료가 가지고 있다'는 식으로."

"경찰은 당황스럽겠네."

"현재 경시총감한테 줄을 서고 있는 무리는 당황하겠지. 그래서 실제로 현장의 형사나 수사본부에 압력을 가할지도 몰라."

"응, 그렇겠지."

"그러면 어떻게 될까? 열받은 현장 형사 중 하나둘쯤은 자기를 늘 쫓아다니는 신문기자한테 홧김에 털어놓을지 몰라. 사실은 말이죠—하면서. 매스컴은 매스컴대로 신바람이 나서 사실관계를 조사할 테고. 경찰 수사가 용두사미로 끝난다 해도 매스컴은 계속 움직일 거야. 한 달만 지나면 그들은 실제로 경시총감을 상대했던 여자의 신원까지 밝혀낼걸. 그렇게 되면 사실을 폭로하는 데 그리 오랜 시간이 걸리지 않아. 결국 압력을 행사해봤자 헛수고인 거지."

"그럼, 그 형사가 살해당하거나 하진 않을까? 신문기자도."

"살해당하진 않아. 뭐, 일부 사람들한테는 미움을 사겠지. 하지만 반대로 틈만 나면 지금의 경시총감을 밀어내려고 했던 사람들에게는 환영받을걸."

그런가. 이건 과연 기뻐해야 할 일일까, 슬퍼해야 할 일일까.

"언젠가 다무라 경위님도 말했잖아." 시마자키의 말투가 진지해졌다. "큰 전환점이 록히드 사건*이었다고. 그 사건 이후로 일본에서는 진정한 의미의 음모나 사회의 어두운 이면 같은 것이 사라졌다고. 물론 지금도 조직 내부에서는 추잡하고 파렴치한 일들이 벌어지겠지. 하지만 어떤 계기가 생기고 수사하는 측이 마음만 먹으면, 혹은 여론이 들끓게 되면 어느 정도 폭로할 수 있게 됐어. 그만큼 세상의 구조가 복잡해졌다는 뜻이기도 하고, 좋은 의미에서든 나쁜 의미에서든 이 나라에서 '절대권력'이 사라졌다는 증거지."

어렵다. 시마자키와 경위님은 내가 없는 데서 이런 대화를 나눴나.

---

* 미국의 군수업체 록히드사가 일본의 고관에게 뇌물을 준 사건.

나의 감탄은 아랑곳 않고 시마자키가 말을 이었다. "경위님이 말했어. 지금은 모든 범죄가 개개인 마음의 문제가 되었다고. 옛날에는 눈에 보이지 않는 사회 상층부의 권력이 쥐고 있던 시커먼 부분이, 지금은 갈가리 분해돼서 국민 한 사람 한 사람의 마음속 깊이 들어가버렸대. 그래서 이따금 문득 허무해진대. 우리는 과연 무엇을 상대로 싸우고 있나 싶어서. 옛날처럼 마땅히 무찔러야 할 '거대한 적'이 사라져버렸으니 말이야. 예를 들어 최근의 뇌물 수수 사건만 해도 그렇잖아."

어렴풋이 알 것 같긴 한데.

"수사에 압력이 가해질 만한 사건이나, 실제로 조직의 벽에 부딪혀 수사를 포기해야 하는 사건은 이제 거의 존재하지 않아. 그것과 교대하듯이 경찰 앞을 가로막은 것은 도무지 해석할 길이 없는, 개인의 마음속에서만 동기가 해명되는 일시적이고 충동적인 범죄라고 해. 여자나 아이를 납치해서 죽이는 범죄. 아무 원한도 없는, 그냥 길 가는 사람을 잔인하게 폭행해서 죽이고 내버리는 식의 범죄 말이야."

목덜미가 서늘해졌다.

"이해할 수 없다, 어떻게 수사해야 할지 모르겠다, 경위님은 그렇게 말했어. 범인을 잡아 검찰청으로 넘기고 기소되고 판결이 내려져도 여전히 경위님한테는 그 범인의 얼굴이 보이지 않고, 범죄의 윤곽도 뚜렷이 잡히지 않는대. 그런 범죄는 모두, 그것을 저지른 인간 내면의 문제이기 때문이야. 나라를 뒤흔드는 음모나 사회를 구성하며 비롯된 불공평과 빈곤, 혹은 이데올로기에 강한 자극을 받은 결과가 아니라, 개인의 마음속 욕망과 욕구라는, 지극히 기본적이지만 어찌 보면 외부인은 영원히 알 수 없는 것에서 비롯되었기 때문이지. 마음은 추측하거나 해석할 수는 있지만 정말로 이해하기는 불가능하다고 경위님이 말했어. 내 생각도 그래."

나는 수화기를 쥔 채 유리창에 비친 내 얼굴을 바라보았다. 묘하게 밋밋해 보였다.

"최근에 범죄를 수사하며 생각한대. 환상과 숨바꼭질을 하는 것 같다고. 붙잡아도 실체가 없다. 동기도 확실하지 않거니와 왜 피해자를 선택했는지도 알 수 없다. 옛날 같은 죄의식도 없다. 그래서 경위님은 오히려 뇌물 수수나 치정처럼 고전적인 성격의 사건을 보면, 조심스럽지 못한 말이지만, 왠지 안심이 된대. 그런 거라면 나도 알 수 있다고. 이대로 계속 이해할 수 없는 범죄가 늘어간다면—뭐, 그렇게 되겠지만—예정보다 빨리 은퇴할 것 같다고도 했어. 더이상 시대를 따라갈 수 없다고 말이야."

"불안한 말씀을 다 하시네."

"이번 '회사' 사건만 해도 그렇잖아. 패대구리 씨가 말 안 했어?"

"무슨 말?"

"'회사'에서 일했던 여자들 중 자진해서—이렇게 말하면 어폐가 있지만—결코 마지못해서가 아니라, 스스로 그 세계로 뛰어든 경우도 많대. 더욱 놀라운 건 그들 대부분은 '회사'에서 발을 빼려 하거나 반발하다 살해당한 사람이 있다는 사실을 어렴풋이 알고 있었다는 거야. 왜, 누가 화재로 죽었다고 했잖아."

경찰이 '회사'에 주목하는 계기가 된 살인사건이다.

"하지만 그 점에 그들은 거의 관심을 갖지 않았어. 자기랑은 관계없다고 생각했다고 수사관에게 말했대. 이런 일은 적당한 때가 되면 언제든 그만둘 거고, 그때까지 소동을 일으키지 않고 잘해나가면 그만이라고 생각했다고. 그리고 모리타 아키코 씨처럼 '회사'에 푹 빠져버린 사람은 '회사'가 뭘 하든 역시나 관심이 없지. 그러니 내부고발 같은 건 나올 리가 없고. 경위님이 쓴웃음을 지으면서 말했는데, 하타야마 미노루가 고객 명단을 손에 넣고 '회사'에서 빠져나오려고 한 건 요즘 세상에서 매우 보기 드문 영웅적인 행위였대. 이런 일이 있어서는 안 된다고 자각하고, 그것을 실행으로 옮길 만한 행동력까지 겸비했던 건 '회사' 내부에서 그 사람뿐이었다는 거야."

머리가 아파왔다.

"말하자면 하타야마가 모리타 아키코를 죽인 건 옛 시대의 정의감과 현대의 범죄 감각이 충돌한 결과지. 그는 '회사'를 빠져나오기 위해서가 아니라, 오히려 자기 자신의 윤리관에 비추어 아키코를 죽일 수밖에 없었던 거야. 자기 자신의 정의감을 끝까지 지키기 위해 명단을 빼돌릴 수밖에 없었지. 그리고 '회사'는 '회사'대로 그 명단만 되찾으면 아직은 재기할 희망이 있다고 생각하는 거야. 다 환상인데 말이지."

허망한 얘기다.

"또 한 가지, 경위님이 이런 말도 했어. 그럼에도 '회사'는 반드시 살아남을 거라고. 나도 동감이야. 형태를 바꾸고 규모가 작아질지는 몰라도, 해변의 모래가 바닥나지 않듯이 그런 장사에도 끝이란 없으니까. 특히 개인의 마음 차원에서 그 일에 혐오감을 느끼지 않는 공급자와, 자진해서 돈을 지불하는 소비자가 존재하는 현대 사회에서는 말이야. 그래서 경위님은 환상과 싸우는 느낌을 받는 거야. 이제는 음모도, 사회의 이면도, 암흑조직도 없어. 있는 건 개인의 마음뿐이라는 말도 그런 뜻이야."

개인의 마음 차원—그 말을 시마자키는 아주 천천히, 마치 써놓은 글을 읽듯이 중얼거렸다. 내가 알 수 없는 다른 의미가 숨겨져 있는 것처럼.

"어쩌다보니 얘기가 길어졌네." 시마자키가 어색하게 웃었다. "무슨 할말이 있었던 거 아냐?"

"할말은 방금 얘기랑 같아. 후련해졌어. 난 패대구리 씨의 말뜻을 도무지 알 수 없었거든."

"그렇군." 시마자키가 말투를 바꿨다. "너, 일요일에 데이트한다고 했지?"

나는 수화기를 고쳐 잡았다. "그래."

"구도한테는 방금 나눈 얘기는 하지 마. 듣기에 따라서는 아키코 씨가 아무 의미 없이 죽었다는 말 같을 수도 있으니까."

나는 고개를 끄덕였다. "알아. 그 정도는 나도 안다고."

실제로는 잘 알지 못했다. 구도에게 얘기할까 생각했었다.

"아, 부럽다." 시마자키가 웃었다. "난 일요일에도 장기 삼매경인데. 아무튼 재밌게 놀다 와."

부자연스러운 말투였다. 속고 있다고 나는 느꼈다.

전화를 끊은 후, 또 한동안 유리창에 비친 내 얼굴을 바라보며 자문자답을 했다. 넌 시마자키의 행동을 파헤쳐서, 그애가 숨기고 있는 걸 밝혀내려는 거야—

22

일요일.

시간이 한참 흘러서도 나는 그날을 생생히 기억할 수 있었고, 앞으로도 아마 잊지 못할 것이다.

아침에 눈을 떴을 때 맨 처음 머릿속에 떠오른 것은 오늘 구도를 만난다는 생각이었다. 그리고 이불 속에서 하품을 한 번 한 후 그뒤에 기다리고 있는 일정을 생각했다.

나는 지금까지 시마자키에게 뭔가를 숨긴 적이 몇 번 있다—대부분 내 쪽에서 감추려 해도 결국 들켜버렸지만. 시마자키가 나에게 숨긴 것도 꽤 많다—그쪽에서는 숨길 의도가 없었어도 내가 눈치채지 못한 경우까지 포함해서.

그렇지만 내가 시마자키의 행동을 감시하는 건 이번이 처음이었다. 과연 시마자키한테 들키지 않고 미행할 수 있을까. 또, 과연 그래도 될까.

그런 의문이 고개를 들 때마다 나는 이발소 앞에 서 있던 시마자키와 그 미소녀의 모습을 떠올리려 애썼다. 특히 그애와 헤어진 후 혼자 남은 시마자키의 얼굴에 드리웠던, 웃음이나 기쁨, 즐거움 같은 밝은 감정은 뿌리째 뽑혀버린 잔해와도 같던 표정을.

봐버린 이상 모른 척할 수는 없다. 그렇게 스스로를 타이르며, 아니, 억지 이유를 갖다붙이며, 나는 오늘밤의 계획에서 의미를 찾아냈다. 그런데도—일단은 더블데이트가 기다리고 있는데도 이불 밖으로 나가기가 몹시 힘들었다.

구도는 민트를 얼린 것 같은 아이스블루색 스웨터를 입고 나왔다. 요즘에 머리가 조금 길어서 어깨에 찰랑거릴 정도가 되었다. 그 머리를 양 갈래로 땋고 스웨터와 같은 색깔의 고무줄로 묶었다. 끝이 삐죽해서 굉장히 귀여웠다. 장난꾸러기 초등학생처럼 보였다.

'다테 조'—구도는 다테와 하시구치 커플을 그렇게 불렀다—는 의도인지 우연인지, 둘 다 소프트진과 두툼한 면 셔츠 위에 꽈배기무늬 카디건을 걸치고 있었다.

"커플룩이네." 구도가 놀리자 둘은 주뼛주뼛 얼굴을 마주보며 웃었다.

"십 년이든 이십 년이든 맘껏 해봐." 내가 웃었는데, '타임존'에서 여자애들이 게임기 사이를 돌아볼 때, 하시구치가 나에게만 살짝 "아까 한 말, 그대로 돌려줄게"라고 중얼거리고는, 나한테는 받아칠 틈도 안 주고 게임코인을 사러 내빼버렸다.

'밥 아저씨 가게'에서는 4인용 테이블을 둘러싸고 앉아 엄청나게 먹어댔다. 기대와 달리 다른 동급생들의 얼굴은 보이지 않았다. 축구부 선배—3학년이고, 소문에 따르면 학년에서 가장 인기가 많다는—한 명이 선명한 핫핑크색 재킷을 걸친 긴 머리 여자애와 함께 햄버거를 사러 왔을 뿐이다. 그쪽에선 우리를 알아보지 못했다.

그날을 떠올리면 내 머릿속에는 온갖 색채들이 어지럽게 날아다닌다. 구도의 스웨터 색깔, 그애의 손톱 색깔—손톱을 다듬었다고 나중에 말했다—, 밥 아저씨 가게에 장식되어 있던 종이 성조기 색깔. '타임존'의 버추얼게임기 화면 안에서 춤추던 액션게임 캐릭터의 옷 색깔. 여전사가 입은 치파오. 구도에게도 잘 어울릴 것 같다는 생각을 했다.

거리로 나오자 차가운 공기와 보도로 춤추며 떨어지는 가로수 낙엽이 깊어가는 겨울을 새삼 일깨워주었다. 발밑에서 바스락 소리를 내는 낙엽들은 밟으면 바로 부서질 만큼 바짝 말라 있었다.

선명한 은행나무 잎과 비스듬히 기운 황금빛 석양. 그것이 그날 우리가 함께한 오후의 색깔이었다.

저녁에 일단 집으로 돌아와서 간단히 식사를 마치고 겉옷을 걸치고 다시 집을 나섰다. 일곱시 반이었다. 시마자키 이발소가 문을 닫을 시간이다.

시마자키가 부모님 몰래 집에서 빠져나오려면 아무리 일러도 아홉시는 넘어야 한다. 가게를 닫은 후, 가족이 모여 식사하고, 각자 목욕하고—그 생활 패턴을 나는 우리집만큼 훤히 꿰뚫고 있다.

그래도 오늘밤은 조금 일찍 행동에 나섰다. 아무래도 '다음주 일요일 밤'이라고 말하던 시마자키의 진지한 표정이 마음에 걸렸기 때문이다. 오늘밤 시마자키가 가는 곳에 기다리고 있는 것은 평소의 생활 패턴까지 무시하게 만들 만큼 중대한 일일 것 같았다.

그런데 막상 뚜껑을 열어보니 기우였다. 내가 시마자키 이발소 앞에 도착한 시각은 오후 일곱시 사십오분. 그뒤 시마자키가 빨래건조대를 타고 빠져나올 때까지는 꼬박 한 시간 사십 분을 기다려야 했다.

빗물 홈통을 타고 아래로 내려온 시마자키는 집 뒤편 주차장으로 가서 애용하는 자전거를 밀고 나왔다. 검은색 터틀넥 스웨터에 청바지. 운동화를 신었다. 자전거를 밀면서 이발소를 오른쪽으로 돌아 다음 골목 모퉁이까지 갔고, 거기서 자전거에 올라타 달리기 시작했다. 라이트도 잊지 않고 켰다. 나는 곧장 달려가는 시마자키가 앞쪽 신호 하나를 통과할 때까지 기다린 후, 서둘러 자전거에 뛰어올라 출발했다. 나는 라이트를 켜지 않았다. 미행하는 입장이니 어쩔 수 없다. 경찰 아저씨, 죄송합니다.

어이없을 정도로 인기척이 없는 밤이었다. 일요일 밤은 늘 이런 걸까. 내일부터 다들 직장이나 학교에 가야 하니 집에 있는 걸까. 환하게 빛나는 담배나 음료수 자동판매기가 왠지 쓸쓸해 보이기까지 했다.

이렇게 조용하면 미행하기 힘든데—라고 생각할 여유조차 없을 정도로 나는 신경이 바짝 곤두서 있었다. 시마자키는 뒤돌아보지 않았고 눈치챈 기미도 없었지만, 그렇다 해도 긴장을 늦출 수 없다. 너무 가까이 다가갈 수 없는 노릇이라 나는 일정하게 한 블록 정도 거리를 유지하며 몰래 따라갔다. 그래서 시마자키가 모퉁이를 돌 때마다 뒤따라 돌고는, 앞서가는 자전거 뒤쪽 반사판을 확인할 때까지 던진 주사위의 숫자가 나오길 기다리는 서툰 노름꾼의 기분을 맛보았다. 한번 놓치면 다시 찾기 힘들 것이기에 나도 필사적이었다. 자전거 바퀴 돌아가는 소리가 귀에 거슬릴 만큼 이상하게 컸다.

시마자키의 목적지가 어디인지 짐작된 것은 십 분쯤 지나서였다. 이 코스를 거친다면 목적지는 그곳이 틀림없다—그러나 곧바로 믿기지는 않았다.

시라카와정원이다.

틀림없다. 역으로 가는 것도 아니고, 학교도 아니고, 내가 아는 친구 집도 아니다. 방금 신호를 기다렸다가 큰길을 건너 컬러타일로 포장된 통칭 '문화거리'로 들어섰다. 이렇게 오 분 정도만 가면 시라카와정원의 정문이 나온다.

그런데 이 시간에? 시라카와정원에 대체 무슨 볼일이 있는 거지?

페달을 밟으면서 혹시 정원이 아니라 근처에 있는 가게, '판피'에 가려는 건가란 생각도 해봤다. 그렇다면 그나마 이해된다. 누군가를 만날 거라면 문을 닫은 밤의 공원보다 훨씬 적절한 곳이다.

'판피'의 간판이 보이기 시작했다. 진행 방향 오른쪽. 간판이 빛나고 있다. 하지만 영업중이라서가 아니라 옆에 있는 가로등 불빛이 반사된 것뿐이었다.

시마자키는 '판피' 앞을 그냥 지나쳤다. 삼십 초 뒤 나도 지나갔다. 단 도로 반대편에서. 눈길을 돌리자 '판피'의 문은 닫혀 있고, 안쪽에 '준비중'이라는 팻말이 걸려 있었다.

시마자키는 앞으로 나아갔다. 나는 페달을 밟던 발에서 힘을 뺐다. 너무 바짝 붙어버릴 것 같아서였다.

시마자키가 시라카와정원 정문 앞에 다다랐다—여전히 자전거 모는 발을 멈추지 않았다. 아니, 멈췄다. 페달 위에 양쪽 발을 올린 채, 크게 꺾어서 정문 앞을 통과한 후, 담을 따라 왼쪽으로 돌았다.

나도 페달을 밟으며 같은 코스로 따라갔다. 속도를 낮추고, 정문 앞에서 발을 내려 바닥을 짚었다.

'폐원' 팻말이 가로등 불빛 아래 환히 떠올랐다. 나는 자전거에서 내려 부랴부랴 시마자키의 뒤를 쫓았다. 담벼락 모퉁이에서 고개를 내밀어보니 마침 반사판의 붉은빛이 멈춰 서는 순간이었다. 나는 목을 뒤로 움츠렸다.

숨을 한 번 고르고, 신중하게 다시 고개를 내밀었다.

시마자키는 땅바닥에 서 있었다. 시라카와정원의 담에 자전거를 비스듬히 세우고, 자물쇠를 채우는 중이었다.

일어서서 담을 따라 잠깐 걷다가 담을 마주보더니—홀연히 사라져버렸다.

나는 자전거를 놔두고, 담을 왼쪽에 두고 시마자키가 사라진 곳을 향해 달려갔다. 우리 키 정도면 고개를 숙이지 않고 통과할 수 있을 만한 높이의 출입구가 있었다. 안쪽으로 여는 문인 듯했다.

살며시 밀어보았다. 열렸다. 시마자키도 이 문을 통해 정원 안으로 들어간 것이다.

출입구 안쪽에는 담 바깥의 거리와는 대조적으로 검은 어둠이 괴어 있었다. 문틈으로 보이는 그 어둠에 내 두 다리가 앞으로 나아가길 거부하며 바르르 떨렸다.

그래도 시마자키가 이 안에 있다. 나는 큰맘 먹고 발을 들여놓았다.

흙냄새가 났다. 발밑이 폭신하다. 나는 어둠에 익숙해지려 눈을 깜박거렸다.

문 안쪽은 시라카와정원의 외곽을 둘러싼 나무숲이고, 발밑은 제법 가파른 내리막이었다. 포장도로가 아니라 사람들 발로 다져진 길이 나 있었다. 정원 안에 넓적돌을 깔아둔 길도 있지만 나머지는 모두 이런 상태다.

내가 서 있는 경사면 아래에서 작은 노란색 불빛이 반짝 빛났다. 손전등 불빛 같았다. 시마자키일까.

어쨌든 다시 뒤를 쫓으려고 일단 문을 닫았다. 그때 문 안쪽에 달려 있던 자물쇠에 철사 같은 것이 꽂혀 있다는 걸 알아챘다. 누가 망가뜨린 것이다.

원래 이 시간에는 정원의 모든 출입구가 닫혀 있어야 하고, 이 자물쇠도 채워져 있어야 한다. 그러니 당연하게도 나는 덜컥 겁이 났다.

시마자키가 망가뜨렸다고 볼 수는 없다. 그애는 이 문을 가볍게 밀기만 하고 안으로 들어갔다. 이건 시마자키가 오기 전부터 망가져 있었던 것이다.

누군가가 먼저 와 있는 것이다. 역시 시마자키는 이곳에서 누군가를 만나려는 거다.

나는 서둘러 경사면을 내려갔다. 손전등 불빛은 아까보다 훨씬 앞쪽에서 움직이고 있었다. 시라카와정원은 기본적으로 중앙에 자리잡은 연못 주위를 에워싸듯 산책길이 조성되어 있고, 그 주위를 경사면과 나무숲이 둘러싼 구조다. 손전등 불빛은 산책길 위로 나아갔다. 연못이 가장 크게 돌출된 쪽—어린이광장 문이 있는 쪽에서 천천히 왼쪽으로 이동해갔다.

정원 안쪽이 캄캄한 어둠으로 느껴진 것은 담 바깥의 거리와 비교해서 그렇다는 얘기고, 눈과 마음이 익숙해지자 짙은 나무숲과 정원수 곳곳에, 산책길 옆에, 가로등보다 작고 광도가 낮은 상야등이 켜져 있다는 걸 알아차렸다. 물론 그 정도 불빛으로는 나무들이 만들어내는 밤의 어둠을 제압할 수 없지만, 코가 베여도 모를 만큼 캄캄하지는 않았다. 오히려 상야등 가까이 다가가면 지금 이 안에 있는 누군가에게—시마자키도 포함해서—내 존재가 알려지지 않도록 어둠 쪽으로 몸을 피해야 했다.

조심스레 뒤를 밟던 중에 손전등 불빛이 사라졌다. 나는 걸음을 멈췄다. 저건 무슨 의미일까. 이 정도 밝기면 더이상 손전등이 필요 없다고 생각해서 껐나. 아니면 다른 이유가 있는 걸까.

마침 어린이광장 앞의 식수대 옆이었다. 산책길을 따라 벤치가 늘어서 있다. 상야등도 하나 서 있었다.

잠깐 고민하다 산책길에서 벗어나기로 했다. 연못 쪽으로 내려가는 돌계단을 지나 연못가를 따라 늘어선 징검다리를 건너자. 그리고 손전등이 꺼진 부근까지 가면, 자세를 낮추고 산책길로 올라가는 것이다.

돌계단은 어두웠고, 연못이 가까워질수록 어둠이 더욱 짙어졌다. 수면은 원유 같은 색깔로 잠잠하게 괴어 있었다. 밤이 되면, 강이나 연못은 모두 이렇듯 점액처럼 묵직해진다.

'벌레 울음소리를 듣는 모임' 때도 지금처럼 어두웠다고 스스로를 다독였다. 시라카와정원은 훤히 알고 있다. 무서울 것 없다. 도시 한복판이다. 눈길을 들면, 정원 주변에 늘어선 빌딩들의 불빛이 멀리, 또 가까이 반짝인다. 여기는 산속이 아니다. 낯선 지방이 아니란 말이다.

그런데도 역시 좀 섬뜩했다. 여기서 연못에 빠지기라도 한다면, 바로 미쳐버리지 않을까. 나는 무릎을 덜덜 떨며 징검다리를 건너갔다. 밤의 연못에 붙잡혀서 여기 살고 있는 커다란 잉어나—길이가 1미터는 된다—커다란 거북, 종류를 알 수 없는 가늘고 길쭉한 물고기 등과 어두운 물속에서 스친다면, 그것만으로도 바로 기절해버릴 것이다.

게다가 그렇다, 여기에는 뱀도 있다. 있어도 이상하지 않다. 시라카와정원의 잡초 사이에 뱀 허물이 떨어져 있더라는 얘기를 들은 적이 있다. 뱀을 봤다는 얘기는 믿을 만하지 않지만—아주 날랜 동물이라니까—허물을 봤다는 얘기는 신빙성 있어 보였다.

곧 조금 전 손전등이 꺼진 연못가에 도착한다. 나는 마지막 남은 징검돌을 건넜다. 그런데 바로 그 순간, 징검돌 아래 얕은 물가에서 자고 있던 물새가 놀랐는지 푸드덕 날갯짓하는 소리가 들렸다. 나 역시 금방이라도 심장이 튀어나올 것처럼 놀랐다.

그 자리에 꼼짝 않고 서서 새가 진정되기를 기다렸다. 그렇게 내 심장박동소리를 듣고 있다가, 머리 위 산책길에서 아주 작게, 사람들 말소리가 들려오는 걸 알아차렸다.

소곤소곤— 소곤소곤—

무슨 말을 하는지는 알 수 없었다.

나는 자세를 낮추고 기듯이 돌계단을 올라갔다. 한 칸, 두 칸. 거기서 멈췄다. 말소리는 여전히 계속되었다.

머릿속으로 정원의 구조를 그려보았다. 이 위에는 연못 위로 비쭉 불거지듯이 작은 초가지붕을 인 정자가 있을 터였다. 두세 사람이 들어가면 꽉 찰 정도로 아담한 크기지만, 그루터기를 본뜬 벤치와 재떨이가 있다. 흡연 장소인 것이다. 그곳에서는 연못이 한눈에 내려다보인다.

가만히 숨죽이고 있으니 산책길에서 발소리가 들려왔다. 타닥타닥 달리는 듯한 소리.

그리고 갑자기 뭔가가 쾅! 하고 울렸다. 밤바람소리밖에 없던 정원의 공기를 뒤흔들며, 커다란 풍선이 터지듯이.

나는 반사적으로 몸을 일으켰다. 총소리일지 모른다고 깨달은 것은 그때였다. 위험해! 하는 생각이 들자마자 두번째 파열음이 들려왔다.

"이 자식!"

누군가가 고함을 쳤다. 굵은 남자 목소리였다.

다리가 찰흙처럼 굳어 돌계단에 들러붙어선 움직이지 않았다. 심장만 튀어나올 듯이 사정없이 방망이질했다. 머리가 빙글빙글 돌고, 어두운 수면이 멀어졌다 가까워졌다 했다.

머리 위 정원수가 버스럭거리며 술렁였다. 뒤이어 또다시 총소리. 나는 눈을 질끈 감았다.

뭔가가 경사면으로 굴러떨어졌다. 물소리가 들리고, 하얀 물보라가 솟구쳤다. 머리 위에서 발소리가 어지럽게 뒤엉키며 이쪽으로 다가왔다. 돌계단 쪽으로.

찰흙처럼 들러붙은 다리를 가까스로 잡아떼고 나는 정신없이 정원수로 뛰어들었다. 메마른 잡초 속에 머리를 처박은 순간, 무시무시한 기세로 달려온 발소리가 돌계단을 따라 연못 쪽으로 내려가는 것이 들렸다. 나를 지나치고 가버렸다.

나는 정원수에서 튀어나와 뒤도 돌아보지 않고 쏜살같이 산책길로 올라갔다. 산책길에는 아무도 없었다. 정자도 비어 있었다. 코를 찌르는 화약냄새가 났다. 그 냄새에 순식간에 머리가 몽롱해져버렸다.

초, 초, 총이다. 총격전이다.

총소리는 더이상 들리지 않았지만, 나는 뒤늦게 밀려든 공황 상태에 발목을 잡혀서 어디로 간다는 생각도 없이 무작정 내달리기 시작했다. 연못 가까이 가면 안 된다, 오로지 그 생각뿐이었다. 땅에 통나무를 박아넣은 계단을 뛰어올라 마구 달리다보니 내가 출입구에서 멀어지고 있음을 깨달았다. 이러면 연못을 한 바퀴 다 돌아야 다시 나갈 수 있다.

그래도 멈춰 서는 것보다는 낫다. 나는 계속해서 달렸다. 완만한 언덕을 오르내리고 숨을 헐떡이며 어두운 산책길을 내달렸다.

앞쪽에 보이는 길이 왼쪽으로 크게 휘어져 있었다. 벤치가 놓여 있다. 그 옆에 연못에서 올라오는 길이 있었다. 나는 눈을 질끈 감고 그곳을 통과하려다가 너무 서두르는 바람에 다리가 엉켜 벤치 모서리에 무릎을 찧고 말았다.

과장하지 않고, 몸이 2미터 정도는 솟아올랐다. 흙먼지를 일으키며 산책길로 곤두박질쳤다. 눈앞이 캄캄해졌다. 정강이가 화끈거렸다.

그런데도 나는 버둥거리며 일어섰다. 통증으로 마비된 다리를 질질 끌면서 어떻게든 다시 달리려고 했다. 그런데 그때, 누군가가 내 왼다리를 움켜잡았다.

"으아악!"

숨을 토해내며 정수리가 날아갈 듯이 소리를 질렀다.

"쉿, 조용히 해!"

내 다리를 움켜잡은 누군가가 이번에는 팔을 억눌렀다.

"주, 죽이지 마!" 나는 아우성을 쳤다.

"안 죽여, 바보야."

믿을 수 없었다. 시마자키의 목소리였다.

"넌……"

입술이 파르르 떨렸다. 시마자키는 약간 굳은 표정으로 산책길에 무릎을 꿇고, 한 손으로 나를 받쳐주고 있었다. 다른 한 손에는 작은 갈색 가죽가방이 들려 있었다. 뺨에 진흙이 묻고, 청바지 무릎은 허옇게 변해 있었다.

"걸을 수 있겠어? 괜찮아?" 시마자키가 빠르게 물었다.

"너, 이런 데서 뭐해!"

나의 외침에 시마자키가 한순간 웃었다.

"그건 내가 할 말이야. 됐고."

시마자키가 내 손 쪽으로 갈색 가방을 억지로 밀어붙였다.

"이걸 들고 밖으로 나가. 명심해, 꾸물거리지 말고 지금 당장 밖으로 나가야 해."

"뭔데, 이게?"

"나중에 얘기해줄게. 일단 나가!"

나를 부축해 일으키더니 가방을 손에 쥐여주며 등을 떠밀었다.

"넌 어떡할 거야?"

"아직 할일이 남았어."

"아까 그건 총소리지?"

"응." 시마자키의 눈이 빛났다. "어두운 데를 골라서 산책길 끝으로 달려. 연못으로 내려가면 절대 안 돼. 멀겠지만, 길을 따라서 출입구로 가."

말을 마치자마자 시마자키는 다시 정원수 쪽으로 돌아갔다. 나는 혼자 남겨졌다.

가방은 가벼웠다. 나는 양손으로 그것을 끌어안았다. 걸음을 내디디려는데 벤치에 부딪힌 무릎이 비명을 질렀다. 비틀거리다 넘어질 뻔했지만 허둥지둥 다시 몸을 일으켰다.

뛸 수가 없다—

공포가 극에 달해 목에서 쉭쉭거리는 소리가 났다. 연못은 크다. 산책길은 길다. 출입구는 멀다.

그래도 나는 필사적으로 앞으로 나아갔다. 산책길 오른쪽 경사면을 향해. 저 안쪽으로 가자. 시마자키가 시킨 대로.

다리를 끌면서 경사면에 다다르자 가방을 바꿔 들고 오른손으로 나무줄기를 잡으며 올라갔다. 새하얀 나무 울타리가 가까워졌다. 저걸 타고 올라가서 밖으로 나갈 수 없을까.

울타리 높이가 2미터는 되어 보인다. 게다가 위에는 가시철조망이 둘러쳐져 있다. 평소에 평화로운 목적으로 이곳을 찾았을 때는 눈에 들어오지도 않았는데.

틀렸다, 오를 만한 게 못 된다. 나는 경사면 옆을 따라 나아갔다.

산책길 뒤쪽에서 발소리가 들려왔다. 나는 냅다 경사면에 엎드렸다.

발소리. 다가와서 멈췄다. 헉헉거리는 숨소리. 바로 옆이다.

"제길, 그 꼬맹이놈 어디로 튄 거야."

굵직한 남자 목소리였다. 조금 전과 같은 목소리인지 아닌지는 알 수 없었다. 머릿속에서 공황의 폭죽 백 발이 한꺼번에 터지며 새빨간 불꽃을 사방으로 흩뿌렸다.

들키면 죽는다, 들키면 죽는다, 죽는다, 죽는다—

"밖으로 나갔을 리는 없어." 다른 목소리가 말했다. 머릿속에 조금 전 백 발을 장전했던 사람과는 또다른 폭죽 기술자가 나타났다. 적은 한 명이 아니다. 공황도 한 번으로 끝나지는 않는다.

"출입구는 막아놨나?"

"막아놨어."

나는 눈을 질끈 감았다. 어떡하지—

경사면의 나무 밑에는 무슨 종류인지 몰라도 긴 수염처럼 생긴 식물이 무성하게 자라 있었다. 하얗게 말라 부드러운 풀더미 이불처럼 내 몸을 받아주고 있었다.

그런데—그 메마른 풀잎 끝이 내 코를 간질였다.

재채기가 나올 것 같다.

아, 하느님, 부처님, 제발 그런 잔혹한 벌은 내리지 말아주세요. 앞으로 평생 비염으로 고생해도 상관없어요. 하지만 지금, 지금 이 순간만은 재채기가 나오지 않기를. 빌고, 빌고, 또 빕니다.

바로 그때 연못 쪽에서 물소리가 났다. 첨벙!

순간 남자들이 우르르 움직였다.

"저기다!"

두 사람이 돌계단을 내려갔다. 나는 엎드린 채 속으로 열을 셌고—다섯까지 셌을 때 재채기가 나왔다—일어나서 온 힘을 다해 뛰었다.

달려라, 얼른 도망쳐, 주위 나무들이 술렁이며 나를 응원했다. 그러나 잡초들이 내 발목을 잡았고, 때로 난데없이 나타난 나뭇가지들이 소매를 낚아채 방해하며 웃어댔다.

연못을 돌아. 출입구로 달려.

무릎 통증 때문에 몸이 비틀거렸다. 나는 오랑우탄처럼 뒤뚱거리며 어둠 속을 달렸다.

정면 출구로 이어지는 자갈길을 통과했다. 출입구까지 얼마 남지 않았다. 힘내, 마사오.

가방을 쥔 손이 땀으로 미끈거려서 몇 번이나 놓칠 뻔했다. 품에 안았다가, 다시 손에 들었다가, 나뭇가지에 걸렸다가. 나는 베트남의 패잔병처럼 죽어라 달렸다.

드디어 출입구가 보이기 시작했다. 살짝 열려 있다. 바깥쪽 큰길의 불빛이 틈새로 새어들었다.

'출입구를 막아놨을까?'

세번째 사람이 지키고 있을 터였다. 나는 출입구에서 5미터쯤 떨어진 곳에 멈춰 서서, 최대한 민첩하게 풀숲으로 몸을 숨겼다.

문은 열려 있다. 달려서 튀어나가면 된다. 할 수 있을 것이다. 누가 있다 해도, 혹시라도 총을 들이대며 위협한다 해도, 내 다리가 더 빠르다. 분명히 빠를 것이다.

무릎이 이렇게 아프지 않다면.

출입구 쪽에서 저벅저벅 발소리가 났다.

눈길을 들어보았다. 사람 다리가 보였다. 검은 바지에 감싸인 다리. 잔혹한 사실이지만, 틀림없었다. 나무 기둥치고는 너무 가늘다. 게다가 움직이고 있다.

풀숲에 엎드린 채, 나는 마음속으로 하늘을 우러러봤다.

'하늘이 우리를 버렸다—'

잠깐, 잠깐만. 개그가 떠오를 정도니 아직은 괜찮다. 머리는 돌아간다.

저벅, 저벅. 발소리가 들렸다. 이쪽으로 온다.

"야, 거기 있지?" 말소리가 들렸다. 조금 전의 두 사람과는 다른 목소리였다.

"발소리가 났어. 확실하게 들었어. 어이, 얼른 나와!"

나는 전속력으로 머리를 굴렸다. 어떡하지? 어떡하면 좋지?

풀숲을 손으로 더듬었다. 쓸 만한 돌도, 나뭇가지도, 아무것도 없다.

"얌전히 내 말 듣는 게 좋을 거다."

목소리가 바로 코앞까지 다가왔다.

'가방……'

안에 든 것이 뭔지는 모르겠지만, 시마자키가 맡긴 이 가방이 오늘밤 이 모든 소동의 중심이겠지. 적들도 이걸 찾고 있을 것이다.

"야, 나오라고!"

코앞에서 소리가 들렸다. 마치 기수의 채찍처럼 내 마음을 후려쳤다.

좋아, 나가주지.

나는 젖 먹던 힘까지 짜내며 튕겨오르듯 벌떡 일어섰다. 검은 그림자는 놀라울 정도로 가까이에 있었다. 손에 뭔가를 들고 있었다. 총일지도 모른다.

적이 나에게 덤벼들었다. 고작 두세 걸음 거리였다. 그런데 그것이 오히려 다행이었다. 내가 난데없이 등장해서 적도 깜짝 놀랐다.

"이거나 먹어랏!"

소리치자마자 나는 혼신의 힘을 담아 상대의 얼굴에 가방을 집어던졌다.

적은 반사적으로 손을 들어 얼굴을 감쌌다. 날아간 가방이 팔에 부딪혔다. 나는 그대로 돌진했다. 상대가 자세를 바로잡고 가방을 주워들기 직전에 쏜살같이 낚아채서 품에 안았다. 그대로 곧장 적을 향해 온몸을 날려 덤벼들었다.

이번에는 둘 다 공중제비를 돌며 땅바닥에 나뒹굴었다. 그러나 의도적으로 공격했던 내가 더 빨리 일어날 수 있었다. 일어나자마자 뛰기 시작했다. 출입구는 이제 코앞이다.

달려!

내가 출입구로 뛰어든 순간, 뒤에서 총성이 울려퍼졌다. 맞았나 싶어 눈을 질끈 감았다. 그런데 아무런 느낌도 없었다. 문을 열고 뒹굴다시피 밖으로 빠져나왔다.

아스팔트 보도에 머리부터 떨어지며 넘어졌다. 아직이다, 아직 도망친 게 아니다. 일어나서 달려!

그때 머리 위에서 문 닫히는 소리가 들렸다. 쿠쿵! 하는 소리도 울려퍼졌다. 나는 발버둥치며 겨우 고개를 들었다.

늘씬한 다리가 보였다. 하얀 양말을 신고 있었다. 손이 내려와 내 몸을 끌어안았다.

"빨리!"

끌어안겨 일어서서는 질질 끌려가다시피 하며 달렸다. 나를 부축하는 팔은 밝은 노란색 스웨터에 감싸여 있었다.

멀리서 경찰차 사이렌이 들려왔다. 머릿속에 하얀 안개가 끼기 시작했다. 그래도 가방만은 놓치지 않고, 꽉 끌어안고 있었다.

"아, 드디어 왔다!" 나를 부축한 팔이 말했다. "정신 차려. 이제 괜찮아. 쫓아오던 놈은 내가 출입구 문을 닫는 바람에 머리를 세게 부딪혀서 뻗었어. 엄청 큰 소리 들었지!"

가까스로 눈의 초점을 맞춘 나는 목소리의 주인을 보았다. 새하얀 여자 얼굴이었다. 귓가에서 반짝반짝 빛나는 것이 보였다.

너는—

나 너 알아, 그렇게 말하려고 했지만 하지 못했다. 나는 정신을 잃고 말았다.

23

눈을 떴을 때 보인 것은 하얀 천장. 한복판의 형광등 불빛.

누운 채로 눈을 깜박였다. 그러고 나서 고개만 살짝 들어 주위를 둘러보았다.

나는 병실에 있었다.

1인실이다. 침대는 하나뿐. 발 쪽에 창이 있고, 오른쪽 바로 옆에 가림막이 있었다. 가림막인 흰 천을 젖혀보니 문이 보였다.

하얀 커버를 씌운 이불이 턱밑까지 올라와 있었다. 겉옷과 청바지는 벗겨지고 티셔츠와 팬티만 입고 있다.

손을 들어 더듬어보니 관자놀이에 커다란 반창고가 붙어 있었다. 머리가 약간 욱신거렸다.

살아 있다—

"살았구나."

소리 내어 중얼거려보았다. 시라카와정원에서, 그 어둠 속에서 출입구를 향해 쏜살같이 달렸던 것—눈앞을 가로막은 추격자에게 가방을 내던지며 달려들었던 것. 기억은 자기도 몹시 지쳐서 떠올려지길 귀찮아하듯이 굼뜨게, 흐릿하게 되살아났다.

그 가방은 어떻게 됐지? 시마자키는? 그리고 그 여자애는? 출입구 밖에서 나를 안아서 일으켜주었다. 나는 그 얼굴을 알고 있다. 그애는 시마자키의 여자친구다. 그런데 그뿐만이 아니었다. 나는 전에도 그 얼굴을 봤다. 시라카와정원 밖에서 마주친 그 얼굴을 가까이서 올려다봤을 때, 등짝을 후려맞은 것처럼 불현듯 떠올랐다. 그렇다, 나는 그애를 알고 있다.

멍하니 머리를 굴리다 별생각 없이 창 쪽으로 시선을 던졌는데, 커튼 틈새로 깜박이는 빨간 불이 보였다. 나는 침대에서 내려와 맨발로 바닥을 밟으며 창가로 다가갔다.

병실은 1층이었다. 창문 바로 앞에 정원수가 심겨 있고, 벽돌담이 둘러쳐져 있었다. 그 담이 끝나는 곳에 문이 있었다. 지금은 열려 있는데, 그곳에 코끝을 처박듯이 경찰차 한 대가 서 있었다. 병실 유리창에 비친 빨간빛은 경찰차의 경광등 불빛이었던 것이다.

갑자기 견딜 수 없이 답답해져서 병실을 둘러보았다. 침대 옆에 작은 로커가 놓여 있었다. 열어보니 내 청바지와 겉옷이 들어 있었다. 옷걸이에 잘 걸려 있지만, 흙먼지로 더럽혀졌다. 겉옷 소매에 거무죽죽한 얼룩이 묻었다. 피겠지, 아마도.

옷을 챙겨입었다. 신발은 없었다. 맨발로 병실에서 나왔다. 창백한 형광등 불빛 아래 복도가 좌우로 뻗어 있었다. 문이 몇 개 보였지만 인기척은 없고 목소리도 들리지 않았다.

걸음을 내디디자 찰싹찰싹 발소리가 났다. 문 위의 팻말을 읽어보았다. '처치실' '제2검사실' '방사선실'—나는 병실에서 네번째 문 앞에 다다랐다. 약간 열려 있고, 안에서 말소리가 들렸다.

"무리하셨어. 그렇죠, 아버님?"

다무라 경위님의 목소리였다.

살며시 문을 열었다. 눈앞에 흰 천 가림막이 있었다. 그것에 반쯤 가려진 다무라 경위님의 크고 둥그스름한 몸이 보였다. 선 채로 한 손을 바지 주머니에 찔러넣고 있다. 옅은 연기가 흘러나왔다. 경위님이 담배를 피우고 있나보다.

—아버님.

나는 문 뒤에 숨어 숨죽이고 귀기울였다. 다무라 경위님이 대화하는 상대가 누구인지, 이미 짐작이 갔다.

"폐를 끼쳐 죄송합니다." 그 사람이 말했다. 귀에 익은 목소리였다.

"아들 녀석한테 고객 명단을 건네받은 건 사건이 일어나기 보름 전쯤이었습니다."

말하는 사람은, 그렇다, 하타야마 요시오였다.

"아드님은 언제부터 '회사'를 그만두려고 했을까요?" 경위님이 물었다.

"올해—여름 무렵이었나." 하타야마의 아버지 목소리는 낮고 쉬어 있었다. "돈을 많이 주는 아르바이트라고 너무 쉽게 생각한 게 잘못이었다, 이런 일은 적성에 안 맞는다, 이젠 진절머리가 난다고 했어요."

"그래도 용케 고객 명단을 훔쳐낼 용기를 냈군요."

"저는 컴퓨터는 잘 몰라서 아예 물어보지도 않았어요. 그렇지만 그 녀석 나름대로 화가 많이 났었나봅니다."

"'회사'의 운영 방식에?"

"네."

경위님이 쓰읍 소리를 내며 담배를 빨아들였다.

"아드님은 고객 명단을 훔쳐내서 어쩔 생각이었을까요?"

"경찰서에 가겠다고 했어요. 말만으로는 안 될 테니까, 명단이 대신 말해줄 거라고."

"그렇게 중요한 명단을 아버님한테 맡긴 건 신변에 위협을 느꼈기 때문일까요?"

하타야마의 아버지는 잠시 입을 다물었다. 이윽고 "그때는 그렇게 보이진 않았어요" 하고 말하기 거북한 듯이 낮은 목소리로 말했다.

"아드님이 뭐라고 하던가요?"

하타야마의 아버지가 다시 입을 다물었다.

"으음, 이건 정식 취조가 아닙니다. 취조하고 싶어도 아직 의사 선생님의 허가가 안 났으니. 말하자면 잡담인 셈이죠. 하지만 잡담 중이라도 솔직하게 말해두는 게 피차 나중에 편할 것 같은데, 어때요?"

하타야마의 아버지는 여전히 말하길 주저했다. 경위님이 방 안쪽으로 걸어갔다. 잠깐 모습이 사라졌다. 창문 여는 소리가 들렸다. 창밖으로 담배꽁초를 집어던졌나보다.

하타야마의 아버지 목소리가 들렸다. "자기가 갖고 있으면 아키코 씨가 훔쳐갈 거라고 했어요."

"모리타 아키코가 명단을 훔쳐간다고요?"

"네. '회사'를 위해서."

"그럼 아드님이 명단을 갖고 아키코한테서 먼저 도망치면 될 텐데. 아닙니까?"

다무라 경위님은 우리랑 얘기할 때보다 훨씬 거만한 말투를 썼다. 어느 쪽이 진짜 경위님일까, 문득 궁금해졌다.

"녀석은 아키코 씨를 버리고 싶지 않았을 겁니다."

"버리고 싶지 않았다?"

"네, 알고 보면 지극히 평범한 여자라고 했어요."

하타야마의 아버지가 크윽 하는 소리를 냈다. 웃음소리라는 걸 알기까지 시간이 좀 걸렸다.

"전 처음부터 말했어요. 그런 애랑은 연을 끊으라고. 제대로 된 사람이 아니다, 같이 있다가는 널 지옥으로 끌고 갈 거라고."

"아드님은 뭐라던가요?"

"교도소까지 다녀온 아버지가 무슨 자격으로 내 여자친구를 험담하느냐며 불같이 화를 냈죠."

하타야마의 아버지는 여전히 웃고 있었다. 결코 즐거워서 웃는 목소리는 아니다. 그런데도 웃고 있었다.

"맞았어요, 아들놈한테."

경위님이 원래 위치로 돌아왔다. 큼지막한 손으로 머리를 벅벅 긁었다.

"아드님과는 출소한 후로 계속 연락을 주고받았나요?"

"아뇨, 얘기를 나누거나 만나게 된 건 아내가 죽은 후입니다."

"아키코와는?"

"올해 봄에 처음 만났어요. 미노루가 데리고 나와서 같이 밥도 먹고."

갑자기 하타야마의 아버지가 한숨을 내쉬었다.

"그런 여자랑은 빨리 끝내라고 말한 것도 그날 돌아가는 길이었어요. 아키코 씨는 볼일이 있다며 먼저 가서, 아들 녀석과 둘이 한잔하면서 타일렀죠."

"처음부터 아키코가 싫었던 거군요."

경위님의 질문은 대답을 듣기 위한 질문이 아니었다. 하타야마의 아버지는 잠자코 있었다.

"싫어서 험담을 했다. 아드님이 화를 냈다. 그래서 그후에는?"

"한동안 안 만났어요. 아까 말한 명단을 갖고 올 때까지는."

그렇다면 봄부터 여름 사이, 하타야마 미노루의 심경에 상당히 큰 변화가 생긴 셈이다. '회사'의 정체를 알고, 아키코 씨의 내면을 알고 나서—

하타야마의 아버지가 침대 위에서 움직인 모양이었다. 천이 스치는 소리가 났다. 아키코 씨 얘기를 할 때는 왠지 모르게 마음이 편치 않은 걸까.

"저한테 명단을 맡기러 왔을 때도 미노루는 여전히 그 여자랑 결혼하고 싶다는 말을 지껄여댔어요." 쉰 목소리가 이어졌다. "이제 완전히 정신이 나갔구나 싶었어요. 분별력 있고 성실한 녀석이었는데, 여자한테 눈이 먼 거죠. '회사'가 어떤 곳인지, 그곳에서 아키코라는 여자가 무슨 짓을 하고 있는지, 녀석도 훤히 알고 있을 텐데, 그런데도 아키코도 같이 손을 씻게 해주고 싶다느니 하면서."

"아드님은 아키코도 '회사'의 피해자라고 생각했겠죠."

하타야마의 아버지가 날카롭게 받아쳤다. "피해자가 '회사'를 위해, 우리 아들한테서 명단을 되찾으려 했겠습니까?"

"그 정도로 아키코가 '회사'에 푹 빠졌다는 얘깁니다. 아드님의 설득도 귀에 안 들어올 정도로."

잠시 후 "나는 이해가 안 돼요" 하고 하타야마의 아버지가 중얼거렸다.

"다만 그 여자랑 엮이지만 않았으면 아들 녀석이 죽지는 않았으리라는 건 압니다. 그것만은 알아요. 우린 지지리도 운이 없는 가족이니까."

"아드님을 죽인 건 아키코가 아니에요. '회사'의 잔당이지. 그런데 아키코를 죽인 사람은 당신 아드님입니다. 그 사실을 잊어선 안 돼요."

다무라 경위님이 내뱉듯이 받아쳤다. 냉담한 말투였다. 그래도 경위님은 계속 하타야마 미노루를 '아드님'이라고 부르고, 모리타 아키코 씨는 존칭 없이 불렀다. 그 차이, 그런 미세한 뉘앙스 조절에 경위님의 개인적인 본심이 언뜻 엿보인 것처럼 느껴졌다.

하지만 내가 그렇게 생각하고 싶어서 그런 식으로 받아들인 것뿐일지도 모른다. 경위님에게는 모리타 아키코 씨도 어디까지나 피해자일지도 모른다. 일일이 존칭을 붙이지 않았을 뿐.

"아드님이 살해당했을 때, 그것이 고객 명단 때문이라는 걸 바로 알았겠군요?"

"그야 물론이죠."

"그래서? 혼자 아드님의 원수를 갚겠다고 결심했나요."

경위님은 팔짱을 끼고는 발을 바꿔 디뎠다.

"너무 무모했습니다, 아저씨. 나이 생각도 해야지."

하타야마의 아버지는 아무 말도 하지 않았다. 살짝 콧소리를 낸 것 같기도 했다.

"'회사'의 잔당과는 어떻게 연락이 닿았습니까?"

"연락 같은 건 필요 없었어요. 그쪽에서 먼저 들이닥쳤으니까."

하타야마 미노루를 죽이기 전에 명단이 있는 곳을 캐냈으리라.

"용케 겁도 안 먹었군." 경위님이 감탄한 듯이 말했다. "그놈들하고 시라카와정원에서 거래하는 단계까지 끌고 가다니, 대단해요."

"명단은 나한테 없다, 믿을 만한 곳에 맡겨뒀다고 했어요." 하타야마의 아버지 말투에 조금 힘이 실렸다. "만에 하나 나한테 무슨 일이 생기면, 그쪽에서 명단을 바로 경찰로 넘길 거다. 그렇게 말했죠. 그리고 공짜로 넘겨줄 순 없다, 내 아들의 부조금을 내면 돌려주겠다는 식으로 끌어갔어요."

"그리고 거래 장소를 시라카와정원으로 정한 건가요?"

"네. 다른 사람들에게 피해 줄 일도 없고, 난 그 공원을 잘 알아요. 옛날에 미노루가 아직 어릴 때 휴일마다 도시락을 싸들고 놀러 다녔으니까. 아름답고 넓어서 아이랑 하루종일 놀기에 안성맞춤인 곳이었어요."

아직 가방가게 주인이었을 무렵. 아직 행복했을 무렵.

"그런데 아버님, 배짱은 두둑했지만, 그렇다고 딱히 해결될 건 없어요. '회사'의 잔당이라고 하지만 그놈들은 나중에 합류한 조폭들인데. 당신이 대적할 만한 상대가 아니란 말이죠. 실제로도 하마터면 죽을 뻔했잖아요. 총알이 10센티미터만 빗나갔으면—아니, 경찰 신고가 십 분만 늦었으면, 과다 출혈로 이미 저세상 사람이었을 거라고요."

하타야마의 아버지가 다시, 나지막하게 웃었다. 그런 건 아무 상관 없다는 듯이.

"뭐, 아무튼 아버님은 우연히 공원 옆을 지나던 아이들 덕분에 목숨을 건진 겁니다. 게다가 둘 다 씩씩한 사내아이였고. 그애들한테는 정식으로 감사인사를 해야겠어요. 한 아이는 무슨 일인가 살펴보러 갔다가 얼떨결에 휘말린 바람에 완전히 뻗어버렸으니까요. 다행히 크게 다치진 않았지만."

"정말 미안한 일입니다."

하타야마의 아버지의 말을 끝으로 나는 살며시 문을 닫았다.

그런데 병실 문이 무거워서 생각보다 힘이 들어가서 쾅 닫히고 말았다. 나는 목을 움츠렸다. 경위님의 발소리가 다가왔다.

"뭐야, 너였어?"

열린 문을 잡은 채로 경위님이 말했다. 나는 새끼 거북처럼 바짝 굳어서 경위님을 올려다봤다.

두루뭉술한 경위님의 몸 너머, 병실 안 가림막 옆으로 하타야마 요시오 씨의 얼굴이 엿보였다. 침대에 앉은 채 고개만 빼서 나를 바라보았다. 시선이 마주쳤다.

경위님이 뒤돌아보더니, 하타야마의 아버지에게 말했다. "아버님을 구해준 아이예요. 기절했던 애."

하타야마의 아버지는 주름 가득한 얼굴로 웃었다. 아무 말 없이 바라보는 나에게 말했다.

"고맙다, 꼬마야."

"병실로 돌아가." 경위님이 나를 돌려세우며 등을 떠밀었다. "쓸데없이 어슬렁거리지 말고."

'고맙다, 꼬마야.'

냉랭한 복도를 맨발로 걷는 사이 나는 안개 낀 듯이 뿌예진 머리를 쥐어짜며 생각했다. 하타야마의 아버지는 나를 기억할까. 오쿠보역에서 만났던 아이라는 걸. 아까의 '고맙다'는 말에는 그 의미도 포함되어 있었을까.

전에 나를 만난 적이 있다는 건 이 경위님에게는 비밀로 해두렴, 꼬마야—하타야마의 아버지에게 그렇게 말해달라고, 그렇게 행동해달라고 미리 부탁해둔 사람은—

경위님이 말했던 '공원 옆을 지나던 아이들'은 다름아닌 나와 시마자키였다. 서둘러 달려온 경찰에게 그런 식으로 말을 맞추자고 시마자키가 설명한 것이다.

그리고 그 여자아이는 감쪽같이 사라졌다. 우리는 그냥 공원 옆을 지나던 사람이 되었고, 여자아이는 그 자리에 없었던 걸로 되어 있다. 정신을 잃기 직전의 내 기억으로 경찰을 부른 사람은 분명 그애였는데.

경위님은 하타야마의 아버지와 얘기를 마치면 보나마나 내 병실에도 얼굴을 내밀 것이다. 그전에 시마자키와 미리 얘기해둘 필요가 있다. 나는 서둘러 병실로 돌아갔다.

당사자인 시마자키는 이미 와 있었다. 침대 끝에 걸터앉아 어린 애처럼 다리를 살랑살랑 흔들고 있었다.

"복도에서 엿듣는 거 봤어. 갑자기 말을 걸면 네가 기겁하며 튀어오를 테니까, 그냥 먼저 와서 기다린 거야."

이쪽으로 돌린 얼굴을 본 나는 엉겁결에 웃음이 터지고 말았다. 콧등에 반창고가 붙어 있었다.

"그 정도로 끝나서 다행이네."

"당연하지." 시마자키가 말했다. "총알이 콧등만 스치고 지나가 줘서 정말 다행이야."

"총알……" 넘어져서 긁힌 상처가 아니란 말인가. "무서운 말을 너무 쉽게 하는 거 아니냐."

귓속에 시라카와정원 경사면에 울려퍼졌던 총성이 되살아났다.

"경위님이 하타야마의 아버지랑 무슨 얘기 했어?" 침착한 척하며 시마자키가 물었다. "너도 우리가 입을 맞춰둘 필요가 있다는 건 알지?"

나는 내가 알게 된 내용을 얘기했다. 시마자키는 콧등의 반창고를 만지작거리며 들었다. 이윽고 혼잣말처럼 입을 열었다.

"세상에는 뜻밖의 우연이라는 게 있는 법이야. 너랑 내가 때마침 한가하게 밤 산책을 하다—음, 게임센터라도 놀러갈까 하면서 시라카와정원 옆을 지나는데, 출입구가 열려 있었고, 안에서 총성 같은 게 들렸다. 호기심 왕성한 우리는 안으로 들어가봤다. 그런데 그곳에서 총격전, 난투극, 뭐 그런 사태에 휘말렸고, 네가 먼저 필사적으로 도망쳐서 경찰에 신고한 거야."

"으흠."

"경찰이 오고 사정이 밝혀지자 깜짝 놀랐지. 우리는 모리타 아키코 씨 살인사건과 관련된 '회사'의 잔당과 하타야마 미노루의 아버지가 대결하는 현장에 발을 들여놓은 거니까. 안 그래? 정말 기절초풍할 우연이잖아."

그 말에 나는 웃었다. 시마자키는 여전히 진지한 표정이었다.

"이런 톤으로 부탁한다."

"알았다, 알았어."

"아마 하타야마의 아버지도 우리를 모른 척할 거야." 말하고 나서 시마자키가 안경을 밀어올리며 나를 돌아봤다. "너, 그 아저씨랑 만난 적 있다며? 전에 시라카와정원에서 우연히 마주쳤던 거 말고."

"무슨 말인지 알아. 만났어. 하타야마 미노루의 집 근처에서."

시마자키가 고개를 끄덕였다. 형광등 불빛을 받은 안경테가 은빛으로 반짝였다.

"나야말로 궁금하다. 시마자키, 넌 언제부터 그 아저씨를 알았어? 나보다는 훨씬 잘 아는 사이가 분명한데."

그렇지 않다면 오늘밤 같은 일이 일어날 리 없다.

"오늘밤 대결에서 아저씨가 너한테 도움을 받을 생각은 없었겠지만, 만약의 사태가 발생하면 경찰에 신고해달라고 부탁했겠지? 그런 얘기를 주고받을 정도로 너랑 그 아저씨가—"

내 말을 자르고 시마자키가 말했다. "중개 역할을 한 사람이 있어."

"중개 역할?"

"오늘밤, 현장에는 없었던 걸로 처리된 사람이지."

출입구 밖에서 마주쳤던 사람. 시마자키 이발소 앞, 가로등 불빛 아래 서 있었던 사람.

"그 여자애야?"

"그래."

"나, 그애가 누군지 알아."

이름은 모른다. 그러나 전에 한 번, 아주 인상적인 상황에서 얼굴을 봤다. 왜 바로 생각나지 않았을까.

"구도가 실렸던 그 전단지, 기억나지?" 내가 말했다. "구도 말고도 다른 두 여자의 사진이 실려 있었어. 네가 말한 중개자는 그중 한 사람이야. 귀에 피어싱을 했지."

그렇다…… 귓불에서 반짝 번득이던 빛. 시마자키 이발소 앞에서 봤을 때도 귓불이 반짝였던 그애. 시마자키의 수수께끼 미소녀.

시마자키는 다리를 가볍게 흔들며 고개를 숙이고 있었다. 유리창에는 여전히 빨간 경광등 빛이 어른거렸다. 그 빛이 시마자키의 얼굴과 안경에 반사되었다.

"어쩌다보니 전부터 그애를 알고 있었어." 천천히 말을 꺼냈다.

"친구야?"

"응, 그렇지."

"우리랑 같은 나이는 아니지? 피어싱 같은 걸 했던데. 학교는 어디야?"

시마자키가 내 쪽을 힐끗 보더니 옅은 미소를 지었다.

"그애 신원은 덮어둬도 되잖아? 알 필요도 없고."

아니, 알고 싶다.

"내가 알면 곤란한가?"

시마자키가 시선을 피했다. 경광등이 비쳤다. 언뜻, 언뜻, 언뜻. 그때마다 시마자키의 얼굴에서 빨간 종이가 한 장씩 넘어가는 것처럼 보였다. "학교는 다르지만, 똑같은 중학교 1학년이야"라고 작은 목소리로 말했다.

놀라웠다. "그런데 피어싱을……"

"그애는 여러 면에서 좀 문제가 있어. 아니, 정확히 말하면 그애가 그렇다기보다 그애가 다니는 학교가 문제인 거지만."

"굉장히 어른스러워 보이던데."

"학교측에서 말하는 '문제아'들은 보통 자기 나이보다 어른스러워 보이잖아?" 시마자키가 웃었다. "뭐, 그런 건 상관없어. 그거야말로 본론과 관계없으니까. 아무튼 그애는 내 친구였어. 그래서 전단지에 실린 사진을 보고 기겁했지."

그때—그랬다, 시마자키는 분명 동요했었다. 화들짝 놀라 몸을 일으켰고, 얼어붙어버렸다. 내가 왜 그러느냐고 묻자 아무것도 아니라고 얼버무렸지만, 실은 이유가 있었던 건가.

"그래서 그애를 찾아가서 얘기를 들어봤어. 그랬더니 자기 사진이 무단으로 사용된 건 몰랐지만, 하타야마 미노루와 모리타 아키코는 알고 있더라고."

나는 눈을 휘둥그레 떴다. 손을 뒤로 돌려 문을 꼭 닫은 후 시마자키 옆으로 뛰어갔다. "그게 무슨 소리야?"

시마자키가 어깨를 약간 움츠리고는 말했다. "그애도 스카우트될 뻔했던 거야."

"누구한테?"

"뻔하지. 모리타 아키코한테."

그 말은 그러니까—

"'회사'에 끌려들어갈 뻔했어. 교묘하게 꼬드겼대. 물론 그애는 똑똑해서 상대도 안 했지. 그런데도 아키코는 집요했어. 전화를 걸기도 하고, 학교 앞 길에서 기다리기도 하고."

나는 목덜미가 오싹해졌다. 구도를 끌어들이려고 했던 아키코. 비슷한 또래의, 아무것도 모르는 평범한 아이들을 끌어들이려고 했던 아키코. 자기가 갖지 못한 것을 갖고 있는 아이들을 미워했던 아키코.

"아키코의 표적이 구도 하나가 아니었다는 말이네?"

내 말에 시마자키가 냉담하게 고개를 끄덕였다. "장사니까. 여러 군데 그물을 쳐봤겠지."

피어싱 소녀는 아키코의 집요한 공격을 따돌리느라 제법 고생했다고 한다.

"그런 상황에서 어느 날, 하타야마 미노루라는 남자한테 전화가 걸려왔대."

—모리타 아키코라는 여자를 알고 있지? 나는 아키코의 애인인데, 그애가 하는 짓을 말리려고 노력하고 있다. 그래서 수첩을 훔쳐보고 연락한 것이다. 어떤 식으로 꼬드기든 절대 응하면 안 된다—

"그애는 또 한번 놀랐지. 그래도 하타야마의 필사적인 심정이 와닿아서, 한번 만나기로 한 거야."

"그게 언제 적 얘기야?"

시마자키는 바로 대답하지는 않았다. 머릿속으로 계산하듯이 눈을 움직였다.

"모리타 아키코 살인사건—한 달 전이라고 했던가."

곧바로 대답하지 않은 것이 몹시 마음에 걸렸다. 그러나 지금 추궁해봐야 소용없다. 우회공격으로 파고들어야지.

"그래서? 하타야마를 만나보니 어땠대?"

"둘은 친구가 됐어." 시마자키가 말했다. "하타야마가 모리타 아키코를 새사람으로 만들려고 애쓰는 모습을 보고 감동했대. 다만 위험한 느낌을 받았다고도 했어. 하타야마가 필사적으로 노력할수록 아키코와의 사이는 점점 멀어지는 것 같아 보였대. 그 정도로 하타야마와 아키코는 '회사'에 대한 생각이 달랐던 거지."

아키코에게는 '회사'가 유일한 삶의 터전이었다. 법에 저촉되는 장사를 한대도, 타인을 희생양으로 삼는대도, '회사' 말고 머물 곳은 없었다. 그녀는 그녀 나름대로 그곳을 지키려 여념이 없었다—

아무리 세상에서 뭐라고 하든, 모리타 아키코는 '회사'가 좋았던 것이다.

"아까 말했듯이 그애도 성격이 있어서." 시마자키가 웃었다. "주눅들지 않고, 하타야마와의 우호적인 관계를 잘 지켜갔지. 자기 딴은 하타야마를 도와주려고, 끈질기게 달라붙는 아키코한테 설교를 한 적도 있다나. 그런데 그러던 중에 하타야마와의 관계를 모리타 아키코한테 들켜버렸어."

"삼각관계라는 거야?"

시마자키가 웃었다. "아니, 그런 건 아니야. 하타야마는 아키코한테 푹 빠져 있었으니까. 그는 필사적으로, 아키코와 함께 정상적인 삶으로 돌아가고 싶어했어."

그러나 아키코는 화를 냈다—

"아키코한테 그애는 쉽게 봐줄 수 없는 표적이라, 안 그래도 속깨나 썩던 중이었거든. 그런데 하타야마랑 한통속이 돼서 손을 씻으라는 둥 네가 무슨 짓을 하는지는 아느냐는 둥 몰아세웠으니, 화날 만도 하지."

시마자키가 시선을 다른 데로 돌린 채 말을 이었다. 내 눈을 바라보면 얘기하기 힘들다는 듯이.

그 옆얼굴을 보고 있자니, 마음속에서 물을 빨아들인 갯솜처럼 의혹이 부풀어오르기 시작했다. 힘껏 비틀어 물기를 짜버리면 된다. 의혹 따위는 지워버리면 그만이다. 그런데 그럴 수가 없다. 부풀어오른 갯솜으로 손을 뻗을 수조차 없다.

왜냐하면 의혹이라는 갯솜을 부풀리는 그 물이 너무나 더럽기 때문이다. 탁한 핏빛을 띠고 있기 때문이다.

"시마자키." 내가 천천히 불렀다. "으음, 그 피어싱 한 아이는 시라카와정원의 살인사건과는 관계없는 거야?"

시마자키는 말이 없었다.

"세 사람이 그런 관계였다면, 그애도 아키코 씨 살인사건과 관련이 있지 않을까?"

시마자키는 한동안 창을 노려보았다. 경광등 불빛이 얼굴 위에서 춤췄다. 흔들던 다리는 어느새 멈추고, 양손을 무릎에 올린 채 경계하는 듯한 자세를 취하고 있었다.

"만약 그렇다면, 어떡할래?"

창을 바라본 채 나지막이 물었다.

"경위님한테 말할 거야?"

나는 갑자기 피곤해졌다. 시마자키가 그런 말을 하리라고는 상상도 못했다.

"피어싱 한 애는 네 친구고, 난 너의 친구잖아." 내가 말했다. "네가 말하지 말아달라면, 난 아무한테도 말 안 할 거야."

시마자키가 무거운 물건을 움직이듯 느릿느릿 내게로 고개를 돌렸다. 잠시 내 눈을 똑바로 들여다봤다.

그러고는 웃는 표정으로 바뀌었다. "고맙다."

"피어싱 소녀는 조만간 소개해줄 거야?"

"글쎄, 어떡할까." 장난스럽게 말한 시마자키가 침대에서 폴짝 뛰어내렸다. "아까운데 그러지 말까. 이제 좀 자두는 게 좋을 거야. 난 이만 갈게."

병실에서 나갔다. 꽤 기분좋아 보이는 발걸음이다. 나도 무심코 미소를 지었다. 그런데—

문을 닫으며 "잘 자"라고 인사하는 시마자키의 목소리가 약간 갈라져 있는 걸 나는 알아차렸다. 나를 힐끗 본 눈 속에는, 그날 밤 나를 떨게 만든 험악한 눈빛이 어려 있었다.

시마자키가 나가고 난 뒤, 나는 차가운 바닥에 서서 문을 바라보았다. 방금까지의 밝은 기분은 사라지고 없었다. 그것은 평범한 병실 문이 아니라, 시마자키와 나 사이를 가로막은 벽이 되었다.

시마자키, 넌 아직 뭔가를 숨기고 있지?

24

나와 시마자키, 하타야마의 아버지의 연대 플레이는 더할 나위 없이 순조로웠다. 피어싱 소녀의 존재가 전혀 드러나지 않고 공식적인 수사가 종료되었다.

병실에서 잠깐 마주친 후로는 하타야마의 아버지를 만날 기회가 오지 않았다. 신문이나 뉴스를 통해 그의 자백 내용을 단편적으로 알 수 있었을 뿐이다.

그래도 나는 그 아저씨의 이야기는 이제 충분하다고 생각했다. 오쿠보역 앞에 나란히 앉아 야키소바빵을 먹은 기억을 떠올리면, 아저씨가 아들을 위해 뭘 하려고 했는지 이해할 수 있을 것 같았다. 그거면 충분하다고 생각했다.

다무라 경위님은 커다란 코를 벌름거리며 나와 시마자키가 그날 밤 시라카와정원에 있었던 게 정말로 우연이냐고 몇 번이나 떠봤다. 그때마다 우리는 시치미를 뗐다.

사실 경위님의 코는 이미 상당한 냄새를 맡았을 것이다. 그런데도 무서운 얼굴로 추궁하지 않는 것은 우리가 조금은 경위님의 신뢰를 얻은 덕분이지 않을까란 생각도 해봤다. 실제로는 경위님이 너무 바빠서 일단락된 사건을 계속 주물럭거릴 여유가 없었을 뿐인지도 모르지만, 뭐 어느 쪽이든 상관없다.

'회사'는 시라카와정원 난투극 소동으로 마지막 남은 잔당까지 뿌리 뽑혀서 이번에야말로 완전히 소멸되었다. 그러나 매스컴에서 그들이 저지른 짓, 그들의 존재를 크게 공론화한 것은 이번에도 고작 며칠뿐이었다. 이 모양이니 똑같은 일이 매번 반복되는 거야, 하고 패대구리 씨가 한숨 섞어 말했다. 정말 그렇다.

모리타 아키코는 죽지 않았다. 가끔 그런 기분이 든다. 거리에서 눈빛이 사나운, 짙은 화장을 한 여자와 엇갈리면 그 뒤에 아키코가 서 있는 모습이 보였다.

그럴 때면 나는 옆에서 걷고 있는 구도의 손을 끌어당겨 힘껏 움켜쥔다. 구도가 놀라서 내 얼굴을 돌아볼 정도로 강하게.

"왜 그래?" 그애가 묻는다.

"아무것도 아냐." 나는 대답한다.

모리타 아키코는 멀어져간다. 이름조차 모르는, 화려한 옷차림의 여자와 함께.

시마자키와 나 사이는 딱 하나, 그 벽—그애가 내게 뭔가를 숨기고 있는 게 아닐까 하는 의혹만 빼고 모두 제자리로 돌아왔다. 그래서일까, 구도도 나와 시마자키와 셋이 어울리거나 다테 조까지 다섯이서 행동하는 걸 거북해하지 않았다.

평화롭고 즐거웠다. 표면적으로는. 과하다 싶을 정도로.

나는 이상했다. 밝은 시마자키, 그런 사건이 있었던 것조차 잊어버린 척하는 그 이면에 항상 그늘이 드리워져 있는 걸 느꼈다.

이건 아니다. 쉬이 잠들지 못하는 밤에 나는 혼자 생각했다. 벽이 있는 한 나는 평온하게 살 수 없다. 벽을 부수지 않고는 앞으로 나아갈 수 없다. 시마자키는 왜 벽을 허물지 않을까. 그렇게 해서 누구에게서 뭘 지키려는 걸까, 혹은 도망치게 하는 걸까, 너무 궁금했다. 시마자키가 뭘 위해 그런 행동을 하는지 알아내야 했다.

어쩌면 나는 지금까지 시마자키를 알아오면서 처음으로 조용히, 그러나 과장 없이 진심으로 그에게 화가 나 있는지도 모른다.

모든 열쇠는 그 피어싱 한 여자아이다. 시마자키는 그애와 어디서 어떻게 알게 됐을까?

두 사람은 어떤 관계일까? 나에게 가장 큰 실마리는 그것을 밝혀내는 데 있을 것 같았다.

나는 시마자키와 오랜 친구다. 서로의 생활 패턴을 훤히 꿰뚫고 있다. 필요하다면 시마자키가 내게 뭔가를 숨길 수 있긴 하다. 하지만 그것은 마음속 캐비닛에 뭐가 들어 있는지를 숨기는 것이지, 캐비닛 자체까지 숨기는 것은 아니다.

내가 모르는 곳에서 시마자키가 인간관계를 맺는다면, 그곳은 어디일까? 이리저리 생각해보고 가능성은 하나뿐이라는 결론을 내렸다. 동아리 활동. 장기부다.

마음에 걸린 것은 올봄에 열린 교류 토너먼트였다. 시마자키는 피어싱 소녀를 '다른 학교 아이'라고 말했다. 교류 토너먼트에는 다른 학교 아이들이 온다. 직감이 왔다.

때마침 기말고사가 끝나고 하반기 교류 토너먼트가 열리는 시기였다. 이번에도 우리 축구부 교류전과 장기부 대국 일정이 겹치고 말았다. 나는 시마자키의 대국을 구경하러 갈 수 없었다.

구도는 내 경기를 보러 와주었다.

경기라고 해도 나는 벤치 신세라 기껏해야 큰 소리로 응원하거나 선배들의 워밍업을 도와주는 정도였지만, 골대 뒤에 하얀 선을 그어 만든 임시 관중석에서 하얀 머플러를 두른 구도를 발견했을 때는 역시나 기뻤다.

그애는 내게 손을 흔들었다. 나는 머리를 긁는 척하며 남몰래 손을 흔들어주었다. 벤치에서 당당하게 여자친구의 응원에 답해줄 수 있는 건 3학년, 게다가 주전선수뿐이다. 3학년이야 가만히 있어도 자동으로 되겠지만, 주전은 그리 쉽지 않다.

구도와 집에 같이 가기로 약속해서, 경기가 끝나고 뒷정리를 마치자 나는 정면 홀로 내려갔다. 구도가 우리 반 신발장에 기대서서 나를 기다리고 있었다. 그때 복도 맞은편에서 다테와 하시구치가 잰걸음으로 달려왔다. 다테는 아직 체육복 차림에 농구화를 신고 있었다.

"아, 있다, 있어." 우리 얼굴을 보더니 다테가 말했다. "너희 찾아다녔어. 저기, 우리 같이 제2시청각실 갈래?"

제2시청각실은 장기부가 동아리 활동 때 사용하는 곳이다.

"왜? 시마자키가 또 우승했어?"

"당연히 우승했지만, 그뿐만이 아니야." 하시구치가 마치 자기 일처럼 자랑스럽게 가슴을 내밀며 말했다. "특별 이벤트로 오면대국을 한대."

구도가 고개를 갸웃거렸다. 내가 설명해주었다. "1대 5 대국이야. 시마자키 혼자 다섯 명을 상대로 장기를 두는 거지."

"방금 시작했대. 좀처럼 보기 힘든 거야. 같이 가자."

다테 조가 열심히 졸랐지만, 구도가 눈을 깜박이며 미소 짓길래 나도 웃으며 고개를 저었다.

"미안하지만, 우리는—"

다테가 아주 잠깐 흥이 깨진 표정을 짓더니 웃음을 터뜨렸다.

"흠, 그러시겠다. 좋아, 이해해줄게. 구짱, 나중에 보자."

"의리 없는 녀석들." 하시구치도 웃으면서 말했다.

구도와 나는 어깨를 나란히 하고 교문을 나섰다. 메마른 가로수길을 걸으며 구도가 혀를 살짝 내밀었다.

"우리가 좀 매정했나?"

"시마자키는 화내지 않을 거야."

구도가 봄에 열린 교류 토너먼트를 구경하러 갔을 때를 떠올리나 싶어서 그애 옆얼굴을 보았다. 추위 때문에 하얀 볼이 발그레해진 구도가 나에게 미소를 건넸다. "나, 장기가 싫진 않은데, 재미있을 것 같기도 한데, 어려워서 잘 모르겠어."

"축구 규칙은 간단해. 조항이 열일곱 개밖에 없거든."

구도가 하하하 소리 내어 웃었다.

봄 토너먼트가 열릴 무렵 그애가 시마자키와 사귄 것, 아니, 사귀려고 했던 것은 이미 시효가 지났다. 그런 낙천적인 자신감이 내 마음속에서 싹텄다. 우리 사이에는 이제 아무런 문제도 없다.

그렇기에 시마자키가 숨기고 있는 것에 대한 의문은 계속 부풀어오르기만 했다. 구도와 함께 낙엽을 밟으며 걷는 순간순간을 즐기면서도, 나는 머릿속 한구석으로는 그 생각을 했다.

겨울방학이 시작되자마자 계획을 실행에 옮겼다. 시마자키가 없는 틈을 노려서 장기부 친구에게 과거 기록을 보여달라고 부탁한 것이다. 식은 죽 먹기였다.

대국 기록이나 기념사진은 연도별로 예쁜 앨범에 보관되어 있었다. "이번 토너먼트 기록 아니고? 올봄에 한 거 말이지?"

"응, 맞아."

앨범을 넘기는 손이 약간 떨렸다. 손바닥에 땀이 뱄다.

그리고 나는 발견했다.

지난번 교류 토너먼트가 끝나고 다 함께 찍은 기념사진에 구도가 있었다. 새 리본을 단 우승컵을 안은 시마자키 바로 뒤에 있었다.

그리고 구도 옆의 옆에, 피어싱 소녀의 웃는 얼굴이 있었다.

그애의 얼굴. 그 사진. 눈에 익었다.

믿기지 않았지만. 믿고 싶지 않았지만.

그 전단지에 실렸던 사진이다. 구도와 나란히, '회사'의 산하에 있던 전화방 전단지에 실렸던 사진. 당사자들의 허락도 받지 않고, 그들을 '상품'으로 만들기 위해 쓰였던 사진.

지난번 교류 토너먼트의 상대 학교는 같은 지역에 있는 공립 제4중학교였다.

피어싱 소녀를 손으로 가리키며 이름을 물어봤다. 장기부 친구가 참가자 명단을 보고 알려주었다.

"가사이 게이코래. 기록을 보니 1회전에서 졌네. 지금 보니 꽤 예쁜데."

"피어싱을 했었지?"

친구가 사진 가까이 얼굴을 들이댔다. "귀에 뭘 단 건가?"

"기억 안 나?"

웃으며 고개를 갸웃한 친구가 말했다. "선명하게 기억할 정도는 아니야. 그렇잖아, 4중학교는 우리 지역에서 가장 거칠기로 유명하니까. 몰랐어?"

"축구부는 딱히 그렇지 않던데."

"아, 그렇구나. 불량한 애들이 많대. 그래서인지 몰라도 교칙이 몹시 엄하고, 체벌 같은 것도 심하대. 툭하면 말썽이 나나봐. 솔직히 말하면 이 토너먼트 때도 우린 좀 무서웠어. 나중에 듣기로는 4중학교 장기부 선생님이 열정이 많은 타입이라 다른 동아리에서 안 받아주는 문제아들까지 굳이 모아 장기를 가르친 모양인데, 여기 봐, 염색한 녀석도 있지? 여자애가 피어싱 하는 정도는 딱히 큰일도 아닐걸, 그 학교에서는."

피어싱 소녀에 대해 시마자키가 했던 말과 맞아떨어진다. 거친 학교. 문제가 많은 학교.

"이 사진, 모든 사람한테 나눠줬어?"

떨리는 목소리를 억누르며 내가 물었다. 친구는 바로 대답했다.

"참가한 사람한테는 다 나눠주지."

"이름이나 주소는?"

친구가 웃었다. "이름은 명단 보면 알 수 있지만, 주소까진 필요 없어. 학교로 보내니까."

그렇겠지…… 학교와 이름만 알면 충분하다.

이런 거였나. 그래서 시마자키가 그런 표정을 지었던 건가.

교류 토너먼트에서 찍은 사진을 모리타 아키코 손에 넘겨줄 수 있었던 사람은 누구일까?

그럴 필요가 있었던 사람은 누구일까?

그날 밤, 나는 시마자키에게 전화를 걸었다. 만나러 갈 용기가 나지 않아서. 얼굴을 보지 않으면 말할 수 있을 것 같아서.

"가사이 게이코한테 연락하고 싶어."

아닌 밤중에 홍두깨 같은 말을 꺼내자, 시마자키는 대답이 없었다. 이윽고 작은 목소리로 물었다.

"무슨 얘길 하려고?"

"교류 토너먼트 사진을 봤어."

몇 초간 정적이 흘렀다.

"그래서?"

그래서? 그래서 어떻다고 내 입으로 말하게 만들려는 건가. 나는 버럭 소리를 지를 뻔한 것을 억누르며 말했다.

"그 전단지와 같은 사진이었어. 그애가 직접 모리타 아키코한테 줬을 리는 없지. 다른 사람이 넘겼을 거야. 왜 그런 짓을 했는지 알고 싶어. 사실을 알고 싶다고."

시마자키는 말이 없었다. 수화기 저편에서 비디오게임소리가 들렸다.

"사실을 알아서 어쩌려고?" 시마자키가 물었다.

"알 게 뭐야. 하지만 모르고 넘어갈 순 없어. 반드시 알아야 해."

탄식하듯 갈라진 목소리로 시마자키가 말했다. "반드시 알아야 하는 건 아니야. 반드시 알아야 하는 건 없어."

왜 그래? 누구니? 아주머니의 목소리가 들렸다.

"알고 있었지?" 내가 말했다. "알면서도 말 안 한 거야."

전단지에서 피어싱 소녀의 사진을 본 순간, 시마자키는 모든 것을 알았을 게 틀림없다. 그 사진을 모리타 아키코에게 넘길 수 있는 사람은 한 명밖에 없다는 것을.

그래서 그때 그토록 굳어버린 것이다. 돌이켜보면 시마자키의 태도가 이상해진 건 그때부터였다.

그리고 지금까지 내게 진상을 숨겨왔던 것이다. 벽을 세우고. 내 눈을 다른 데로 돌려서.

"비밀 같은 건 원하지 않았어. 날 위해 숨겼다는 말은 죽어도 듣고 싶지 않아."

내 말에 시마자키는 침묵했다.

"끝까지 숨길 수 있을 거라고 생각했다면 틀렸어. 나도 그렇게 바보가 아니야. 우습게 보지 마."

시마자키는 대답하지 않았다.

"뭐라고 말 좀 해."

마침내 시마자키가 뭐라고 중얼거렸다. 잘 들리지 않았다.

"잘 안 들려."

그러자 시마자키가 작게 웃었다. 달리 어쩔 도리가 없으니 웃는다—는 분위기로.

"우습게 본 적 없어."

나는 수화기를 고쳐 쥐었다. 시마자키의 목을 비트는 듯한 기분이었다.

"거짓말."

"거짓말 아니야. 그저 망설였을 뿐이야."

"망설여?"

"응. 서툴러도 연기하는 게 나을지, 아니면 너한테 대놓고 고개를 숙이고, 그 사건에 관해서도 피어싱 한 아이에 관해서도 더이상 파고들지 말아달라고 부탁하는 게 좋을지. 그런데 어느 쪽이든 결과는 같을 거라고 생각했어. 그래서 오락가락한 거야, 나도……"

목소리가 조금 멀어졌다.

"나도 어떡해야 좋을지 몰랐던 거야."

시마자키가? 이 녀석이 망설였다고? 어떡해야 좋을지 몰랐다고?

"이젠 너무 늦었을까?" 마치 신탁이라도 청하는 말투로 시마자키가 천천히 말했다. "이제라도 부탁하면 너무 늦었을까? 가사이 게이코를 가만히 놔둬달라고."

목소리가 점점 멀어졌다. 정신을 차려보니 수화기를 쥔 손이 내려가 귀에서 떨어져 있었다.

"늦었겠지." 시마자키가 말했다. "미안해. 미안하게 됐다."

나는 눈물이 날 것 같았다. 시마자키의 목소리가, 말투가, 너무나 상처받고 지쳐 있었기 때문이다.

긴 침묵이 흐르고, 전화선 속을 스산한 초겨울 바람이 쓸고 지나갔다. 여보세요? 여보세요? 거기 누구 있나요?

나는 눈을 질끈 감았다.

"가사이 게이코를 만나게 해줘."

그리고 시마자키가 뭐라고 말하기 전에, 내가 난생처음 듣는 그 나약한 목소리로 말을 걸기 전에 서둘러 덧붙였다. 그러지 않으면 내 마음이 꺾여버릴 것 같았으니까.

"추궁하려는 게 아니야. 나는 다만—내가 알고 싶은 건—구도에 대한 거야."

왜냐하면—

"모리타 아키코에게 가사이 게이코의 사진을 넘겨준 사람은 구도니까. 그렇지? 그런 거지?"

천천히 무거운 짐을 내려놓듯이 시마자키가 대답했다. "그래, 맞아."

내 눈에는 무거운 짐이 사라진 시마자키의 등에 가득 남아 있는 상처들이 보였다.

그 짐을 이번에는 내가 짊어지는 것이다.

"모른 척해줄 순 없을까?" 멀리서 시마자키가 물었다.

나는 기로에 서 있었다. 그러나 나아가야 할 길은 너무나 분명했다. 그것은 시마자키도 잘 알고 있을 터였다.

"그럴 순 없어." 내가 말했다.

시마자키는 잠시 숨을 삼켰다가 말을 이었다.

"구도의 마음을 헤아려줄 순 없을까?"

"생각해볼게. 하지만 그건 사실을 알고 난 다음의 문제야."

모든 진상을, 낱낱이.

가사이 게이코를 만난 것은 그로부터 이틀 후였다. 우리 학교 근처 공립도서관 자전거 보관소에서.

"춥긴 하지만, 여기가 사람들이 없을 것 같아서."

그렇게 말하는 그애의 콧등이 새빨갰다. 피어싱은 빼고 없었다. 가까이서 보니 귀를 뚫은 흔적은 있었다.

"전학 갈 거야." 살짝 웃으며 말했다. "시라카와정원에서 하타야마 씨 아버지 사건이 발생한 후에 많은 생각을 했어."

피어싱이 없어도 그애가 기가 세 보이는 미인이라는 점에는 변함이 없었다. 말투도 시원시원했다. 조금 건방져 보이기도 했다. 구도와는 정반대다.

물 빠진 청바지에 운동화, 헐렁한 스웨터, 더플코트. 여기에 그 사진에서처럼 쇼트커트 머리였다면 미소녀라기보다 미소년처럼 보였겠지. 북풍보다 매섭고, 겨울하늘보다 상쾌하고 맑은 아이였다.

"전부 얘기해도 돼?"

가사이가 우리와 조금 떨어져서 자전거 보관소 벽돌담에 걸터앉아 무릎에 팔꿈치를 괴고 있는 시마자키를 돌아보았다.

시마자키가 대답하기 전에 내가 먼저 말했다. "그래줬으면 해."

그런데도 가사이는 여전히 시마자키를 바라보았다. 그는 어깨를 으쓱하고, 고개를 끄덕였다.

"모리타 아키코 씨는—처음에는 학교 마치고 집에 가는 길목에서 날 기다렸어." 가사이가 말했다. "자기 사촌동생이 날 알아서 소개해줬다고. 그 사진을 갖고 있었어. 좋은 아르바이트가 있는데 해보지 않겠느냐고 했지."

당황스러웠다고 그애는 말했다.

"너무 집요했어. 조금—무서웠어. 미안하지만 난 아키코 씨 사촌동생이라는 구도라는 애가 기억나지 않았거든."

"구도도 널 또렷하게 기억해서 소개한 건 아닐 거야."

소심하게 던진 내 말에 그애가 고개를 끄덕였다.

"분명히 그랬겠지. 구도도 아키코 씨가 무서웠을 거야. 자기한테서 눈을 돌리게 하려고 날 이용했겠지. 어쩔 수 없어. 아무래도, 내가 불량하게 보였을 테니까. 나 같은 애라면 괜찮겠다 싶었나봐."

아마 그랬을 것이다. 하지만 내가 계속 걸리는 것도 바로 그 점이었다.

우리가 대화하는 동안 시마자키는 계속 다른 데를 보고 있었다. 마치 내가 여기서 수술을 받고 있고, 차마 그 광경을 볼 수 없다는 듯이.

"그애가 한 행동을 비난하지 말았으면 해." 가사이가 말했다. "입장이 반대였으면, 나도 똑같은 행동을—"

"그럴까." 내가 그녀의 말을 가로막았다. "정말 그럴까. 너도 똑같은 행동을 했을까?"

"그런 얘기를 해봐야 소용없어." 시마자키가 불쑥 말했다.

"그래, 맞아." 가사이가 말하며 더플코트 옷깃을 여몄다. "아무튼 난 하타야마 씨 덕분에 살았어. 그 사람이 연락하지 않았으면 엄청나게 골치 아파졌을 거야."

북풍에 곱은 손으로 나는 이마를 눌렀다.

"그래서 넌 그 사람과 친해졌고?"

"응, 좋은 사람이었어. '회사' 따위랑 얽히지만 않았으면 분명히 훌륭한 침술사가 됐을 거야. 그 사람이 왜 침술에 흥미를 갖게 됐는지 알아? 어머니가 어깨 결림이 심해서 많이 고생했대. 침이 잘 듣는다는 말을 자주 하셨나봐. 하지만 비싸서 맞기 힘들다고. 그 말을 마음속에 담아뒀고……"

따뜻한 사람이었다고 가사이가 중얼거렸다.

"모리타 아키코를 죽인 후에 하타야마가 너한테 연락한 거지?"

"아니, 그건 아니야." 가사이 게이코가 고개를 저었다.

"그럼, 아버지 쪽이야?"

"그런 게 아니야." 가사이가 말했다. "그때 난 시라카와정원에 있었어."

나는 눈을 크게 떴다. 시마자키도 그애를 바라보았다.

나는 무심코 반 발짝 물러섰다. 세워둔 자전거에 부딪히고 말았다.

"이 얘기는 아무한테도 하지 말라고 하타야마 씨도, 그 사람 아버지도 말했어. 난 관계없는 걸로 하자고. 하지만……"

가사이가 시마자키를 돌아보았다.

"'파라다이스' 전단지를 보고 나를 찾아온 시마자키가 '혹시 살인사건 현장에 있지 않았느냐'고 물었어. 깜짝 놀랐지. 대체 어떻게 알았을까, 정말 심장이 튀어나올 정도로 놀랐어."

시마자키가 벽돌담에 앉은 채 한숨을 내쉬었다. 하얗게 얼어붙은 숨결이었다. 나는 그에게 다가갔다.

"처음부터 그 현장에 또 한 사람, 다른 인물이 있지 않았을까 생각했어." 시마자키가 말했다.

그때 문득 떠올랐다. 그래…… 다무라 경위님이 차로 바래다줬을 때, 시마자키가 중얼거렸던 말. 누군가가 있지 않았을까, 하고.

"왜 그런 생각을 했는데?"

"기억을 떠올려봐. 넌 그때 왜 쓰러져 있는 사람이 구도일 거라고 추측했어?"

"그야…… 쓰러져 있는 모습을 봤으니까."

시마자키가 고개를 저었다. "아냐, 그게 아니야. 처음에 어떤 사람이 외치는 소리를 들었잖아?"

기억을 더듬어봤다—그날 밤—시라카와정원 입구로 들어가서—

맞다…… 그랬다. 나는 '중학생쯤 되는 여자아이가 쓰러져 있다'고 외치는 소리를 들었던 것이다. 그래서 이성이 날아간 것이다.

"그런데 현장에 가보니, 쓰러져 있는 사람은 아키코였어." 시마자키가 말했다. "거기서 네가 착각한 건 이해가 돼. 동요하는 바람에 굳게 믿어버렸으니까. 하지만 맨 처음 비명을 지른 사람은 어떨까? 빨간 미니스커트를 입고 쓰러져 있는 아키코. 그 사람은 어느 모로 보나 중학생 같진 않아. 아무리 피부나 생김새에서 앳된 티가 나더라도 옷차림이 너무 달라."

듣고 보니, 맞는 말이었다.

"'젊은 여자'라거나 '여자'라는 표현을 썼다면 그나마 이해가 가지. 하지만 맨 처음 비명을 지른 사람은 분명히 '중학생쯤 되는 여자아이'라고 했어. 대체 그 '중학생'이란 말은 어디서 나왔을까? 그래서 난 생각했어. 그 비명을 지른 사람이 본 것은 아키코가 아니지 않았을까. 아키코가 쓰러져 있는 바로 옆에, 그 사람이 쓰러지기 직전에, 인상착의가 한눈에 보기에도 중학생 같은 여자애가 쓰러져 있었기 때문에, 그 사람이 '중학생쯤 되는 여자아이'라고 말하지 않았을까 하고 말이야."

그날 밤, 등롱이 없는 곳은 가을밤의 어둠이 지배하고 있었다. 녹음이 짙은 밤의 정원에서 인간의 감각이 얼마나 이상해질 수 있는지, 나는 불과 얼마 전에 실감했다. 시마자키의 말대로 착각한대도 이상하지 않다.

그제야 이해가 갔다.

“그후로 쭉 그 제삼자가 대체 누구였을까 마음에 걸렸어. 모리타 아키코의 동료일까, 하타야마 미노루의 동료일까—어느 쪽이든 중학생쯤 되는 여자아이인 건 틀림없다.”

내가 시마자키에게 말했다. “네가 ‘파라다이스’ 전단지를 봤을 때, 따귀를 얻어맞은 듯한 표정을 지었던 걸 기억해. 대체 왜 저럴까 생각했지.”

시마자키가 씁쓸하게 웃었다. “연기가 서툴렀네.”

“무리도 아니지. 이중으로 놀랐을 테니까. 아는 사람의 사진이 실려 있다는 사실에 놀라고, 그런 사진을 제공할 수 있는 인물이 구도뿐이라는 사실에 놀랐을 테고. 게다가 한술 더 떠 시라카와정원의 제삼자가 가사이일 가능성까지 떠올랐으니.”

“날 만나러 왔을 때, 시마자키의 얼굴이 엄청 굳어 있었어.” 가사이가 말했다. “그래서 전부 털어놓을 결심이 섰어. 하타야마 씨의 아버지도 바로 소개해줬고.”

나와 시마자키와 다테가 다무라 경위님을 통해 모리타 아키코가 ‘회사’에서 맡았던 역할에 관해 들은 것은 전단지를 보고 난 후였다. 그때 흥분해서 울음을 터뜨린 다테나 충격에 멍해 있던 나와 비교하면, 시마자키는 매우 침착했다. 그때는 신경도 쓰지 않았지만, 지금 돌이켜보면 당시 시마자키는 이미 가사이에게 모든 이야기를 듣고 주변 사정을 알고 있었던 것이다. 그래서 침착할 수 있었다.

"그날 밤에 넌 왜 그곳에 있었어?"

참으로 간단한 말의 나열이다. 영작을 하라고 해도 그리 어렵진 않을 것이다. 그렇지만 내용을 보면, 그야말로 정곡을 찌르는 질문이었다.

가사이가 시마자키 옆으로 가서, 나란히 벽돌담에 걸터앉았다.

"불러서 나간 거야."

"누가?"

"아키코 씨가."

"왜 너를……"

"그때는 몰랐어. 그런데 날 불러냈다고 하타야마 씨에게 말했더니, 그 사람이 곧바로 그 이유를 알려줬어."

—그날 시라카와정원에서 벌레 울음소리를 듣는 모임이 있어. 구도네 가족들도 오고. 아키코는 구도 구미코와 너를 대면시켜서 자기한테 소개한 사람이 손아귀에 들어온 걸 보여주고, 그애를 협박할 생각인 거야.

나는 시마자키의 얼굴을 봤다. 그는 자전거 보관소의 콘크리트 바닥만 내려다보고 있었다.

"하타야마의 예상이 맞았을 거야." 나지막이 말했다. "그런 목적으로 아키코는 그날 밤 시라카와정원을 골랐던 거지."

봐, 너를 대신한 애가 여기 있어. 네가 나한테 '팔아넘긴' 아이야.

이게 무슨 의미인지 알겠니? 넌 엄청난 짓을 저지른 거야. 이런 사실이 발각나면 어떻게 될까?

의기양양한 빛이 가득한 눈으로, 무수한 등롱을 등지고 밤의 정원에 서 있는 모리타 아키코. 그런 아키코와 마주친다면 구도는 어땠을까? 새삼스럽게 자기가 한 짓의 무서움을, 건잡을 수 없게 된 사태의 심각성을 깨닫고, 그 자리에 얼어붙어버리지 않았을까. 아무것도 모르는 부모님, 할아버지 할머니와 함께한, 원래는 즐겁고 아름답기만 해야 할 등롱 불빛 속에서.

“실제로는 뜻밖의 소동이 벌어지는 바람에 구도가 시라카와정원에 가지는 않았지만 말이야.” 시마자키가 말했다. “아키코의 속셈은 그런 거였지.”

하타야마에게 그 말을 들은 가사이는 두려움에 떨었다.

“어쨌든 나는 하타야마 씨의 말이 아니었더라도 아키코 씨가 시키는 대로 나갈 생각은 없었어. 그런데 하타야마 씨는 내가 가겠다, 가서 아키코가 구도네 가족들과 마주치기 전에 질질 끌어서라도 데려오겠다고 했지.”

“그래서 하타야마 씨가 걱정돼서 그날 밤 시라카와정원에 갔던 거네?”

가사이가 고개를 끄덕였다.

“너무 붐벼서 하타야마 씨를 못 만날까 걱정했어. 그런데 겨우 그 정원수 근처에 있는 걸 발견하고, 가까이 다가갔지.”

두 사람은 남의 눈에 띄지 않는 정원수 그늘에서 언쟁을 벌이고 있었다. 공공장소이니만큼 목소리는 애써 억눌렀지만, 하타야마는 몹시 흥분해서 아키코의 팔을 움켜쥔 상태였다. 아키코는 그 손을 뿌리치려고 저항했다.

"내 얼굴을 본 아키코 씨는 더 화를 냈고……"

가사이는 그날 밤의 기억에서 스스로를 지키려는 듯이 어깨를 모으며 움츠렸다.

"니들 뭐야, 또 한통속이 된 거야, 하며 버럭 소리를 질렀어. 그리고 하타야마 씨를 향해—"

—이런 꼬맹이를 상대하다니, 너 변태 아니야? 이제 정신 좀 차려!

"그렇게 더러운 말은 난생처음이었어." 가사이가 말했다. "그 순간 그동안 참아왔던 것들이 한꺼번에 터져버렸고, 그래서 나도 모르게 말해버리고 말았어. 하타야마 씨가 꼭 지켜달라고 몇 번이나 당부한 비밀이었는데."

가사이가 양손으로 얼굴을 감쌌다.

"뭐라고 했는데?"

내 질문에 시마자키가 대답했다. "하타야마가 '회사'를 무너뜨릴 목적으로 고객 명단을 몰래 훔쳐냈다고 말한 거지."

그랬구나—눈앞이 환해지는 느낌이었다.

가사이가 손을 내렸다. 눈이 붉어져 있었다. "말하지 않을 수가 없었어. 당신이 뭔데 이러느냐, 잘난 척하는 것도 얼마 남지 않았다고. 그랬더니 아키코 씨가 새파랗게 질려서 나한테 덤벼들었어."

아키코가 갑자기 가사이의 뺨을 거세게 후려쳤다.

"뒤로 확 날아갔지. 바닥으로 쓰러지면서 머리를 부딪히는 바람에 그 자리에서 정신을 잃었나봐."

그러나 가사이가 의식을 잃었던 것은 불과 이삼 분 정도였다. 정신을 차리니 주위에서 사람들 소리가 들렸다. 소동이 벌어졌다. 가사이는 황급히 일어섰다. 그러자 2미터쯤 앞에 하타야마가 서 있었다.

"오른손에 얼음송곳을 들고 있었어." 가사이가 단조로운 목소리로 말을 이었다. "그 사람이 그런 걸 갖고 있는 줄은 전혀 몰랐어."

"얼음송곳……"

그리고 하타야마의 발밑, 나무 그늘에 아키코가 쓰러져 있었다.

"죽이고 말았다고, 하타야마 씨가 금방이라도 울음이 터질 듯한 얼굴로 말했어."

가사이의 단정한 이목구비가 일그러졌다. 마치 그날 밤의 하타야마가 빙의된 것처럼.

"명단 얘기를 '회사' 간부한테 일러바치겠다며 도망치려 했대. 그래서 엉겁결에…… 엉겁결에 그만……"

도망치는 아키코의 뒷목에 얼음송곳을. "그냥 위협할 생각으로 들고 왔다고 했어"라고 가사이는 말했다. "무슨 수를 써서든 아키코 씨가 구도 가족과 마주치기 전에 데리고 나가야 했으니까. 죽일 생각은 전혀 없었다고."

하타야마는 우두커니 선 채, 쓰러진 아키코를 향해 눈물 어린 목소리로 계속 이렇게 중얼거렸다고 한다. 그래서 내가 말했지, 정신 차리라고, 이제 그만하자고, 수도 없이 말했잖아.

"이번에는 내가 하타야마 씨를 붙잡고서 정신을 차리게 해야 했어." 가사이가 말했다.

그리고 두 사람은 아키코의 시체를 목격한 사람들—아니, 그전에 기절한 가사이를 본 사람들이 소동을 일으키는 틈을 타 시라카와정원에서 탈출한 것이다.

"그 얼음송곳은 어떻게 했어?"

"도망치다가 강에 버렸어. 어디쯤이었는지, 너무 정신없어서 기억이 잘 안 나."

흉기가 아직까지 발견되지 않았다는 사실을 나는 떠올렸다.

"하타야마 씨는 나를 집까지 데려다주고, 자기 집으로 돌아갔어. 다음날 전화를 걸어서 말했지. 경찰이 아키코의 신원을 조사하면 반드시 '회사'로 이어질 것이다, '회사'를 무너뜨릴 절호의 기회다. 내가 자수를 권했지만, 아직은 그럴 수 없다고 했어. 섣불리 자수했다가는 단순히 치정으로 다투다 죽인 것처럼 보일 거라고. 경찰이 좀더 깊게 '회사'를 조사할 때까지 기다렸다가 자수하고 싶다고. 나한테는 이제 더이상 관여하지 말고, 걱정도 하지 말라고 했어. 내 얘기는 아무한테도, 경찰한테도 하지 않을 거라면서."

그렇지만 '회사'도 만만하지는 않았다. 그후의 전개를 보면 쉽게 상상이 간다.

"아키코 씨가 살해당한 사실을 안 '회사'는 바로 하타야마 씨를 의심했어—물론 경찰보다 빨리. 하타야마 씨가 '회사'에서 발을 빼고 싶어했다는 것, 그 문제로 아키코 씨와 갈등이 있었다는 걸 당연히 알았을 테니까. 그래서 그 사람 뒤를 쫓기 시작했고……"

하타야마가 언제쯤 '회사'에 붙잡혔는지, 정확한 사실은 가사이도 몰랐다. 그러나 그와 연락이 끊긴 것은 시체가 발견되기 사오일 전이었다고 한다.

"고객 명단은 처음부터 하타야마의 아버지가 가지고 있었지?" 내가 물었다.

"응, 맞아."

"그럼 그 아버지는 왜, 아니, 너도 왜 그걸 바로 경찰에 넘기지 않았지?"

말하려는 가사이를 막으며 시마자키가 나섰다. "아버지 입장에서는 그 명단을 '보험'으로 여긴 거야."

"보험?"

"그래. 그걸 갖고 있는 한, 혹시 '회사'가 하타야마를 붙잡아도 죽이지는 못할 거라고 생각한 거지. 놈들이 명단의 소재를 밝혀내기 전에는 하타야마를 죽일 수 없을 거라고. 게다가 그렇게 시간을 버는 동안 '회사'는 경찰에 적발됐어. 그런데도 명단과 관련된 언론 보도는 전혀 없었고. 그렇다면 명단은 적발에서 누락된 거라고 하타야마의 아버지는 생각했지. 그래서 점점 더 소중하게 끌어안게 된 거야."

시마자키가 고개를 저었다. "그런데 그 아버지도, 하타야마도 너무 안일했어. 일단 잡혀버리면 그런 흥정 따윈 안 통해."

고문해서 결국 실토하게 만들었다는 뜻인가?

"하지만 하타야마의 시체는 깨끗했고, 외상도 없었다고 했는데……"

"흔적을 안 남기고 고문하는 방법은 많아."

시마자키가 벽돌담에서 일어나서 무릎을 접었다 폈다 했다. 추워 보였다.

"그후의 일은 너도 알고 있는 그대로야." 그렇게 말하며 나를 바라보았다. "가사이를 통해 나도 하타야마의 아버지를 알게 됐어. 그 요란한 난투극을 도왔던 것에는 그런 사정이 있었던 거야. 아저씨는 나와 가사이한테는 너무 위험하니 관여하지 말라고 했어. 그렇지만 아저씨 혼자서는 훨씬 위험하니까, 그냥 보고 있을 수만은 없었어."

시마자키가 수수께끼처럼 행방불명된 시기에 뭘 했는지, 드디어 알 수 있었다.

"좀 후련해졌냐?"

나를 바라보며 시마자키가 물었다.

"이제 어떡할래?"

나는 대답할 수 없었다. 가까스로 말했다.

"이 얘기는 아무한테도 안 할게. 영원한 비밀이야. 절대 다른 사람한테는 말 안 해. 다무라 경위님한테도, 패대구리 씨한테도."

콘크리트 위를 스쳐가는 바람에 휩쓸려버릴 만큼 작은 목소리로 가사이가 말했다. "고마워."

"넌 어떡할 거냐고 물은 거야."

나는 고개를 숙인 채 발길을 돌렸다. 자전거 보관소 출구로 향하자, 차디찬 북풍이 매섭게 얼굴을 때렸다.

아무 말도 없이 두 사람과 헤어졌다. 돌아보지는 않았지만, 도서관 건물의 모퉁이를 돌 때 가사이가 중간까지 따라오다 길 위에 멈춰 서 있는 모습이 시야 끄트머리에 보였다.

"무슨 말인지 잘 모르겠어." 구도는 말했다. "오가타, 지금 날 비난하는 거야?"

도서관 자전거 보관소의 만남으로부터 꼬박 사흘이 지났다. 나는 수화기를 쥐고 있었다. 그 너머에 구도가 있었다.

역시 그애와 대화하지 않을 수는 없었다. 전화를 걸었을 때는 어디까지나 '대화'를 하려는 생각이었다.

그런데 이걸 과연 대화라고 할 수 있을까?

"비난하는 건 아니야."

최대한 천천히, 억양을 억누르고 내가 말했다. 대체 몇번째일까? 비난하는 건 아니라는 말을 하는 게.

"나는 어떻게 된 일인지—네가 무슨 생각이었던 건지 묻고 싶을 뿐이야."

"그래서 말했잖아." 구도의 목소리가 떨렸다. "아키코 언니가 집요하게 달라붙어서 무서웠다고."

"그래, 무서웠겠지……"

"날 스카우트 못하면 곤란하다고 했어. 내가 안 되면, 다른 친구라도 소개하라고. 너무 끈질겨서 울고 싶었어…… 친구한테 떠밀어버릴 수도 없었고."

그렇지만 모르는 애라면 괜찮았다? 불량해 보이는 애라면 괜찮았다? 가사이 게이코 같은 애라면.

차마 입 밖으로는 내지 못한 나의 질문을 구도가 알아차린 것 같았다. 빠른 말투로 이렇게 말했다.

"가사이라는 애가 평범한 학생이 아니라고 생각해서 그런 건 아니야."

그렇지만 그 항변이 다른 어떤 말보다 강한 웅변으로 그애의 본심을 드러냈다. 말이란 왜 이리도 심술궂을까. 왜 이리도 속이 훤히 들여다보인단 말인가.

문득 내 마음속 깊은 곳, 가장 심술궂은 부분이 속삭여왔다. 시마자키가 올봄 교류 토너먼트 후에 구도와 멀어진 이유는 이것 때문일까? 그애 안에 있는 착한 모범생의 면이, 그렇지 않은 것에 대해 필요하다면 주저 없이 잔혹해질 수 있다는 사실을 시마자키가 꿰뚫어봤기 때문일까? 구도가 가사이 게이코나 4중학교 학생들을 대하는 태도를 보고?

그랬을지도 모른다. 하지만 그건 당연하잖아. 누구나 불량한 애들은 싫어한다.

그렇지만—내 안의 다른 부분이 소리쳤다—싫어하는 것과 그들을 '팔아넘기는' 것은 다르지 않냐고.

사실 시마자키는 '파라다이스' 전단지에서 가사이의 얼굴을 발견할 때까지는 가족 같은 마음으로 구도를 걱정해주었다. 그애 마음에 상처가 될 만한 소문이나 비방과 맞서 싸우고, 기운을 북돋우며 지키려고 애썼다.

그렇다, 그때까지는, 전단지를 볼 때까지는 시마자키도 구도를 좋아했던 것이다. 봄에 열린 토너먼트 후, 시마자키와 구도 사이가 왠지 모르게 멀어진 데는 특별한 이유 같은 건 없었을지도 모른다. 단지 시마자키가 서두르지 않았을 뿐. 아니면 구도에게 열을 올리는 나를 배려해줬을 뿐. 아니면, 시마자키가 역시 구도 같은 타입보다는 다테 같은 타입이 여자친구로 더 편하게 사귈 수 있다고 느꼈을 뿐.

단지 시마자키가 나만큼 구도에게 열을 올리지 않아서일 뿐인지도 모른다.

그렇다, 그 점이 나와 시마자키의 가장 큰 차이인 것이다. 엄연한 차이점이다.

나는 구도를 정말로 좋아했다.

"그 아이—가사이라고 했던가. 난 그애가 그렇게 무서운 일을 겪을 줄은 몰랐어." 구도가 말을 이었다.

나는 눈을 감았다. 이제 됐어, 더이상 말하지 마.

"나랑 다르게…… 어른스러워 보였어."

어른스럽다. 참 편리한 말이다. 그때 네 주위에는 상의할 만한 진짜 어른이 있었을 텐데. 너는 그 사람들에게 털어놓지 않고, 그 사람들의 속을 태우지 않는 쪽을 선택했어.

그것은 배려일까? 그렇겠지. 효과가 한정된, 선택된 사람들에 대한 배려. 외부인은 출입 금지.

"사진을 보여주긴 했지만—4중학교 다닌다는 말도 했지만, 설마 언니가 진짜로 찾아갈 줄은 몰랐어."

구도는 말했다. 생각지도 못했다. 그랬겠지.

"이러면 안 된다 싶었지만, 어쩔 수가 없었어." 눈물 어린 목소리였다. "무서웠단 말이야. 엄마나 이모한테는 말할 수 없었어. 말하면 다들 걱정할 테고, 이모랑 엄마 사이도 이상해질 테고……"

분명히 이렇게 될 줄 알았다. 그런데 나는 구도의 우는 얼굴을 마주할 용기가 없었다. 그래서 그애 집 앞의 편의점에서 전화를 걸었다.

구도가 바로 코앞에 있다. 저 창문 너머에. 울고 있다. 위로해주는 건 간단하지만, 내게는 불가능할 것 같았다. 위로라는 길 앞을 단단한 벽이 가로막아버렸다.

"그런 행동을 하면 오히려 위험해질 거라는 생각은 못했어?"

"왜?" 울면서 구도가 물었다. "어째서?"

머릿속에서 색깔을 지닌 감정이 소용돌이쳤다. 칙칙한 색깔의 감정이.

"사진을 건네줬을 때, 넌 아키코 씨에게 그 가사이라는 애를 팔아넘긴 거야."

구도가 숨을 삼키는 기척이 느껴졌다. "팔아넘기다니…… 너무해."

하지만 사실은 그렇다. 심지어는 살인으로 이어져버렸다.

하타야마 미노루가 직접 연락하면서까지 가사이 게이코를 도우려고 한 것은 그애가 아키코의 사촌동생인 구도의 '소개'로 걸려든 경우였기 때문이리라. 그것이 어떤 의미인지, 하타야마는 잘 알고 있었던 것이다.

'회사'로 가사이 게이코를 끌어들이는 것은 곧 구도를 끌어들이는 것으로 연결된다. 아키코가 구도의 약점을 잡은 셈이니까. 실제로도 아키코는 그렇게 생각했다. 그래서 그날 밤, 구도 가족이 오는 걸 알고 시라카와정원으로 가사이를 데리고 가려 했다.

아키코의 내면에서는 다른 누구보다 구체적인 미움의 대상이었던 구도. 아키코가 무슨 수를 써서라도 깎아내리고 끌어내리고 싶어했던 구도.

나는 불현듯 악마에 홀린 것처럼, 끔찍한 가능성을 생각했다.

아키코가 그렇게까지 구도를 미워한 것은, 구도가 자신에게서 부정적인 면을 부각시키는 요소를 가지고 있어서가 아니었을까.

늘 얕잡아 보이는 인간은 어떻게 될까. 늘 무시만 당한다면 어떻게 될까.

"가사이를 소개한 걸 꼬투리 잡고 아키코 씨가 더 공격적으로 나오면 어쩔 생각이었어?"

실제로도 그랬지 않은가. 사진도 멋대로 사용했다. 구도가 아키코에게서 도망치진 못했다.

"아니, 그전에 좀더 근본적으로, 가사이가 얼마나 곤란해질지, 어쩌면 그애가 어처구니없는 일에 휘말릴지도 모른다는 생각은 왜 못했어?"

어떻게 가사이를 '팔아넘길' 수 있었을까. 단지 그 상황을 일시적으로 모면하기 위해 타인을 수렁으로 끌어들일 수 있었을까.

그렇게 다그치던 나는 문득, 그러나 확실하게 깨달았다.

다른 무엇보다 내 마음에 걸린 것은 구도가 그런 얘기를 나에게도 시마자키에게도 다테에게도 하지 않았다는 것이다. 숨겼다는 것이다. 모른 척 시치미를 뗐다는 것이다.

나와 함께 바다를 바라볼 때도. 밥 아저씨 가게에 있을 때도. 낙엽이 깔린 산책길을 걸을 때도. 입을 다물고 있었다. 숨기고 있었다. 시치미뗀 얼굴이었다.

아키코가 집요하게 따라다녔다는 얘기도 처음에는 우리에게 하지 않았다. 그 점에 관해서는 구도가 우리에게 사과했다. 오히려 우리가 위로해주고 싶어질 정도로 기가 죽어서 사과했다.

그것은 자기 일이었으니까. 끝까지 숨길 수 없는 거짓말이었으니까.

그런데 가사이를 '팔아넘긴' 일에 관해서는 그러지 않았다. 구도는 말하지 않았다. 털끝도 보이지 않게 꽁꽁 묻어두었다. 그런 일은 절대 없었다는 듯이.

그렇다. 무서운 것은 구도가 심지어 그 사실을 잊어버렸을지도 모른다는 것이다.

대수로운 일 아니라고. 나와는 상관없는 일이라고.

"왜 말 안 했어?" 내가 물었다.

구도는 대답하지 않았다. 대신 이렇게 물었다.

"저기, 어떻게 알았어? 내가 그 사진을 아키코 언니한테 준 걸 오가타 네가 어떻게 알았는데?"

나는 입을 닫고, 대답하지 않았다.

"너무해…… 보나마나 시마자키지? 그애밖에 없어. 그 사진도 그애가 줬으니까……"

어떡해—구도가 소리 내어 울기 시작했다.

"경찰에 알려지면, 난 어떡해야 하지?"

구도의 울음소리를 들으면서 나는 그애 집의 창문에서 등을 돌렸다. 편의점 자동문에 비친 내 얼굴이 보였다. 그날 밤—가사이 게이코를 배웅한 시마자키랑 똑같을 정도로 험악한, 어두운 표정이 비쳤다.

"난 무서웠어. 그냥 무서워서 그랬다고."

구도는 이제 그 말만 되풀이했다. 어쩔 수 없이 나는 전화를 끊었다.

왜, 왜, 왜—

그래, 무서웠을 거야, 이제는 신경 안 써도 돼—왜 그렇게 말해줄 수 없었을까? 왜 웃어넘길 수 없었을까? 힘들었겠다, 아키코 씨는 나쁜 사람이야, 다 그 사람 때문이야—그렇게 말하고, 모든 걸 끝내버리면 될 텐데.

왜 그러지 못했을까.

나는 편의점을 떠났다. 길모퉁이를 돌 때 구도의 집을 돌아보았다.

창문은 닫혀 있었다. 레이스 커튼이 흔들리지도, 사람 그림자가 보이지도 않았다.

끝났구나, 나는 생각했다.

마담 아쿠아리움과 한 약속.

나는 언젠가 마담의 가게로 내 소중한 여자친구를 데리고 갈 것이다. 그러면 마담은 그 사람 손가락에 맞게, 이 세상에 둘도 없이 아름다운 흑진주 반지를 만들어줄 것이다.

멀고먼 미래의 약속이다.

집으로 돌아가는 먼길에 나는 오로지 그 생각만 했다. 억지로 생각했다. 귓가를 스치는 차디찬 겨울바람의 절규를 들으면서. 정강이에 찰싹 들러붙었다가 다시 강풍에 휘날려 겨울의 한복판으로 날아가는 낙엽의 색깔을 보면서.

아파트 입구까지 왔을 때, 출입구에 기대 있는 시마자키의 모습이 보였다. 나는 걸음을 멈췄다.

시마자키는 코트 옷깃에 턱을 파묻고, 실눈을 뜨며 나를 바라보았다.

"거기서 뭐해?" 내가 물었다.

시마자키가 천천히 몸을 일으켰다. 꽤 오랫동안 있었는지 얼굴색이 오늘 하늘에 뜬 먹구름처럼 잿빛이었다.

"올해 마지막날이잖아." 그가 말했다. "연말 인사 겸 왔지."

우리는 2미터 정도 거리를 두고, 입을 다문 채 바보처럼 우두커니 서 있었다.

시마자키가 갑자기 하늘을 올려다보며 말했다.

"오늘밤은 눈이 올 것 같네."

나는 이미 휘몰아치는 눈보라 한가운데 있는 기분이었기 때문에 현실의 날씨가 어떻든 상관없었다. 그런데도 그 말에 이끌리듯 하늘을 우러러봤다. 두툼한 구름에 갇혀서 낮게 깔린 겨울하늘을. 지금 내 마음처럼 깊이도 높이도 사라져버린 하늘을.

바람이 눈에 스며들며 찔끔 눈물이 났다. 바람 때문에 눈물이 났다.

"얼어죽기 전에 집으로 들어가자." 내가 말했다.

내가 앞장서서 현관 안으로 들어갔는데도 시마자키는 여전히 문 옆에 서 있었다. 가만히 쳐다보니 팔을 휙 들고는 두꺼운 코트 소매에서 손끝만 드러내며 가볍게 흔들었다. "인사했으니까 됐어."

그러고는 내게 등을 돌렸다. 걸음을 옮기며 멀어져갔다.

그 모습이 모퉁이를 돌아 사라지기 전에 내가 불렀다.

"시마자키—"

내 말은 하얀 안개처럼 변해서 시마자키 쪽으로 날아갔다. 시마자키가 돌아보았다.

"내년에 보자."

시마자키는 뒤돌아본 채 얼어붙은 것처럼 꼼짝하지 않았다. 그러다가 나 못지않게 하얀 숨결을 토해내며 말했다.

"내년에 보자."

그렇게 그해 우리는 헤어졌다. 그해와 헤어졌다. 과거의 한 해, 이미 사라져버린 해와.

마담 아쿠아리움과 한 약속. 겨울 내내, 가슴이 저릿할 때마다 나는 그 생각을 했다. 언젠가 그날이 왔을 때를. 그러다보니 어느새 마음이 가벼워져서, 내가 남긴 부재중 메시지를 들은 마담의 모습을 상상해볼 수 있었다.

—꼬마야.

마담은 날 떠올려주겠지.

—전화해줘서 고마워.

마담은 창 너머, 청회색의 한기로 가득한 거리 풍경을 내다봤겠지. 그리고 살며시 미소 지었을 것이다.

—하지만 아직 멀었단다. 봄이 오려면. 아직 한참 남았어.

그렇다. 봄은 아직 저멀리 있다.

지은이 **미야베 미유키**
1987년 단편 「우리 이웃의 범죄」로 올요미모노 추리소설 신인상을 수상하며 데뷔했다. 1993년 『화차』로 야마모토 슈고로 상, 1999년 『이유』로 나오키 상, 『모방범』으로 2001년 마이니치 출판문화상 특별상과 시바 료타로 상, 예술선장 문부과학대신상 등을 수상했다. 그 외의 작품으로 『영웅의 서』 『낙원』 『솔로몬의 위증』 등이 있다.

옮긴이 **이영미**
아주대학교 국문과를 졸업하고, 일본 와세다대학 대학원 문학연구과 석사 과정을 수료했다. 2009년 『악인』과 『캐러멜팝콘』으로 보라나비 저작·번역상의 첫 번역상을 수상했다. 옮긴 책으로 『공중그네』 『약속된 장소에서』 『화차』 『솔로몬의 위증』 『결괴』 『오늘밤은 잠들 수 없어』 등이 있다.

문학동네 세계문학
꿈에도 생각하지 않아

초판 인쇄 2022년 1월 6일 | 초판 발행 2022년 1월 20일

지은이 미야베 미유키 | 옮긴이 이영미
기획 · 책임편집 양수현 | 편집 김경미 황문정
디자인 고은이 유현아 | 저작권 박지영 이영은 김하림
마케팅 정민호 정진아 김혜연 정유선 | 홍보 김희숙 함유지 이소정 이미희
제작 강신은 김동욱 임현식 | 제작처 한영문화사(인쇄) 경일제책사(제본)

펴낸곳 (주)문학동네 | 펴낸이 김소영
출판등록 1993년 10월 22일 제406-2003-000045호
주소 10881 경기도 파주시 회동길 210
전자우편 editor@munhak.com | 대표전화 031) 955-8888 | 팩스 031) 955-8855
문의전화 031) 955-8896(마케팅) 031) 955-2684(편집)
문학동네카페 http://cafe.naver.com/mhdn | 트위터 @munhakdongne
북클럽문학동네 http://bookclubmunhak.com

ISBN 978-89-546-8466-8 03830

잘못된 책은 구입하신 서점에서 교환해드립니다.
기타 교환 문의 031-955-2661, 3580

www.munhak.com